財神嬌娘

1

文創 風 799

雨鴉 著

目錄

序文

雨鴉

這故事的初衷，是想說兩個並不完美的人談出來的完美愛情。

男主角程家興是混日子的鄉下地痞，劇情之初，除了長得好看，幾乎一無是處，卻對女主角何嬌杏一見鍾情。何嬌杏也不完美，是個被很多人誤解、揹負惡名的農家姑娘。

程家興喜歡何嬌杏，為了追求她，做出許多啼笑皆非的事情。兩人在一起後，他想讓她過上好日子，逼迫自己上進，繼而發掘出商業才能，從人人看不起的地痞，變成頂天立地的大丈夫，最終事業、愛情兩開花。

這是對的時候遇到對的人，互相救贖的溫暖愛情故事。

我想藉此傳達自己認同的愛情觀，找男朋友時，不需要他處處完美，但心裡得裝著彼此的未來，還要有為之拚搏、奮鬥的心。兩人不光是生活中的伴侶，也是奮鬥時的搭檔。

祝福大家遇到對的人！

第一章

雨水剛停，天氣逐漸暖和，枯草發出新芽，農人已經忙碌起來。

何嬌杏提著麻布袋走在村道上，昨兒下雨，土路潮濕，怕踩滑便走得慢些。今天吃完早飯，她去石匠家借石碾碾了三十來斤的米，回到家裡時，午飯已經做好了。

何家四代同堂，頂梁柱是何嬌杏她爹及幾個叔伯，祖父尚在，按照排行，人稱何三太爺。按說有老人在，不到分家時候，可人實在太多，不算姊妹，何嬌杏同輩兄弟就有十個，其中又有娶妻生子的，一個屋簷哪擠得下？所以，幾年前老伴去世後，何三太爺便做主分家，他跟大兒子過，讓另幾房按年送孝敬。

何嬌杏她爹在兄弟裡行二，婆娘姓唐，替他生了兩子一女。何嬌杏排行老二，上有大六歲的哥哥，下有小四歲的弟弟。

哥哥早娶了媳婦，連兒子都有了。去年冬天，嫂子又懷上，這三十斤白米，就是要給她補身體的。

何嬌杏提著米袋進院子，瞧四房的堂妹何香桃坐在隔壁屋簷下補衣裳，雖是分家，但幾房住得並不遠，喊一聲便有人應。

何香桃瞥見人影，停下手抬起頭，看是自家堂姊，頓時笑了。「打哪兒回來啊？」

何嬌杏揚起手裡的米袋。「幫我嫂子碾米呢！上次碾的三十斤，快吃完了。」

「這麼大一袋，又是好幾十斤吧？杏兒的手勁真大。」何香桃有些羨慕，二房這個堂姊模樣好、力氣大，做事麻利，裡外都是一把好手，日子到她手中，怎麼都能過得輕快。

說到何嬌杏這把力氣，在魚泉村出了名，都說她是武曲星下凡投錯胎，才托生成女兒家。六、七歲時，她的力氣就比得上成年婦人，到及笄時，她一個能頂三個鄉下壯丁。

這把怪力，是她穿越時帶來的。

上輩子，何嬌杏跟父母在古鎮上開特色餐館，雖然店不大，卻因為地點好、東西好吃而生意紅火，請了兩個親戚幫忙，還是經常忙不過來。她一個年輕姑娘，什麼都做，能採買卸貨，也能拌菜掌勺，日子稱得上和樂安逸。

沒想到，世界末日突然降臨，全球進化，一夜之間，許多人有了特異功能。

何嬌杏不是異能者，唯有力氣變大而已，只比普通人好些。艱難苟活三年後，她死在一次清理任務中，醒來就到了魚泉村，變成何家二房閨女何嬌杏。

何嬌杏穿越來時才三歲，冬天裡生了場重病，好不容易才退了高燒好轉。從末世到太平年間，她適應了好久，剛開始看見粗茶淡飯，都能眼睛發光。

這個朝代叫大燕，很像前世歷史上的明清時期，但有許多東西不同。魚泉村是大燕西南邊臨河的小村莊，村裡有何、趙兩大姓，還有些遷來的散戶，加起來共好幾百人。

何家兄弟共有一條小漁船，何三太爺養了隻魚鷹，經常划船出去捕魚，順便載人過河。

種田、養家禽、家畜不說，還有賣魚的進項，何家日子不難過，且何嬌杏驚喜發現，之前的怪力，也跟著帶來了。在末世，進化者只是初期吃香，之後處境一天比一天艱難，但在做什麼都要靠人力的古代，力氣大可實用了，說她一個嬌姑娘頂三個壯漢，還嫌客氣呢！

這力氣令人羨慕，也令人懼怕。身為魚泉村第一大族，何家姑娘向來好嫁，大房的堂妹何冬梅才十五歲便訂了親，但何嬌杏的親事卻還沒著落。

村中破落戶不敢來提親，趙家同他們倒是門當戶對，偏偏那家歲數相當的男子，全被何嬌杏修理過，不是從前一起玩的時候吵起來，就是看她漂亮開口調戲，還有嘴壞的逮著機會便宣揚她的惡名，說她又凶、又霸道，話不多卻很愛動手，一巴掌能打掉人家滿口牙，比豬還能吃，家底兒薄的會被她吃窮，讓本來有意思的人紛紛打起退堂鼓。

結果，今年何嬌杏要滿十八了，親事還沒說好，為了這事，她爹娘沒少發愁。

這不是秘密，整個家族都知道，卻不覺得有什麼。祖母在世時，常說人要自立才好過日子，何嬌杏有那把力氣，嫁不嫁人都行，嫁了也不會受欺負。

這時，唐氏聽見動靜，擦著手從廚房裡出來了。「杏兒，妳把米放下再出來跟香桃說話，提著不嫌重啊？」

「三十來斤有什麼重的？」

唐氏瞪她。「別在外面說這些，妳把米袋拿去放好，到廚房來。」

何嬌杏應下，提起白米進屋。

何嬌杏以為唐氏要她上灶幫忙，卻發現好像不是，遂端起碗喝水，聽唐氏說話。

「剛才妳出門後，費婆子來過。」

費婆子是十里八鄉有名的媒婆，兒子是貨郎，常在各鄉走動，急著娶媳婦又尋不到對象的人都會找她，她不光知道附近村裡有哪些姑娘還沒訂親，加上有張巧嘴，能幫忙說合。

何嬌杏披著古人的皮，內裡卻是現代人的靈魂，媒婆上門會有什麼事，不就是說親嗎？小弟才十四歲，說的肯定是她，這沒什麼不好意思，問費婆子是為誰來，不是本村人吧？

「河對面大榕樹村的程家。」

「對方多大年紀？是怎樣的人？」

唐氏接過她手中的空碗，洗好放在灶臺上，又往灶爐裡加了兩根乾柴，才說：「娘也不認得，聽費婆子說，小夥子比妳大一歲，模樣周正得很，十里八鄉難有更俊的。」

「長得俊，卻沒娶妻，還打我的主意？不是我瞧不起自己，但好說親的不會瞧上我，他有什麼毛病？」

唐氏語塞，頓了頓，道：「聽說脾氣還不錯，就是沒成家，不太懂事，有點吊兒郎當，他也不是難說親，是想找個能幹些的媳婦。」

「費婆子這麼說？」

唐氏點頭，何嬌杏就笑了。「媒人的嘴，騙人的鬼。」

「娘沒答應，也沒回絕她，說要和妳爹商量。妳不小了，這兩年總要嫁人，鄉下成親早，妳這年紀不好太挑剔，難得有媒婆上門，程家也是人丁興旺，還是打聽看看，如果小夥子人品不錯，沒有劣習，就可以嫁。本事不大不要緊，肯踏實過日子便成，妳說呢？」

何嬌杏想了想。「要是模樣看得過去，沒大毛病，肯踏實跟我過日子，我就嫁他。」

唐氏聽著，鬆了口氣，心道閨女踏實，不像村裡有些丫頭，又要夫家家底兒厚，又要男人模樣俊，還要疼人，各方面都好的不是沒有，但這般好，何必放下身段找媒人說親啊？

大榕樹村的程家確實人多，程來喜和黃氏膝下有四個兒子，分別取名叫程家富、程家貴、程家興、程家旺。前兩個娶了媳婦，輪到程家興就麻煩，模樣最好，人也是最不正經，只有嫖和賭不沾，卻愛跟村裡地痞湊一起混日子。

程家興皮相好，少不了喜歡他的姑娘家，可喜歡沒用，婚姻大事是父母說了算，她們做不得主。人家養個閨女不容易，不肯隨意糟蹋，都說嫁他不如嫁給家底兒薄些但肯踏實幹活的，日子總能操持起來，若嫁給他，有什麼指望？

現在程家是不錯，程家興能混口飯吃，但以後呢？等爹娘歲數大了，還能指望兄弟養他不成？

所以，黃氏覺得好的姑娘，看不上程家興；肯嫁過來的，她一個都沒看上。眼看兒子十九歲了，媳婦還不知道在哪裡，一著急，便拿著雞蛋去找費婆子。

費婆子收下雞蛋，心想程家興在大榕樹村的名聲太響，不如去對岸碰碰運氣。

她想了一圈，想到何嬌杏，今兒上何家二房探過口風，看唐氏有些心動，趕緊折回來，準備替何嬌杏吹上一吹。

費婆子搭上漁船過河，趕在午前跑到程家，找程來喜的婆娘黃氏。

黃氏以為要過些日子才會有消息，不想兩天後費婆子便上門，想泡碗粗茶招呼她，卻被攔住了。

「妳別費事，我上門不是為了討口茶喝，是想和妳說，之前託我的事，有眉目了。」

黃氏一聽，拖了條長凳，拉著費婆子坐在簷下，等她細說。

眼看要吃午飯，費婆子沒和她蘑菇，說對面的魚泉村有個好對象。

「魚泉村啊，是何家還是趙家的？」

「何家的，是何三太爺的孫女，叫嬌杏。」

何嬌杏?!黃氏原是滿臉喜色，一聽這名字，頓時僵了。

費婆子是什麼人，往來說媒不光一張嘴伶俐，眼力也是極好，看黃氏這樣，便知她聽過何嬌杏的大名，怕事情攪黃，趕緊解釋幾句。

「外面有些傳言，我不敢說全是假話，但妹子想想看，你們家興不也一樣？多有精神的小夥子，只是還沒成家，不太懂事，要不是受傳言所累，憑他的模樣，早兩年就該成親，何至於找到我這裡來？

「何家閨女也是，我還特地去了魚泉村，摸清底兒才過來。妳肯聽，我就跟妳說一說；要是聽見名字便不肯，我可以再尋別家，只怕過兩年何嬌杏嫁了其他人，日子紅紅火火過起來，那時後悔了，豈不怪我？」

黃氏將信將疑，道：「村裡朱家有媳婦是從魚泉村嫁來的，聽她說何嬌杏是母老虎，脾氣大，惹著就要動手，有一回把同村的趙六打得半個月下不了床，我怕老三吃不消。」

黃氏說得委婉，外面傳得誇張多了，說何嬌杏是煞星投胎，能動手從來不多說，打完還有家裡善後。出了魚泉村，何家是個屁，在村中卻不好惹，吆喝一聲，立刻有十個、八個兄弟來幫何嬌杏；且這只是何三太爺一支，把遠親算上，隨便也有百來個人，娶她夫綱難振。

聽說何嬌杏已及笄兩、三年，親事還沒訂下來，黃氏覺得，這是高不成、低不就，太差了，何家肯定看不上；好一點的人家，自然要娶個溫柔體貼的，誰會喜歡凶婆娘？

但費婆子為了賺這筆謝媒禮，拚了命，從趙六的事說起，一路闢謠。

黃氏心想，這門親難結，卻不好得罪媒人，就當是閒話，讓她繼續說。

「趙六挨打的事，妹子只知其一，不知其二。趙家也是魚泉村的大姓，家裡有人被打成那樣，能不計較？

「趙六的確在床上躺了半個月，但不是何嬌杏動的手，何家人只不過踹了一腳，是趙老大講規矩，聽說自家出了壞胚子，痛打他一頓。那回，趙六跟何嬌杏結下梁子，氣不過，就編派她。」

黃氏想著，費婆子應該不會編這種話來哄她，遂道：「趙六亂傳，何家怎麼不解釋清楚，由他瞎說？」

「這個我也問了，那些話本就是背地裡傳的，何家人知道時，已經傳開，再去分辯顯得心虛，只能打趙六出出氣。」

氣是出了，對此半信半疑的人也信了，何嬌杏果然是惹著就要扒人家皮的母老虎。

黃氏無言。

費婆子解釋完，又接著說，何嬌杏力氣大是真，但沒跟自家人動過手，是講道理的姑娘，也很孝順。動手幾回，都是因為被外人欺到頭上，人家看她漂亮想占便宜，不該打嗎？

「何家殷實，何嬌杏模樣好，又能幹，魚泉村嫉妒她的人不少，有黑心的找著機會便說她壞話，想看她嫁不出去。她拖到今年還沒訂親，真是被謠言害了。」

費婆子還道，程家兒郎雖不用靠媳婦謀生，但娶個能幹人，總比娶個四肢無力、什麼也不會的強。媳婦不會做事，苦的是誰，第一個自然是她男人，操心完外面，還要操心家裡；第二個苦了婆婆，成天得替她收拾，累不累人？

這話說到黃氏心坎上，程家興是個靠不住的，對外總說成親後會懂事，但他到底會不會改，黃氏心裡沒底兒，萬一就這樣了，媳婦不能幹，怎麼過日子？

既如此，何嬌杏真是好對象，加上程家興臉皮厚，能捨得下臉面討饒，兩人成親，應該不至於鬧到夫妻打架的地步。

黃氏心裡滿意，臉色也好看了幾分。

費婆子見狀，鬆了口氣。「妳要覺得好，我再跑魚泉村幾趟，何家姑娘不是隨隨便便能娶到的。」

「煩勞嫂子，我聽嫂子這麼說，也覺得她跟我們家興登對，不過這事我說了不算，得跟他爹商量，今兒恐怕給不了準話。」

費婆子會意，拍拍屁股站起身，說過兩天再來，讓黃氏好生與她男人程來喜商量。

黃氏沒留她吃飯，揀了幾顆蛋給她，把人送出去。

見人走遠，程家兩房媳婦湊過來，問給程家興相看了哪家姑娘。

黃氏道：「八字還沒一撇，瞎打聽什麼？回灶上忙去。對了，讓鐵牛叫人回來吃飯。」

把媳婦們打發走了。

鐵牛是程家興的大姪子，還沒滿五歲，胖嘟嘟的，遠遠瞧見扛著鋤頭的程來喜，就扯著嗓子喊起來。

程來喜也大聲回他，讓他先回去。

接著，程來喜轉身要叫幾個兒子，只見老大、老二還在忙，老三卻已經爬上田埂，準備回家了。

「程家興，你要氣死我！」小兔崽子睡到太陽曬屁股才被轟出來幹活，懶懶散散地打著哈欠，現在聽到吃飯，精神就來了。

程家興茫然地看向老爹，這是又怎麼了？

冬天時他差點悶壞，好不容易等到開春，本想帶兩個人上山蹓躂，碰碰運氣，卻被老爹逮住，說開春農忙，要他下地。沒被抓到就算了，被抓到還扔下老爹和兄弟跑上山，挺不是人的，他只好扛起鋤頭去田裡，這幾天累死累活，怎麼老爹還不滿意呢？

看兒子滿臉無辜，程來喜氣結，回頭瞅瞅他幹的活，嫌棄地道：「你說你下地來幹什麼，折騰一上午只做了這點事，讓老子來做，不用半個時辰。」

程家興點點頭。「是啊，就說讓我下地，不如放我上山，是爹說春耕忙不過來，非要拖著我。」

「你娘急著幫你說親，我能不帶你出來做做樣子？由你睡到日上三竿再上山蹓躂，誰家姑娘肯嫁給你喝西北風啊？」

說到成親的事，程家興撇嘴，正想說他不著急，做大哥的程家富見狀，趕緊喊。「老三，你不餓啊？快回去吃飯。」

程家貴也在旁邊附和，讓他少說兩句，別再惹老爹生氣了。

回去的路上，程家興扛著鋤頭，嘴裡叼著草，邊走邊嚼，聽兩個哥哥一個扮黑臉、一個扮白臉地念叨。

「之前娘要幫你講親事，你說再等兩年，現在兩年過去，是該把事情辦了。我在你這年紀，早娶了你大嫂，你要拖到什麼時候？」

等兩個哥哥嘮叨夠了，程家興吐掉嘴裡的草，說娶媳婦是好，看著下飯、抱著好睡，可老娘打聽的不是嬌滴滴的姑娘家，是能拘著爺們、老氣橫秋的管家婆，誰喜歡啊？

第二章

開春農忙，黃氏怕家裡的男人們累壞身體，這些天的吃食做得特別好，今兒還燜了鍋臘肉飯，一人一大碗。

程來喜累了一上午，早餓壞了，端著碗公悶頭扒飯。幾個兒子吃相沒好看多少，也是狼吞虎嚥。

大媳婦劉棗花、二媳婦周氏沒上飯桌，黃氏坐在程來喜旁邊，吃沒兩口，就聽程家興說老爹嫌棄他，下午不下田了，上小雲嶺去。

附近多山，但坡頭低矮，旱地多半也在坡上。離大榕樹村最近的高山是小雲嶺，想砍柴或者吃野味，都得往那裡找。順著小雲嶺再往深處去，後面是大雲嶺，聽村中老人說，裡面有許多野獸，平時避著人，不會靠近村子，但要是天氣不好，山上沒了吃的，也會進村搏命奪食。

平常程家興拿小雲嶺當自家院子，三不五時去一回，有時套隻野雞，有時掏碗鳥蛋，再不濟，也能找到幾把野菜。

他種地不行，上山、下河倒是一把好手，黃氏不擔心他，就是氣悶。

外人看程家興遊手好閒，唯有自家人知道，他經常幫家裡添菜，偏偏上山、下河看起來像是不務正業。對農家來說，種地才算正經營生，種一畝能得一畝，上山碰運氣，要是不走運怎麼辦？

親戚們勸過程家興，讓他收收心，別總想著上山打獵，好生種地攢家當，娶房媳婦，生兩個孩子，才是正經。

姑婆、嬸子們說的時候，程家興嬉皮笑臉地聽著，還跟著點頭，卻不照辦，該怎樣還是怎樣。

這會兒，黃氏氣不過，放下筷子就要伸手去揪他耳朵，還沒碰著，程家興已經跳出七、八尺遠，滿臉戒備地瞅著她。

「別動手，有話好說。」

黃氏瞇了瞇眼。「我怎麼跟你說的？」

「娘說過的話啊，太多了。」

「我說今年開春要幫你說親，讓你裝裝樣子，先把媳婦娶進門再說。結果呢？我前腳託了費婆子，你後腳拆臺，這兩個月，你想混也下地去混，親事說成之前，不許瞎竄！」

見黃氏收手，程家興磨磨蹭蹭地坐回來，端碗扒了兩口飯，才哼道：「這不是騙人嗎？」

黃氏抬手拍他的後腦勺。「你當我想？你這麼靠不住，哪家姑娘樂意跟你？」

程家興不服氣了，摀著後腦勺回嘴。「您兒子這模樣，能少了人喜歡？」

「那有什麼用？年輕姑娘沒吃過苦，你憑一張臉能哄得她們團團轉，可人家爹娘不吃這套，他們不鬆口，你娶得著誰？費婆子那頭我打點好了，這兩個月你像話些，親事說成了，還有好日子過；你要亂來把媳婦搞沒了，看我怎麼收拾你！」

程家興說一句，黃氏能回他一長串，程家興慫下去，不敢說了。

黃氏踢踢他。「下午跟你爹下地，不許往山上跑，聽到沒有？」

「娘聽我說，昨兒下雨，今天山上蘑菇肯定多，再逮著野雞，燉成一鍋，那滋味……」

程家興還在咂嘴，黃氏啪地放下筷子，在滿桌人的注視下出了屋，過一會兒回來時，手上提著拚命叫喚的肥雞，在程家興跟前一揚手。

「饞雞是不是？這隻夠不夠你吃？」

眼看雞命不保，程來喜連飯都不扒了，剛剛才吃臘肉，現在又要殺雞?!

程家富趕緊從老娘手裡把雞救下來，程家貴在一旁打圓場，扶著黃氏坐下。「娘消消火，聽兒子說一句，老三要上山逮野雞就讓他去，去之前先把地裡的活幹完，也不耽誤。」

黃氏氣呼呼。「只怕他一出門，就腳底抹油溜走。」

「我跟大哥一起盯著他。對了，您跟費婆子看上誰了？」

黃氏說還沒決定，多看看再說，反正總要娶個好姑娘進門，不然這日子真沒法過了。

程家興也覺得沒法過了，最近幾個月，除了吃飯、睡覺，自家老娘都在收拾他啊！

用過午飯，程來喜端著碗，咕嚕、咕嚕灌水，幾個兒子都去歇著了，等會兒還得下地。

黃氏讓兩個媳婦收拾碗筷，站在院子裡邊剔牙、邊看天色，盤算著應該不會再變冷，準備過兩天去抱豬崽。

下午，程來喜的大嫂過來，也說到養豬、養雞，又問起程家興的婚事，有著落沒有，勸黃氏有差不多的對象就定下來，這麼拖也拖不來天仙，年紀越大行情越差。

「說是這麼說，我當娘的還是想幫他說個好一點的姑娘，若急起來沒看明白，後半輩子不是造孽？」

「可憐天下父母心，不過，我看老三比往常懂事些，這幾天還跟著下地不是？」

黃氏心道那是被逼的，但嘴上不這麼說，還擺出欣慰的樣子，笑咪咪地道：「老頭子年紀越來越大，當兒子的看在眼裡，不得多分擔些？家興不像外面說得那麼不懂事，之前上小雲嶺打野味都拿回來，還勸我們多吃。」

程家大嫂點點頭。「我早說了，男人家或早或晚都會懂事，像我們老么，家裡人都讓著他，早幾年也不像話。去年他成親，我娘家弟妹就出了個主意。

「兄弟各自成家後，第一個想的都是自家妻兒，有人能幹、有人孬，便會生怨，父母在，不分家，兒子們掙回來的家當全捏在父母手裡，一碗水端平，吃穿用度一樣，有出息的心裡能不多想？

「既然家不能分，便允許他們幹私活，只要做完家裡的事，若還有工夫，幹什麼都行，掙了錢，交一半給家裡，一半自己攢著。我家那幾個，原先叫他們下地幹活，就是你指望我，我指望你，誰也不肯多做，現在不用我催，全趕著去，早點做完才不耽誤掙錢，爭吵也比從前少多了，心裡有盼頭，都肯上進。」

程家大嫂說起這個，是想讓黃氏學她，現在程家興愛怎麼混便怎麼混，得逼著他掙錢，人是逼出來的。

「那他們不會一心想幹私活，耽誤地裡收成？」

「又沒分家，妳當娘的還怕收拾不了他們？」

黃氏想想也是，就算家裡有吃有喝，看見兄弟荷包越來越鼓，能不眼饞？只要眼饞，總要打些主意，事情就成了一半。

「嫂子這主意是好，可我這會兒沒心思安排，還是家興的親事更要緊。」

「我不過是說到這裡，跟妳閒聊幾句，要是他成了親還不上進，妳再試試這法子。」

黃氏謝過她，才說回抱豬崽的事，約了個時候，準備一起去看。

不知有心還是無意，妯娌倆一看就看到河對面的魚泉村去，經過了何家院子。

這日，何嬌杏用過年搓湯圓剩下的糯米磨成粉，做了盆魚皮花生，放涼後裝了一碗送去給何三太爺，說了幾句話，才從大伯家回來。

何嬌杏繫著藍布圍裙走到院子前，跟黃氏遇個正著，對她們笑了笑。

黃氏見她笑得好看，心想這是哪家閨女，起了攀談之意，停下來問：「姑娘，妳是這院子裡的人嗎？能不能討口水喝？走了一路，渴得很。」

喝完何嬌杏遞來的水，離開何家院子，程家大嫂還在嘀咕，沒想到那就是何嬌杏。

黃氏附和。「看她走出來大大方方，待人接物也很得體，哪像外面傳得那麼荒唐。」

「我藉著喝水工夫掃了一眼，何家日子好，屋梁上掛的全是香腸、臘肉，廚房裡一股油香，不知道做了什麼好吃的。」

黃氏也聞到了，看她家爹娘都不在，料想是何嬌杏下廚，手藝應該不錯。

「嫂子，妳瞧何家這丫頭怎麼樣？」

「挺好的，比外面那些人形容得不知好多少。」

黃氏前後看了一眼，瞅著村道上沒別人，擺手道：「我不是這意思，我想託人把她說給老三當媳婦，怎麼樣？」

程家大嫂停下腳步。「這麼一眼，妳就看上了？」

「我想著，這模樣、這年紀，跟我們家興匹配。妳看她繫著圍裙、挽起衣袖，就是幹活的樣子，家裡沒人盯著，也知道做事，應該是踏實過日子的勤快人。選媳婦一看本人，二看家裡，這姑娘我瞧著不錯，至於她家，哪怕隔一條河，也聽過何家的名聲。」

「妳都說到這分上，還問我幹什麼？回去找媒人來提親啊！」

黃氏心裡有點虛，跟她咬耳朵。「我看著是好，就怕人家爹娘瞧不上家興。」

「假如是妳嫁女兒，會指望女婿什麼？看準這個把人哄過來。」程家大嫂腦筋動得飛快，幫忙出主意。「別的不說，家興的模樣在大榕樹村是數一數二的周正，好幾家閨女中意他。這樣吧，明兒叫他跑趟何家，想辦法跟姑娘見面，只要看對眼，事情好辦得多。」

「平白無故的，他去何家幹什麼？」

「還能幹什麼？買魚啊！」

程家大嫂一說，黃氏想起，聽聞何家幾房都養活魚，誰家想吃，隨時過去都能買到，倒是現成的好理由啊！

當夜，黃氏關上門，把事情的前前後後跟自家男人說了。

程來喜不敢相信，聽完又不放心地問一句。「終身大事不是兒戲，妳看明白了？」

「怎麼，你不信我？」

「信，但外面那些話到底怎麼傳的？根本相差十萬八千里，照妳說的，何家閨女不是挺好嗎？」

「你管他們怎麼傳，全都眼瞎才好，他們不瞎，能便宜咱們？」

黃氏說著，拍了拍程來喜。「那咱倆說好了，我去安排，你看情況幫襯，不許拆臺。」還說前面兩個兒子選媳婦時，根本沒這麼挑剔，他們是勤快人，對象看著中意，沒大毛病就娶了，是程家興太不可靠，才要指望媳婦。

這些話，程來喜天天聽，耳朵都要長繭，應了聲便睡下，沒多久便鼾聲如雷。

黃氏卻越想越興奮，胡思亂想到半夜，才生出倦意。

隔日，天濛濛亮，雞剛叫一聲，黃氏就起來了。

平常爹娘縱著，程家興能睡到日上三竿才慢吞吞起床，漱洗過後再溜進廚房找吃的，黃氏會幫他留碗稀粥，或在灶爐裡埋些番薯，總不會讓他挨餓。

可今天天剛亮，黃氏就走進他屋裡，喊一聲沒動靜，喊兩聲還是沒動靜，遂伸手把他的鋪蓋掀了。

初春的早晨還是有點冷，黃氏看著三兒子縮縮縮，不過片刻，就把自己縮成一顆球，一氣之下，一巴掌結結實實地拍在程家興的手臂上。

程家興迷迷糊糊睜開眼，瞧見抱著鋪蓋站在床邊的老娘，冷得一哆嗦。「娘，您這是幹什麼？」伸手把鋪蓋裹回去，蹭了蹭。「不是還早？我再睡會兒。」

黃氏不說話，轉身出屋打涼水，擰了方濕帕子來，抬手蓋在程家興臉上。

程家興一個激靈，立刻直挺挺地坐起來，打著哈欠穿好衣裳，漱洗完稍稍清醒些，才回身問老娘怎麼了，為什麼這麼早來叫他。

黃氏端著稀飯過來，連碗帶筷子往他手裡一塞。「快吃，吃完替我跑個腿。」

「跑腿？去鎮上嗎？買什麼？」

黃氏說不是鎮上，去河對面的魚泉村，上何家串幾條大鯽魚。

程家興喝了口粥，道：「鯽魚？那個肉少刺多，沒什麼好吃。」

「我不能燉湯嗎？讓你去你就去，哪來那麼多話？」黃氏說著，不忘告訴他，何家有好幾口大水缸，讓他多瞧瞧，選兩條最大的。

程家興不知道黃氏打的主意，喝完粥，拿著銅錢要出門，又想到時辰太早，恐怕沒船過河，便把平常用的打獵什物翻出來修一修，再搓條草繩，準備拿來串魚。

買魚最好是端盆子去，裝活的回來，但程家到何家的路有些遠，如果中午就下鍋，買死的帶回家也成。

程家興出了門，遠遠地瞧見河上有人撐著小漁船，船頭上還立著魚鷹，過去一看，不正是何三太爺。

程家興抬起手招了招，何三太爺將船划來，問他是不是要過河。

何家漁船擺渡，一文錢一趟。程家興剛要點頭，卻發現船篷下擱了裝活魚的木桶，便伸長脖子看。

「今天三太爺收穫不錯，有鯽魚嗎？我娘想吃鯽魚湯，讓我串兩條回去。」

何三太爺點頭，讓他自己挑。

程家興選了兩條最大的，付完錢綁好，回家去了。

結果，程家興辰時末出門，巳時正便到家，一進院子就喊娘，說大鯽魚買回來了。

「我運氣好，在何三太爺漁船上揀著兩條大的，沒去他家裡挑。」

黃氏還在納悶兒子怎麼這麼快就回來，聽見這話氣壞了，黑著臉出來，張嘴開罵。「我讓你去他家裡看，多選一選，你倒是會撿便宜。」

「不都一樣？都是鯽魚。」

黃氏伸手打他，氣道：「我是讓你去看看何家姑娘！昨兒我跟你大伯母抱豬崽，路過何家院子，看見一個好看閨女，若你喜歡，我好託費婆子說媒。」

程家興從被叫醒便覺得莫名其妙，聽完才知道背後還有隱情，拍了拍黃氏的肩膀安慰她。「看來我跟她沒緣分，您別強求了。」

黃氏橫了他一眼。「你好歹去看看。」

程家興想了想，把鯽魚放進廚房裡，問黃氏看上何家哪個姑娘。

黃氏說：「你應該聽過，是何三太爺的親孫女，何嬌杏。」

程家興吊兒郎當聽著，表情突然僵硬，慢吞吞地抬起手，掏了掏耳朵。「我沒聽清，娘再說一遍，是誰？」

「何家二房的何嬌杏。」

程家興懵了，抱頭蹲下。「我錯了，這哪是找管家婆，根本是母老虎！」仰頭看黃氏。

「娘，我真是您親生的兒子嗎？」
黃氏抬腳踹他屁股。「小兔崽子，胡說八道什麼？」
「那您怎麼狠得下心挑這種媳婦呢？誰不知道一個她能頂三個壯漢，一拳下去打死牛，我要是娶了她，還有活路?!」
「誰跟你說笑？要是說笑，犯得著大清早叫你起來出門？」
那事情就大了，程家興伸手想探老娘的額頭，被黃氏拍開。「說就說，還動手動腳！」
「娘莫不是燒壞了頭，怎能把我跟她湊成對？」
黃氏挑眉。「不看看你什麼德行，還嫌人家配不上你？」
這點自知之明，程家興還是有的，推著黃氏往簷下走，道：「不是她配不上我，是我這小身板配不上她。以前跟您對著幹是兒子不對，以後幫我說什麼花都配合，何嬌杏就算了吧！人家那麼大本事，嫁我不是糟蹋了？」把何嬌杏捧得高高的，話裡話外就是不肯。
黃氏聽了，拽他過去，壓低聲音說：「我說再多，你都不信，還當我編著話哄你。這樣吧，我倆各退一步，你去何家院子瞅瞅，若還是搖頭，我也不勉強，我是你娘，做什麼不都是念著你，她要沒一點好，我憑什麼稀罕？」
程家興蹲在旁邊，想了想，好像有點道理。「要不喜歡，您真不逼我？」
黃氏撇嘴，心道他去看了，還不急吼吼地回來求她請媒人上門提親？這親事還不是那麼好說，何家有些底子，相女婿能不挑嗎？真不挑，何嬌杏早嫁出去，不會等到現在。

她晃個神，程家興便露出懷疑神色，瞧著又要拒絕，黃氏趕緊點頭答應。「你也不能哄騙我，必須親自見到人。」

這麼一來二去，程家興有了點興趣，原先就聽說何嬌杏長得不錯，但他不信，十幾歲的小娘子，力氣比三個壯漢加起來還大，不得金剛怒目、肌肉糾結？但這會兒瞧自家老娘的表情，擺明篤定他能瞧上，甚至會連跌帶爬地回來求人。

程家興在心裡笑了一聲，他倒要看看，何家母老虎是哪路天仙，就算人有那麼一點點好看，也要穩住，不能打自己的臉。

母老虎要不得，長得好看的母老虎，怕是要吃人啊！

第三章

程家興跟黃氏說好後，又跑出去，直到河邊，才想起該編個說詞。

他正琢磨著，就看見對岸有個小娘子邊招手邊喊阿爺，何三太爺便划船過去。

祖孫倆說什麼，程家興沒聽見，只覺得那小娘子真好看啊！

小娘子身段好極，藍布圍裙勒出纖腰，衣袖稍稍挽起，露出細白手腕。

程家興眼力好，只望了一眼，心裡就是一蕩。這會兒工夫，小娘子已經上船提出篷下裝魚的桶子，換了新桶，何三太爺則坐在岸邊吃飯。

吸引程家興目光的小娘子，正是何嬌杏，受伯母所託，來幫何三太爺送飯，順道將上半天的收穫帶回去。農閒時，這活由家裡的男人們幹，但這些天都在忙春耕、春種，女人們要抱豬崽、孵小雞，還有空閒並有力氣的，只剩何嬌杏了。

裝魚的木桶做得大，裡面裝滿水跟魚，要兩個男人合力才能運回去，可落在何嬌杏手裡，輕輕鬆鬆便能拎起來。

她正打量著上半天的收穫，在旁邊扒飯的何三太爺站起來了，道：「對面好像有人啊，杏兒去問問。」

何嬌杏便朝那頭喊話。「對面的，是要過河嗎？」

「是，是！」程家興答應完，想想不對，小娘子在跟前，過什麼河？乾脆把黃氏的安排拋在腦後，極不要臉地改了口，衝河對面喊。「三太爺，是我，程家興，剛串了兩條鯽魚，但家裡來客，我娘讓我再買兩條。」

何三太爺聽了，咧嘴笑，讓何嬌杏把船划出去，載他過來挑魚。

何嬌杏搖槳，划到河中央，就看清楚程家興的樣子了。前些天費婆子登門說起他，不由多瞥了一眼，還真是中看。

程家興的長相並不是書生的俏，高鼻梁、劍眉星眼，又因為性子懶散，眉宇間有些吊兒郎當的氣質，瞧著痞壞痞壞的。

這般模樣，對了何嬌杏的胃口，但長成這樣卻沒娶到媳婦，可見毛病不小。

何嬌杏不動聲色，將船停穩了，招呼人上來。

程家興一步跨到船頭上，站定後，隔著船篷打量何嬌杏。

起初，何嬌杏沒理他，但這壞蛋的眼神太直接，毫不掩飾地盯著人猛看，不光看，還問她是何三太爺的哪個孫女，叫什麼名字。

「你買個魚，廢話怎麼那麼多？」

「說說嘛，妳是何家哪房的？叫什麼？許人沒有？」

何嬌杏輕笑一聲，問程家興，許了如何？沒許又如何？

「許了，我打他一頓，把人搶過來；沒許，我回去讓媒婆上門提親。」

何嬌杏無言了。「不要臉！」

「我一看妳就喜歡，妳長得就很像我媳婦。」

何嬌杏忍住了，沒一竿子把程家興打下水，兩、三下把船划到岸邊，靠穩了繫好。「你不是要買魚？不下船還站著幹什麼？」

程家興聽了，上岸蹲在木桶邊瞅了瞅，挪到何三太爺身旁，小聲問：「三太爺，這是您孫女啊？從前怎麼沒見過？」

「杏兒多是午前或傍晚出來，幫我提桶子回去，那時你應該在家裡吃飯。說起來，你也少到河邊，我還記得你小時候很愛泅水。」

「前幾年，我們村裡淹死了人，娘便拘著我，我也怕嚇著她，就往山上去。」程家興說著，又瞄了何嬌杏一眼，得意洋洋，不說他也打聽到了，叫杏兒。

等等，這名字有點耳熟。何杏兒？不對，娘啊，她是何嬌杏。

程家興懵了，又聽見何嬌杏訓他。「我阿爺在吃飯呢，你纏他說什麼話？來看魚！」

雖是責問，那聲音卻怪好聽，程家興一個恍惚就照辦了，回過神，選好魚給了錢，讓何嬌杏划船送他到對岸。

他走著，還回了兩次頭。

何嬌杏是好看，不光好看，身上有股勁，讓他心癢，哪怕心裡還有另一個他提醒，這是力氣比牛大、單手能托起磨盤，金剛怒目、肌肉糾結的何嬌杏，還是止不住那感覺。

這下，真的完了。

程家興提著兩條肥魚，邊嘆氣、邊往回走，一進院子就看到端著碗在屋簷下吃飯的老娘。

黃氏瞧見兒子，雙眼一亮，還沒來得及開口，便發現他垂頭喪氣，滿臉狐疑，上前問他怎麼了。

「又這麼早回來，你到底有沒有去何家院子？」

「去何家幹什麼，在河岸邊就看見人了。」

這下，黃氏來勁了，問他看不看得上。

程家興想護著自己的面子，嘴硬道：「馬馬虎虎。」

黃氏沒想明白，皺起眉。「什麼意思？」

程家興不敢看她，打馬虎眼，說算湊合吧，想讓何嬌杏進門也行。

黃氏是誰？是程家興的親娘！十月懷胎生下他，一天天看著他長大，聽見這話，再看兒子的彆扭勁，還有什麼不明白？

這下，黃氏不著急了，接過肥魚往廚房走。「看不上就算了，娘再喜歡，跟媳婦過日子的還是你，勉強娶回來，你不痛快，也糟蹋人家。」

程家興聽了，想到出門前跟黃氏的約定，頓時大急，幾步追上去，改口道：「還可以，也沒有很看不上。」

黃氏把魚放進盆裡，回頭問他。「你說得含糊，我怎麼聽得懂？沒有很看不上，到底是看得上，還是看不上？」

程家興登時感覺有兩巴掌抽在自己臉上，很疼，臉還燙得很，知道老娘在打趣他，只能硬著頭皮道：「我一眼就看上了，您趕緊託人過河提親吧，別讓其他家搶了先。」

黃氏擰他的耳朵。「早上讓你去看還不樂意，磨磨蹭蹭地不出門，這會兒知道著急了？」

程家興心虛，不敢還嘴，趕緊認錯。「是我誤信傳言，沒理解娘的苦心，我錯了。」

黃氏笑話夠了，把留給他的熱飯端出來，要他拿出去吃。

程家興捧著滿滿一大碗魚湯泡飯，奶白湯汁配上大塊肚皮肉，還有兩片青菜。黃氏怕這點菜不夠他下飯，又切了泡蘿蔔，舀了一勺蘿蔔丁給他。

程家興嘿嘿笑了。「娘真疼我。」

「現在知道了？讓你看個姑娘，還當我要害你。」

「我錯了嘛，娘別再提，您趕緊去費婆子家，讓她過河替我說媒。杏兒那麼好看，又很能幹，被人搶走，您上哪兒再找這麼個媳婦來？」

黃氏無言。小兔崽子，之前不急著成親的是他，現在火燒屁股的也是他，改口改得可真快啊！

黃氏心裡想著，三兒子還是像她的，當初她當姑娘時，好多家託人來說親事，那時爹娘也道成親就要過一輩子，問她樂意跟誰。她挑揀一遍，最後選上樣樣都不錯的程來喜。程來喜個子高，身形挺拔、模樣端正，當爹的底子好，四個兒子生下來都高高大大。程家興長得比兩個哥哥還要好，要不是混了點，親事何至於拖到現在？得快點把何嬌杏定下來，要是說不好，恐怕程家興真要等到猴年馬月才會成親。

洗完碗，黃氏去找費婆子，路上還在想兒子們的事。

四個兒子裡，程家興是討債鬼，跟他比，老四程家旺能幹多了，從小手巧，愛搗鼓些小玩意兒，長大後便送他去學木工，老木匠看他學得好，又懂事，學成後能獨當一面，還想把自家閨女嫁給他。

這回黃氏上門，拿的不是雞蛋，是錢，話裡話外對何嬌杏非常滿意，讓費婆子千萬盡力，但凡親事能成，秋收後辦喜事，紅包少不了，還要讓程家興打好酒、提活雞來謝媒。

費婆子接過錢，掂了掂，笑得真心實意，打了包票，讓黃氏回去等消息。

另一邊，距費婆子上次過來已有幾日，唐氏已經叫小兒子去打聽程家底細，也把打聽來的話告訴閨女。

「程家興倒沒其他劣習，就是對農事不上心，聽說喜歡上山下套逮雞捉兔，但這陣子人長進了點，常幫忙幹活。」

程家家境不錯，唐氏有點動心，但想到程家興不愛種地，心裡又有些虛。鄉下人沒一門手藝，不種地還能做什麼？真指望山上天天送野雞、野兔？

唐氏猶豫再三，道：「要是費婆子再來，我問問她，看程家有沒有動靜，假如好事說成，以後程家興打算怎麼營生。」

何嬌杏抓了一小把魚皮花生吃，又脆又香。「娘是不是指望程家興能改？可我覺得本性最難改，現在程家想和咱們結親，說什麼都會答應，但以後做不做，卻是未必。」

「杏兒是不指望他能學好，想直接推了？」

「倒不是，我去河邊給阿爺送飯時，見過程家興，模樣的確好，我沒指望他有多大能耐，只求一門心思跟我過，不能想著別人。看看我們村裡的趙六，看見漂亮的就想摸一把，摸不上也要說兩句噁心話占便宜；他爹更不是東西，媳婦病了不管，摸黑往寡婦屋裡竄。」

唐氏聽了，嚇得不輕，伸手要摀女兒的嘴。「妳這孩子，這話是能拿出來嚼舌的？被人聽去怎麼辦？」

「娘放心，我耳力好著，這裡只有咱倆，沒別人。」

唐氏嘆氣。「別家姑娘說起親事都臉紅害臊，妳怎麼這樣放得開？還能品頭論足。」

何嬌杏沒覺得不對，買菜都得挑好的拿，更別說選丈夫了。「小弟怎麼說？程家興人品如何，平時拈花惹草嗎？」

唐氏語塞，想了想，認命答了。「只是不愛幹活，跟兄弟處得好，也有孝心，他常跟村裡閒漢攪和，但不招惹姑娘家。」

想起之前程家興在漁船上說的那些話，何嬌杏差點把他打成第二個趙六，沒想到人品竟然還可以。

「探聽清楚了嗎？」

「妳的事，東子能不上心？他說的還能作假？」東子正是何嬌杏的親弟弟，鄉下人不習慣叫人大名，都是喊小名的。

何嬌杏笑開臉。「那就好。」

見女兒笑得這樣好看，唐氏警覺起來。「杏兒，妳是不是看上他啊？」

何嬌杏笑得更開心了。

這日，費婆子過來，發現程家不是一頭熱，何家彷彿也有點意思，這門親事比她預想中還好撮合。想到兩邊的家底兒，喜事能成，謝媒錢少得了？心裡一熱，狠狠吹噓程家一通。

她先是說，雖然程家興現在沒什麼出息，但他孝順，會體貼人，家裡長輩都疼他，肯幫扶著；又說女人過日子求的不是潑天富貴，還是要有個知冷熱的枕邊人，朝夕相對一輩子，選個好看的，日子過得愉快些，為他生兒育女也甘願。

費婆子說著，招招手，讓唐氏靠過去，小聲道：「前兩天，程家興他娘出來看豬崽，到了你們村裡，特地瞧過杏兒，滿意得很，拜託我一定要把親事說成，叫你們放心，杏兒嫁過去不會吃苦，是去享福的。」

媒人說的話，唐氏不敢全信，但聽著依然高興。「他們真是滿意杏兒？」

「滿意！拜託我多幫襯，指望著忙完秋收，便娶媳婦進門。我說過不少親事，姑娘家要過好日子，就得嫁個把她當寶的，男人家不稀罕妳，有萬貫家財也捨不得給一文；他心裡裝著妳，哪怕成親時窮得叮噹響，為了讓妳吃口熱飯，總會設法去掙錢。程家家底兒不差，人丁興旺，錯過這戶，以後很難再找著這樣的對象。」

費婆子作了許多年的媒，句句說在人的心坎上。唐氏本來有些顧慮，聽了這番話都覺得自己求得太多，什麼都要，結果就是什麼都沒有。

既如此，唐氏不再猶豫，道：「我信得過費嫂子，但我家就這個閨女，擇婿是大事，光聽人說，沒辦法一口答應，勞妳帶句話，讓程家興來見見我們當家的。」

兩家隔著河，並不熟悉，這要求不過分，費婆子應承下來，又問幾時來見比較好。

「明天我們當家的會划船出去，讓他到河邊來吧！」

費婆子點頭，便告辭了。

這天傍晚，何家大房的人到河邊把何三太爺下午的收穫抬回村，大的草魚賣了，剩幾條鯽魚，便揀了尾七、八兩重的過來，拿給何嬌杏。

何嬌杏道謝，回頭殺了，直接下鍋。

唐氏從裡屋出來，聞著蔥薑蒜爆開的香味，到廚房一看，果然是自家閨女在忙活。

「做什麼好吃的？」

何嬌杏看著鍋裡，應道：「大伯母送魚來，我燉湯給嫂子補補，咱們也分一口吃。」

唐氏知道閨女的手藝極好，家裡辦席經常是她掌勺，端出去的菜總被吃個一乾二淨，之前還有人說，有這手藝不如到縣裡賣吃食。何家要是窮一點，興許會打這主意，偏他們日子過得紅火，哪肯讓沒嫁人的閨女拋頭露面掙辛苦錢？

上輩子開餐館，何嬌杏累過，加上身處末世，吃也吃不飽，睡也睡不好，因此穿越來後分外珍惜太平日子，年紀輕輕卻比誰都看得開，不求富貴，天天吃飽，安穩便好。

何嬌杏起油鍋爆了蔥薑蒜，把魚煎到兩面金黃，看差不多了，往鍋裡加一大瓢水，開始燒魚湯，才回身跟黃氏說話。

「之前我做的魚皮花生，兄弟們愛吃，但爹好像不是很喜歡？」

提到這個，唐氏就想笑。「東子什麼都愛吃。妳爹嘛，嫌那層皮太硬，讓妳下回做香辣的。」

「咱們家只剩那點花生米，全讓我用了，哪還有下回？我想著，去年收了不少黃豆，明兒我做塊豆腐，燉魚也好，燒著也好吃，再做點豆皮炸成辣條，給東子吃著玩。」

何嬌杏做過豆腐和豆乾，卻從未碰過豆皮，嫌麻煩，是這陣子看東子天天下地，想犒賞他，才打算做辣條。

唐氏沒吃過豆皮，又問辣條是什麼東西？

辣條是前世紅遍大江南北的零嘴，何嬌杏照著網路上教的步驟做過，和外面賣的有點不同，也挺好吃。

何嬌杏稍微解釋一下，問這兩天有沒有人要去鎮上，辣條要提味，得買幾樣佐料。

「妳要些什麼，我拿錢叫東子去買，他腳程快，一來一回不過個把時辰。」

娘兒倆正說著，男人們回來了，唐氏走出廚房，讓他們打水洗手，準備吃飯，想起她和費婆子商量的事，對何老爹招手，喊他過去。

何老爹正拿汗巾抹臉，聽見唐氏叫他，連水都來不及喝，就跟著進房了。

第四章

何老爹進了房間，往床沿一坐，聽唐氏說話。

「前幾日我跟你提過，費婆子來了咱們家。」

「我知道，她想撮合我們跟河對面程家的親事，妳還讓東子去打聽。」

「是啊，東子說，程家興不愛下地，我想著大男人家不幹農活，豈不帶全家喝西北風？可杏兒好像不在乎這個，說有法子收拾，但要人家對她上心。程家不錯，今兒又讓費婆子帶話，只要我們點頭，她嫁去定是享福。我想著，咱們閨女嫁給誰，總不會把日子過糟；再說，日子一天天過去，姑娘家年紀大了，不好說親啊！」

早幾年，何老爹一點也不著急，閨女貼心，巴不得多留兩年，但現在哪怕少根筋，也知道再留是害了何嬌杏。

可何老爹想想東子說的話，有些不高興。「妳倒是挑個好的，難不成讓杏兒去伺候那個懶漢？」

唐氏聽見這話，立時垮下臉。「每回都是你跟東子話多，看東家的說是木頭疙瘩不會體貼人，看西家的說油嘴滑舌人不踏實，來一個、嫌一個。閨女被趙六坑了名聲，來說親的本就不多，又碰上這麼挑剔的爹，你看不上程家興是不是？那你去找好的來。我告訴你，今年定要把人嫁了，再挑下去，好女婿沒有，老姑娘一個，以後看閨女會不會埋怨你！」

「杏兒才不會。」

「她不會你就使勁鬧？」

何老爹悶不吭聲，好一會兒才說：「我還不是心疼閨女，她看上程家興了？那臭小子有什麼好？」

「你聽我一句，哪怕有千般好，杏兒看不上就是白搭，就算程家興有些不足，但杏兒中意，總能把日子過起來；再說，程家興不差了，長得高高大大，模樣好，性子也不錯，只是還沒成親，懶散些。你想想，杏兒最拿手的是什麼，不正是哄人嗎？東子懶起來，你喊不動，她就有辦法使喚人。」

「妳說來說去，根本是看上眼了，還跟我商量什麼？」

「我跟費婆子說了，要娶咱們家閨女，總要你這當爹的點頭。明兒你出船，程家興會到河邊，你心裡有話，直接問他，有什麼不放心的，讓他給個保證。」

何老爹悶悶地應下。

另一邊，魚湯做好，何嬌杏先端一碗給嫂子，才把剩下的盛出來，又端上炒青菜。她一邊添飯、一邊喊爹娘，有話吃完飯再說。

何老爹坐上桌，看著閨女就捨不得，昨天還是個小孩子，轉眼就這麼大了，到了不得不嫁人的時候。
何嬌杏端起魚湯喝了一口，笑道：「爹不吃飯，看著我能飽啊？」
何老爹不吭聲，低頭扒飯。
何嬌杏又說，她想做個零嘴，讓東子去鎮上買佐料。
東子眼睛一亮，問：「阿姊又要做什麼好吃的？」
「現在說不清楚，做出來嚐了就知道。明天你早點出門，把我要的東西買齊。」
「好，一早就去，回來再下地，阿爹跟大哥先幫我多做點。」
何家大哥正要點頭，何老爹悶悶地道：「我明天要出船。」
後來這頓飯，何老爹越想越悶，吃得可用力了，每一口都跟嚼程家興的肉似的。

何老爹心裡不爽，哪怕隔天起得挺早，出船的時候還是很晚了。他走到河邊，把鎖著的船推出來，準備下水，卻發現對岸蹲了個人。
原來，昨兒程家興聽費婆子說，只要何老爹點頭便能把小媳婦娶回來，整晚高興得翻來覆去，今早公雞剛叫一聲便起床漱洗，翻出最新的藍布衣裳穿好，把頭髮梳得整整齊齊。
黃氏在灶上忙，沒留意這些動靜，是兩個媳婦說不對勁，程家興沒讓人喊就起來了。
媳婦們不明就裡，黃氏心裡清楚，笑罵了聲。「妳們別管，先盛碗粥給他。」
天色還沒全亮，程家興咕嚕喝完粥，擦擦嘴便出門了。

程家興走到河邊，等半天沒等到人，想坐下怕弄髒衣裳，蹲得腳麻又起來走走，磨蹭快一個時辰，才見何老爹推著小漁船出來，趕緊站起身，像個傻子似地衝他招手。

何老爹看到他，氣不打一處來，慢悠悠地划船過去。

船剛靠岸，程家興就覥著臉笑，管他叫爹。

還沒鬆口許嫁，就喊上爹了？何老爹真想修理程家興，但卻聽臭小子說：「爹，您把杏兒嫁給我，我鐵定對她好。種地不行，我上山打野味給她吃；誰欺負她，我收拾誰。」

「不讓別人欺負，自己媳婦自己打是不是？若你關上門欺負她呢？隔條河都聽不到。」

程家興委屈了。「我疼她還來不及，怎麼會欺負她？再說，我跟杏兒關在一起，誰欺負誰，還不一定呢！」

何老爹在岸邊敲打程家興時，另一邊，何家院子已經忙得熱火朝天。

昨兒何嬌杏說要做豆腐，唐氏將豆子泡著，一覺醒來全泡發了。天剛剛亮，何嬌杏便刷淨石磨，在屋簷下磨起豆漿。

她嫂子挺著大肚子，在旁邊加豆、加水；唐氏把濾豆渣的布袋洗乾淨，牽出棉線，準備晾豆皮。

別家想吃豆腐，多半得出門買，自個兒推磨會累死人，濾渣、點滷這些工序也麻煩；但何家不一樣，他家有個何嬌杏，推磨比牲口快，一個多時辰才能磨完的豆子，到她手裡，沒一會兒就成了漿。

唐氏拿布袋濾出一大盆豆渣，豆渣留著烙餅，生豆漿則倒進大鐵鍋裡燒。見頭一鍋揭的豆皮都晾在棉線上，何嬌杏才另外起一鍋，拿石膏點豆腐。

這次只做了一板豆腐，剩下的豆腐花，中午剛好可以做頓熱騰騰的豆花飯。

離吃午飯還有半個時辰，因為天氣漸熱，怕豆腐放壞，何嬌杏留了兩頓豆腐魚的分後，將剩下的切成三塊，送去給其他幾房。

家是分了，何家四房還是團結，誰家做了好吃的，都會分出幾口；需要人幫忙，到院子喊一聲，馬上就有兄弟趕來。

何嬌杏去送豆腐，其他幾房的伯母跟嬸嬸高興得很，抓了花生、瓜子和糖塊給她。何家大伯母多問了一句，做豆腐要推磨，最是麻煩，怎麼想起做這個？

何嬌杏說：「我想做點零嘴給東子吃，正好得用豆皮，索性多磨些。上回做豆腐還是年前，幾個月沒做了。」

「說起來，妳阿爺最愛吃妳做的豆腐，說比鎮上賣豆腐的娘子做得好。」

「真的嗎？」

「當然，妳阿爺年紀大了，好些東西啃不動，豆腐好，吃著不費勁。」

何嬌杏笑彎了眼，說以後勤快點，月月做兩回。

何家大伯母應好，要她別省豆子，自家的磨完，到這裡拿，反正年年都種，又問：「對了，杏兒，妳娘在幫妳相看人家？是哪家小夥子？」

何嬌杏點頭。「說是河對面的，這事，您跟我娘打聽去，我怎麼好說呢？晚點零嘴做出來，再端給姪兒跟姪女嚐嚐。」

何家大伯母聽了，覺得何嬌杏通人情，懂事，嘴上卻假意抱怨。「妳就慣著他們，之後妳嫁出去怎麼辦？我想破頭也翻不出那麼多花樣。」

何嬌杏好笑，應道：「這還不簡單？嘴饞了就來找我。」

「那妳夫家會煩死呢！」

「煩什麼？我多做些，他們也能吃，豈不皆大歡喜？」

何嬌杏笑咪咪說完，聽見唐氏喊吃飯，便趕緊小跑回去。

看何嬌杏走遠，何家大伯母才把豆腐端進廚房，正在忙活的媳婦聽到動靜，回頭一看，頓時樂了。

「二房的豆腐做好了？還分這麼大塊給我們，這要怎麼吃啊？」

大伯母掃了她一眼。「吃吃吃，就知道吃，沒見妳們勤快過！」

「磨豆子這活兒，除了杏兒，哪個小娘子幹得了？我推一回，手心便生出好幾個水疤。」

「妳看著鍋裡，別把菜炒糊了。這豆腐先不動，晚上切了燒魚。」

不光何家大伯母，兩個嬸嬸也很疼何嬌杏，看她親事總說不成，還回娘家牽線；可惜她們太著急，硬是一通好吹，聽著就假，娘家人能信？說是這麼好的閨女，自家匹配不上。

結果，何嬌杏的親事，就這麼拖到今天了。

中午，整個何家院子都是豆香味，何嬌杏家美美地吃了頓豆花飯。

吃飽後，何老爹跟唐氏說起上午去河邊見程家興的事，東子則繞著豆皮打轉，這看著真沒感覺滋味有多好，不知何嬌杏想做什麼？

何嬌杏見狀，喚東子去收拾廚房，接著生火，把豆皮炸得金黃，又把他買回來的乾辣椒、花椒、桂皮、八角等佐料扔下鍋炒。

香辣味從何家二房的廚房飄出去，整個院子都聞到了。

另外三房有人走出來看，孩子們直接跑過去，抓著廚房門框，伸長脖子往裡看，但個子太矮，瞅不見鍋內的吃食。

何嬌杏回頭看一眼，發現廚房門口擠著好幾個小人兒，正饞得流口水呢！

「你們出去，當心被油濺著。」

孩子們卻不肯走，嚷著。「杏兒姑姑在做什麼？這麼香！」

東子正在看火，聽見這話，衝他們直擺手，嫌棄道：「去去去！這是阿姊做給我吃的，沒你們的分！」

這句話差點惹哭一群孩子，看門邊幾個在癟嘴了，何嬌杏抬手就要拍東子。

東子手腳快，躲得老遠。「阿姊，動口不動手，這一下落在後腦勺，我就傻了。」

何嬌杏瞪他。「你也出去，把他們帶到外面等，這裡不用幫忙了。」

但鍋裡的味道實在太香，那群孩子沒走遠，流著口水，面朝廚房，高高矮矮地蹲成一排。

辣條一做好，何嬌杏端著一大盆出來，姪兒跟姪女立刻抱住她的腿，踮起腳，仰頭喊著姑姑。

何嬌杏把盆子塞給東子，讓他去分，折回廚房再端一碗，送給爹娘嚐嚐。

辣條是吃著玩的，尤其嘴裡沒味道時，嚼著帶勁。唐氏吃了一根便沒再拿，何老爹倒是多吃了兩口，說這個好，能下酒。

「這次配料買得多，還能做好幾回，爹吃著好，東子他們也喜歡，下次我多做些。」

唐氏心細，說道：「再叫東子去鎮上買個能裝兩斤的小罈子回來，這是油鍋裡炸出來的吃食，能放幾天，下次送一罈給程家嚐嚐。」

何嬌杏也在嚼辣條，聽到這話，險些讓辣味嗆著，猛地抬頭看向唐氏。

唐氏笑道：「剛才商量好，妳爹同意把妳嫁去程家，過幾天他們就要上門提親。現在訂下，秋收後辦喜事，趕在今年把妳嫁出去，省得外面說嘴，妳也該過自己的日子去了。」

何嬌杏捨不得家人，抱著她娘的胳膊撒嬌。

唐氏拍了拍她。「留了妳好幾年，怎麼還捨不得？兩家隔得不遠，想家了，就坐船回來，程家興向妳爹保證會對妳好，要是沒做到，跟咱們說，讓妳兄弟收拾他。」

何嬌杏笑了聲。「哪用得著兄弟？我就能收拾他。」

這話剛說出口，唐氏便瞪她一眼。「妳得知道分寸，大老爺們都要臉面，至少在外人前，得替他做全面子，別讓人笑話他。」

何嬌杏嘟囔一聲。「他臉皮那麼厚，還怕人笑話？」嘴上這麼說，卻是把話聽進去了。

跟何嬌杏說完話，何老爹走出自家院子，繞過搶食的小孩子們，去了大房。

他把跟程家訂親的事說給何三太爺聽，原以為老爹應該看不上程家興，要挨幾下打，沒想到何三太爺咧嘴笑開。

「我就知道程家三小子中意我們杏兒，前些日子，杏兒去河邊幫我送飯，正好碰上他，盯著杏兒目不轉睛，心思全寫在臉上不說，還向我打聽，能看不出來？」

「那爹怎麼看？杏兒配他行嗎？」

何三太爺瞅了兒子一眼。「事情都說定了，還問我幹什麼？」

「要是爹不答應，回絕他也可以，我沒多稀罕那小子。」

何三太爺聽了，順手抄起煙桿子敲他。「誰說我不答應？我看他倆很配，就定下來，你跟程家好好商量，風風光光地把杏兒嫁了。這些孫子、孫女裡，數杏兒最體貼人，我早幾年就攢好錢，要幫她添嫁妝。」

自家老爹發話，何老爹只好搗著頭，悶頭應下了。

後來，費婆子又跑了何家一趟，說要合八字，向唐氏問了何嬌杏的生辰。半日後傳話來，說兩人很配，又選好來下聘的日子。

何家人商量後，準備當天開席，好好熱鬧一番。

何嬌杏人緣好，何家上下都喜歡她，全趕著來幫忙。

下聘那天，伯母跟嬸娘們掌勺，妳燒雞來我燉鴨，天不亮就忙起來了。

何嬌杏也起了個早，換上前兩天才做好的新衣裳，將一頭青絲分成兩股，扭成麻花辮。這年頭，府城跟縣城裡的姑娘會梳雙平髻或雙丫髻，但鄉下丫頭一來首飾少，二嫌麻煩，幾乎全紮辮子，用紅繩繫著。

何嬌杏廚藝好，但不太擅長打扮，幸虧底子極佳，膚如新荔、唇紅齒白，眼睛水汪汪像會說話，不施脂粉也很漂亮。

唐氏拿著胭脂進房，原想讓何嬌杏抹一點，但閨女人逢喜事，氣色很是不錯，竟用不著了，遂道：「收拾好就出來吃早飯。」

「娘先去，我摺完被子就來。」

等何嬌杏收拾好床鋪，出來一看，東子已經咕嚕喝著粥，嗅著屋外飄來的香味，說伯母跟嬸子們真早，已經把湯煨上了。

「今兒中午有口福，這頓的油水怕是比過年那幾天還多，雞鴨魚齊全。」

唐氏看他光知道吃，提醒道：「待會兒，你喊幾個兄弟把桌椅抬進院裡，把之前買的糖塊、炒瓜子，還有杏兒昨天做的魚皮花生和蜜麻花，拿碗裝好擺上桌，客人才有得吃。」

東子邊喝粥、邊點頭，點著點著不耐煩，唐氏翻來覆去講好多遍，傻子都記住了。

唐氏念叨完，又吩咐大兒子跟媳婦。「程家人有你爹接待，你倆把本家客人招呼好，桌上擺的零嘴吃得差不多就添上，別讓人說咱們小器，他們也吃不了多少，都讓那些占了肚皮，雞鴨魚肉往哪裡塞？」

這幾樣活兒是早分配好的，唐氏又提醒一遍，才放下心，吃起早飯。

飯後，唐氏還在收拾碗筷，大房便派人去接程家人過河。

程家來的人不少，排成長隊順著村道往河邊走，路上都在叮囑程家興，訂親後別再跟從前一樣，該懂事了。

平時，一句話翻來覆去地說，程家興不愛聽，該惱了，但今兒人逢喜事精神爽，長輩囉嗦便當沒聽見，滿心想著河對面的小媳婦。

程家人分批過河，隨帶路的人往何家走，還沒到就看見裊裊升起的白煙。

何家院子裡已經坐了好多看熱鬧的客人，程家人一露面，便有人嚷嚷。「何老爹呢？你女婿來了。」

程家人提著酒罈和茶餅，又送來一對銀鐲當定禮。何家人接過，這門親事就算訂下。

依照習俗，這時程家人可以沿著原路回去了，但雞鴨魚肉陸續端上桌，鄉下人沒那麼多講究，何老爹便招呼親家坐下，一起吃飯，下午再過河。

程家興嘿嘿笑。「今兒要招呼這麼多人，算了吧！我們回去吃。」

方才何嬌杏沒露面，這會兒從屋裡出來，站在屋簷下，衝程家興說：「我爹留你吃飯，你就坐下吃飯。」

程家兄弟聽了，心裡暗驚。完了、完了，以程家興的脾氣，不得開罵？大老爺們說話，女人家插什麼嘴。

不想，程家興眼睛一亮，居然立刻改口，喊自家兄弟坐下吃飯。他還在招呼人，眼角餘光瞥到何嬌杏轉身，又喊了聲杏兒。

何嬌杏站定，挑眉看他，不光何嬌杏，院裡好多人都在看程家興。

程家興厚著臉皮，道：「妳回屋幹什麼？不坐下來吃飯？」

來湊熱鬧的笑夠了，跟著起鬨，讓何嬌杏坐，那桌只有一個空位，在程家興旁邊。

何嬌杏大大方方地坐下，看看程家興，跟程家長輩打招呼，一起吃飯了。

第五章

吃完筵席，唐氏裝了好些零嘴讓程家人帶走，讓他們拿回去分給沒過來的人。

黃氏不肯接，今天來下定，吃了頓這樣好的飯菜，還拿東西，像什麼話？

唐氏說，擺盤的魚皮花生和蜜麻花是何嬌杏親手做的，鎮上沒得買，黃氏才收下。

程家人出了何家院子，剛走出來時，程家興看著還挺有規矩，但一回到大榕樹村，便走到黃氏身邊，問丈母娘給了什麼東西，聽說是何嬌杏親手做的。

「中午這頓還堵不住你的嘴？」

「我想嚐嚐杏兒的手藝嘛！」

一起去下聘的程家親戚聽了哈哈笑，有人說何家姑娘真好看，沒想到那麼漂亮。

「何家人真疼她，今天下聘，還擺酒席招待，油水足足的。」

「是啊，我看碗碗都是肉，沒幾樣素菜。」

程家興得意得很，而費婆子正拉著黃氏邀功呢！

黃氏沒跟唐氏講過話，今兒湊在一起說了不少。唐氏和她的幾個妯娌，話裡話外都讚何嬌杏能幹，不用人使喚便知道該做什麼，又誇她灶上活幹得好，燒的飯比誰都好吃。

之前讓程家興鬧著拿出一對銀鐲當定禮，黃氏還有點心疼，但吃完這頓，又看到何家的熱絡勁，舒坦多了。這門親結得不虧，看何嬌杏那樣，搞不好真能管住程家興呢！

回到家裡，黃氏才打開唐氏塞給她的袋子，程家興立刻伸手順了一把。

他拿起魚皮花生往嘴裡拋——鹹裡帶甜，又香又脆啊！還想多抓一把，卻被黃氏打手。

「還有一樣沒吃到呢，讓我嚐嚐。」

黃氏揀了兩小根蜜麻花給他，就把袋子提走了。

程家興不是很愛吃甜的，嚐過跟兄弟吹完便罷。他大姪子鐵牛才是饞嘴的年紀，吃過一回，立刻惦記上，這幾天老在黃氏跟前轉，討不到就去找程家興，滿臉饞樣地要蜜麻花。

「那不是我收的，你找錯人了。」

「沒找錯，那不是三嬸嬸做的？」鐵牛滴著口水，對程家興撒嬌。「三叔最好，最疼我，你偷偷過河跟三嬸嬸要好不好？別讓奶奶知道。」

程家興憐愛地看著鐵牛，抬手指了指他背後。「我看不成，你奶奶已經知道了。」

結果，鐵牛挨了頓罵，教訓完，黃氏讓他去菜地把雜草拔乾淨，回來給他兩根麻花。

剛才還可憐兮兮的小胖子高興起來，跟小牛犢似的，衝向離家門前不遠的菜地。

黃氏教孩子，是打一棒子再給顆甜棗。在這套招數下，其他幾個兒子長大都挺好的，唯獨程家興，從小跟別人不一樣，別人聽說幹完活有吃的，二話不說立刻去做，他卻能抱著人家的腿說一籮筐好話，喊得親熱，哄得人先把好吃的拿出來，等他嚐過，過了嘴癮，就不肯動了。

黃氏沒那麼好哄，當年程家興也不是找她，是對祖母撒嬌。

想起這段陳年舊事，黃氏氣結，當初沒把程家興降住，才養出這麼個不正經的兒子來。她說完鐵牛，回頭要說程家興，讓他訂親後像話點，別再跟從前一樣。

結果，人已經溜了。

黃氏氣得扯著嗓子喊。「程家興，你這兔崽子又跑哪兒去了?!」

兔崽子程家興腰間別著繩套跟柴刀，上小雲嶺去了，心裡熱騰騰的，想打點野味送給何嬌杏。鄉下地方沒那麼多講究，訂了親，兩人還是可以見見面，說說話。

村人都道程家興好吃懶做混日子，幸好投胎到程家，否則早餓死了。

嫌他懶沒錯，但說一點本事都沒有，有失公道。附近幾個村的人，甭管砍柴還是摘野菜，都會上小雲嶺，還因此踩出路來，卻不見打著多少野味。拿野兔來說，小雲嶺上有好幾個兔子窩，但村人就是逮不著，野兔太機靈了。

程家興卻有一手，他眼力好，手快，還會琢磨獵物的習性，找好地方下套。嘴饞時上山轉一圈，幾乎都能有收穫，只是，家裡幾個女人的廚藝實在不怎麼樣，有時懶勁上來，還勝過饞勁。

今天不一樣，程家興心裡想著何嬌杏那俏模樣，腳程比平常快些，片刻便走到山腳下，找條較偏僻的路上去，不過兩刻鐘，就逮到獵物了。

半個時辰後，他沿著村民砍柴常走的小路下山，將柴刀別在腰間，麻繩上綁了兩隻兔子。

程家興沒回家，提著兔子去了河邊。

農忙時，出船的往往是何三太爺，何家其他壯丁在田間忙活。

今兒，何三太爺看見對面來了人，聽見那頭吆喝，不正是跟何嬌杏訂下親事的程家興，便樂呵呵地把小漁船划過去，問他有什麼事。

「我打了兔子，要送給杏兒。」

「這麼肥，怎麼不留著自己吃？」

「我饞了，再上山打。」

程家興說著，上了船，現在兩家訂下親事，等於是一家人，過河方便。

何三太爺沒幾下便把船划過去，程家興上了岸，嘿嘿笑道：「阿爺，我不拿錢給您了，等杏兒燒好兔子肉，您多吃兩口。」

何三太爺笑著擺手讓他走人，自家孫女婿過河，收什麼錢呢！

過了河，離何家院子就更近，程家興心熱，大步流星地走在村道上，全然不嫌腿痠。人還沒進院子，便在附近的竹林外跟何家幾個胖孩子撞個正著。孩子們先瞅瞅在他手裡掙扎的野兔，才認出提著兔子的是未來姑父，趕緊往院子裡跑，邊跑邊喊杏兒姑姑。

這會兒，何嬌杏剛跟自家大嫂說完話，準備進廚房生火做飯，看見幾個蘿蔔頭從竹林瘋跑過來，便走出來問。

幾個孩子回身指向路口，程家興跟在他們後面。

「你怎麼來了？」

「我打了兔子，送來給妳。」

「給我幹什麼？」

程家興抹了抹額前的薄汗，道：「妳是我媳婦，我答應過爹，要給妳吃好的。」

何嬌杏叫他等等，拿木盆打了半盆清水，讓他洗臉、洗手。這會兒，何家的男人們全下田去了，唐氏也在菜地，家裡只剩何嬌杏跟挺著大肚子的嫂子。

何家大嫂看程家興過來，趕緊倒了碗涼開水，端出來後沒留在原處礙眼，拿吃的把幾個小的引進屋。

程家興這才把綁著的兔子放在屋簷下，蹲下來洗手臉，洗完將髒水潑進溝裡，盆子還給何嬌杏。

「來，喝口水，你幾時出門的？吃過午飯了嗎？」

「吃了才上山的。」

「這是剛才捉到的？」

程家興聽了，轉頭看看，見沒別人，才道：「我想見妳，又不好空手，才去打兔子。」

何嬌杏瞅了他一眼。「以後別再送了。」

程家興本是滿心火熱，這會兒一瓢冷水迎頭潑來，頓時垮下臉。

「妳不愛吃兔肉？」

「我什麼都愛吃，可你不能全往我這裡送，不然，我還沒嫁過去，你娘該討厭我了。」

何嬌杏想想，家裡有現成配料，決定做冷吃兔，又吩咐程家興。「你到河邊看看，有熟人就讓他帶話給你家，說是晚點回去，我把兔肉做好，等你吃完晚飯，端一盆走。」

「我留下吃飯，肉就不端了，都送妳了，豈有拿回來的？我一個大老爺，說話作數。」

何嬌杏推了他一把。「你先去傳話，不然待會兒天黑了，你家人要著急。」

程家興被小媳婦這麼一推，腦子立時樂得暈乎乎，傻笑著又往河邊去了。

何三太爺瞧見程家興，划船過來，準備送他回去。看他空著手，正打算從桶子裡揀兩條大點的魚給他，卻聽程家興說不過河，想等等看有沒有同村的人來，幫他帶話。

「杏兒留我吃飯，我吃完再回去。」

「那你別在這裡等了，昨兒你們村裡有人跟我訂魚，待會兒會來拿，我請他帶話。」

程家興想了想，道：「我還是等會兒，您賣了魚該收船，我跟您一起把桶子抬回去。」

何三太爺便不再趕他，任由程家興叼著草坐在岸邊吹風，心想難怪外面說程家興懶惰不愛幹活，但程來喜跟黃氏還是疼他，因為他的腦袋瓜子聰明，會體貼人。

傍晚收船，何家來了壯丁幫忙，看見程家興，不覺納悶。

何三太爺把事情說了，先前幾個何家子姪不覺得程家興配得起自家姊妹，這會兒總算瞧他順眼了些，還說他有口福，何嬌杏廚藝最好，等吃完飯再送他過河。

另一邊，程家上下都知道程家興去河對面蹭飯，黃氏差點氣暈，罵道：「剛訂親就到女方家裡混飯吃，他怎麼有臉?!」

兩個媳婦也在心裡嘀咕，除了程家興，的確沒人幹得出這種事。

程家富說：「這兩天，老三都在念叨他媳婦人好看，做飯香噴噴。」

黃氏露出了殺氣。「那老娘做的就是豬食？」

程家富語塞，程家貴趕緊打圓場。「娘不是有些時候沒掌勺了？哪怕是豬食，也是我媳婦燉的。」

周氏正好端著飯從廚房出來，聽到這話，手一抖，差點摔碗，喊道：「要是嫌我做飯難吃，你別吃啊！」

黃氏瞪了程家貴一眼，又看看周氏。「好了，我罵老三，你倆怎麼吵起嘴來？那小兔崽子不就是心癢，想去看人嗎？說忙完秋收辦喜事，他還不樂意，恨不得昨兒下聘，今天接媳婦過門。」

兩個兒媳婦這才笑開。「老三不在，娘說再多，他也聽不見，等人回來再說吧！」

一會兒後，程家興回來了，黃氏要抄傢伙打他，他馬上把抱在懷裡的盆往前子推。黃氏聞到香味，收回手，走近去瞧。「這是什麼？你真有臉，媳婦沒過門，就去老丈人家蹭飯，吃飽還端走一盆。」

「下午我上山打了兔子，送去給杏兒，結果她非要留我吃飯，還把兔肉做好，讓我端回來。原本我不要，但聞著實在香，看她加了好多配料，才厚著臉皮帶給您嚐嚐。杏兒說，這叫冷吃兔，做冷盤的，也能當零嘴吃。」

光聞著口水都要滴下來，黃氏沒客氣，往嘴裡送了塊兔丁，麻辣鮮香立時在舌頭上爆開，滋味好極了。

黃氏嚐過，端起盆子就走，說這個留給程來喜下酒，又嘆口氣，心想這些年吃的果真是豬食；還有何家，真疼何嬌杏，做個兔肉得用去多少油跟佐料，真是捨得。

程家興眼睜睜看著自家老娘端走兔子肉，邊回味、邊去打水漱洗。爬上床後，都躺平了仍翻來覆去，想著今兒何嬌杏跟他說些什麼，關心他幾句，樂得睡不著了。

昨天程家興難得勤快，但這勤快卻沒能過夜，次日雞叫三遍，他的房門還關著。
看菜粥要煮好了，黃氏敲門沒人應，推門進去，見他面朝裡側睡著，手還捣在耳朵上。
黃氏推他一下。「起來吃早飯。」
程家興毫無動靜。
黃氏多使了點勁再拍，程家興仍沒睜眼，含含糊糊地讓她出去，說睡醒了再起來吃。
當娘的能沒法子收拾他？黃氏沒去掀鋪蓋，往床沿邊一坐，道：「你再不起來，兔肉要被鐵牛吃光了。」
「娘騙我，您那麼小器。」
黃氏氣結，又打程家興一下，打算自己先吃。「你再睡，看我給不給你留飯，不起來吃就餓肚子！對了，裝兔肉的盆子是何家的？我洗好了，待會兒送去。」
黃氏說完，還沒出屋，程家興忽然突地坐起來。
「我端回來的，我去送。」
黃氏。「……」
程家興總算沒睡到日上三竿，但他出屋時，其他人已經喝完粥下桌了。
程家富吃得快，先挑著水桶到大榕樹下打水。程家貴剛放下碗，手裡拿著鐮刀，準備幫家裡割豬草，看見出來吃飯的程家興，覺得稀奇。

「沒到你起床的時候啊，怎麼不睡了？」

程家興沒吭聲，黃氏便拍了程家貴一下。「非要他睡到太陽曬屁股，你才高興？皮癢了是吧？割豬草去！」

竹編的背簍放在屋簷下，程家貴把鐮刀放進簍裡，揹著就要出門。黃氏又喊住他。「今天幹活都麻利點，忙完早點回來。」

「娘有事啊？」

黃氏說昨晚程家興拿回來的兔肉下酒，晚上他們父子可以喝一杯，坐下說說話。

程家兄弟除了程家興之外，都是老實人，平常搶著幹活不愛抱怨，聽說今天做完回來有酒吃，程家貴更覺得渾身都是力氣，風風火火地出了門。

程家興端起溫熱的菜粥，幾口喝完，嘴一擦便下桌。

「盆子呢？給我吧，我拿去還。」

平時程家興懶得很，提到小媳婦才精神點，黃氏不知道該笑還是該氣，想起自家大嫂說過的話，兒子們娶了媳婦就有了自己的小家，非要讓他們跟沒成親時一樣，的確是強人所難。

兄弟裡，有人勤快、有人懶，得到的卻一樣，對勤快人來說不公平，時日一長，總會心生埋怨。大嫂出的主意，或許可以試試，不如趁晚上吃酒時提一提。

老四程家旺在外面當學徒，吃住都在師傅家，且先不算。等程家興成親，何嬌杏進門，農活得重新分過，到時田地給兒子們管，家事也分給幾個媳婦，只要家裡的活沒落下，還有空閒，可以做些私事，掙了錢，一半給家用，剩下的捏在各房手裡。

接著，幾房慢慢攢起私房，哪怕程家興再沒上進心，到時看兩個哥哥有錢給媳婦添新衣裳、買首飾，就他沒有，他肯這麼虧待何嬌杏？還不得勤快起來。

黃氏怕程家興這麼混，往後沒倚靠，如今瞧他對何嬌杏上心，就想在媳婦身上打主意，看看怎麼逼兒子上進。

程家興不知道黃氏想得這麼遠，在灶臺上看到盛兔肉的盆子，便抄起來，出門去了。

本以為昨天見了面，得再過幾天才能看見人，都忘了還盆子的事，真是意外之喜啊！程家興喜孜孜地過河，但今天運氣卻不那麼好，走進何家院子，才聽說何嬌杏出去了。

本地盛產竹子，魚泉村跟大榕樹村有好些竹林，開春後下了幾場小雨，冒出不少毛竹筍。何嬌杏正是去附近最大的竹林，打算砍些筍子回來，做泡椒春筍。

村裡人知道筍子能吃，但生活寬裕的不會去挖，因為太費力氣，剝個筍殼，手要癢好些天，不如下地拔白菜，加上他們只會水煮切片，咬著沒滋味，還可能發苦，不喜歡也尋常。

何嬌杏做吃食的花樣多，想著泡椒春筍爽口開胃，配粥喝極好，打算多做些，也送點給程家興嚐嚐。

昨晚唐氏說，難得程家興這麼惦記她，逮兔子還先送來，讓何嬌杏對他好些。

何嬌杏想著程家興，下手更勤，多挖了不少筍子。

當何嬌杏在竹林裡忙得熱火朝天時，程家興已經放下盆子，準備回家去了。

他低著頭走在鄉間小路上，今兒不趕巧，過幾天再送野雞來，到時候總能看見小媳婦。心情才剛好些，便聽到有人喊他。

「你是程家興？跟何家二房訂親的那個？」

程家興轉頭看去，是個二十歲上下的陌生男子，本來不想搭理，又怕是何家親戚，才停下來問：「你是誰啊？」

男人順著土路走過來。「我是趙六。」

趙六？程家興想起來了，不正是外面傳說挨了何嬌杏毒打、半個月下不了床的人，再細看他，瞧面相就是歹人，走路彎腰駝背沒精神，長得跟耗子似的。

想到他調戲過何嬌杏，程家興的手也癢了。

但他還沒把人怎麼樣，趙六就對他勾肩搭背，勸他最好趁人沒過門時，趕緊退親，何嬌杏這母老虎招惹不得，誰讓她不順心，眨眼間能去掉半條命；她不講道理，瘋起來便要打人，看著是女的，動起手來比大老爺們狠，趙六不是第一次壞何嬌杏的名聲，說起來順口得很。

程家興瞇起眼，沒等趙六說完，就揮拳打上去。

兩人都是混日子的懶貨，但論身手，趙六差程家興不知幾里。程家興經常上山逮雞、捉兔，手勁又大又快，幾下把人打翻在地，還順手扯來藤蔓，反綁趙六，拽著他去趙家了。

第六章

何嬌杏挖夠毛竹筍回來，剛進院子，就看見何冬梅在跟何香桃說話，兩個堂妹一看見她，立刻小跑過去。

「杏兒姊姊，剛才家興哥來還盆子，在村道上遇見趙六，不知起了什麼爭執，兩人竟然動起手。有孩子剛去田裡喊了哥哥們，這會兒全往趙家去了。」

何嬌杏聽見這話，先是一愣，回過神便將裝著春筍的大背簍一放，也趕去趙家。

兩個小姑娘沒跟去湊熱鬧，想幫忙把春筍搬進屋。看何嬌杏輕輕鬆鬆揹著，連滴汗都沒流，但這簍子之重，普通姑娘根本提不動，兩人一左一右使力，才抬進去。

同在魚泉村裡，趙、何兩家離得不遠，何嬌杏趕到時，看熱鬧的人已經圍了一圈。

趙家最好臉面也最講規矩的是趙老大，但今天他出門不在家，趙六瞧著已經在自家地盤上，人多勢眾，遂哎喲連天地叫喚，招家裡人心疼後，開始顛倒黑白，說不過是跟程家興打個招呼，隨便聊幾句，他便突然動起手。

趙六篤定程家興不會當眾說出何嬌杏的壞話，想讓他吃啞巴虧。

程家興的確沒說，趙家人不講道理，他又勢單力薄，何家兄弟聽到消息，才抄著傢伙趕來救人。

何嬌杏來得最晚，站在院子一角，旁邊有塊厚石板，聽見趙六顛倒黑白，火氣上來，一巴掌拍在石板上。

在旁邊站著看熱鬧的人，聽見碎裂聲響，轉頭一瞧，何嬌杏那隻白生生的手落下的地方，石板已經裂開，碎成幾大塊掉在地上。

那群人立時退開一步。

何嬌杏收回手，拍了拍上面莫須有的灰，往前走去。

她先衝程家興笑了笑，才看向挨了毒打的趙六，問他剛才說什麼來著，再說一次。

從前，何嬌杏出門還會收斂，怕挨唐氏念叨。唐氏不是嫌棄閨女這把蠻力，是怕她表現得太強勢，不好嫁人。有句老話，凡事過猶不及，當媳婦厲害、能持家是好，但太過厲害，有些男人會介懷，覺得沒面子。

現在程、何兩家說定親事，程家興又對何嬌杏很是上心，唐氏心裡的大石落了地，不再拘著閨女，何嬌杏才敢揮下這掌。

能一巴掌拍碎厚石板的女壯士，趙六招惹得起？差點當場嚇出尿來，也後悔自己管不住嘴巴了。

雖然他怕，面子還是要的，於是壯著膽子道：「這、這回我不跟妳計較，再有下回，趙家也不是好欺負的！」

「不想計較了?你不想計較，我卻要跟趙家講個清楚。」何嬌杏空手而來，卻不心虛，沒拿正眼看趙六那廢物，目光掃向趙家長輩。「前幾年，趙六開口輕薄我，趙老大替他賠不是，我家向來與人為善，便沒跟他計較。

「後來，外面傳了許多風言風語，說我是母老虎、河東獅。本村的都知道我家為人，但外面不知道的人，信了趙六的鬼話，讓我的親事被謠言耽誤多年，我忍著沒找他算帳，他倒是有膽，如今我訂下親事，還敢來攪和。」

何嬌杏說話時，何家的叔伯、兄弟抄傢伙過來護著她，明擺著說不好便要動手，到底是魚泉村第一大姓，吆喝一聲就是好幾十人，陣仗頗大。

趙家人心裡小算盤多，有好處一窩蜂地搶，遇上事能撇清就撇清。剛才說話聲音大，是看準程家興勢單力薄欺負他，這會兒煞星上門，誰不要命了敢往前湊?

於是，趙家有人打退堂鼓，說家裡還有活，不湊熱鬧了，讓趙六跟何家人好好說。

「且消消氣，咱們心平氣和說清楚，有誤會便解開，要真是趙六不對，讓他給你們杏兒賠罪。」

何嬌杏還沒說話，兄弟們不答應了。「說句對不起就完事?那我說趙家專出孬貨，幫你宣揚得十里八村都知道，你能原諒我嗎?」

男人們誰忍得了別人指著鼻子罵他孬種?有人受不得激，拿著扁擔衝上來，就要動手，眼看要打成一團，何嬌杏抬起一腳，把趙家人踹飛出去。

何家人聞風趕來後，程家興被擠到旁邊，後來這幕更讓他看傻了眼，尤其是何嬌杏那一腳。他在村裡混日子時，也經常跟人打架，看著那人被踢得飛出老遠，忍不住想捣住肚子，那得多疼?!

程家興還在感同身受，忽然聞到一股尿騷味，抬頭一看，是趙六的褲襠濕了。

這場群架，最終沒打起來，趙六跪下向何家賠不是。見他認了錯，還當眾下跪，何家人遂撂下兩句狠話，準備走人。

但程家興不答應，跟趙六沒完。「訂了親，哪怕還沒過門，杏兒就是我媳婦，當我的面說我媳婦不好，你就是跟我程家興過不去。」

趙六聽了，恨不得呸程家興一臉口水，他算個屁！

趙家人也黑了臉，問程家興是什麼意思？

程家興伸手。「賠錢啊！不給錢也行，逮兩隻雞來。」

從何嬌杏拍下那掌，前後不過一刻鐘，如今見事情結束了，鄉親們相繼散去，何家的男人也回地裡忙活。

程家興則親自去了趙六家，從雞圈裡挑了兩隻最肥的母雞，趾高氣揚地離開了。

回去的路上，何嬌杏跟程家興一道走，上下打量他。

「看什麼呢？」

「你跟趙六動手，沒吃虧吧？」

程家興嘿嘿笑。「沒事，他哪打得過我？我可是從小跟人打到大的，倒是杏兒，妳的手疼不疼？我幫妳吹吹。」

真是厚臉皮！何嬌杏無言了。

程家興又說，剛才特地選了兩隻最肥的母雞，讓她回去加點蕈菇燉，肯定香。

何嬌杏不想養著雞，打算燒一鍋、燉一鍋，留程家興幫忙殺雞。「中午你在這裡吃飯，下午再回去。」

「昨晚才吃，今兒又吃，那多不好意思？」

「那剛才你當著村人說我沒過門也是你媳婦，又怎麼好意思？」

這下，程家興停下腳步，不高興了。「我倆都訂了親，妳還想嫁給別人？」

看他不走了，何嬌杏也停下來。「你想些什麼？誰說要嫁給別人？」

「那說妳是我媳婦，有什麼不對？」

何嬌杏雙手扠腰，反問他。「那我留你吃飯，又有什麼不對？」

被小媳婦這樣搶白，程家興心裡舒坦，提著大肥雞繼續走，說趙六真是個孬種，這麼點陣仗，就嚇尿了。

但他藏了一半的話，眼看何嬌杏一掌下去，石板碎成好幾塊，他也是一陣腿軟。想到趙六曾調戲過何嬌杏，真是好起色來不要命啊！

不久，兩人進了何家院子。

唐氏瞧見閨女回來，鬆了口氣。「剛才我抄傢伙去趙家，聽路過的人說已經鬧完了，這才回來。到底怎麼回事？還有家興，來還個盆子，怎麼送雞來？」

「娘先別問了，把水燒上，我來殺雞。」

唐氏瞪她。「昨兒才吃了兔子，又要殺雞？妳是這麼過日子的？」

何嬌杏嘆口氣。「這不是家興哥從河對面帶過來的，是趙家賠的，養著是個麻煩，不如吃了乾淨。剛才家興哥說燉雞湯好，咱們家不是還有曬乾的菇？娘多抓點泡開，我燉一鍋給他喝個夠。」

既然是趙家賠的，唐氏不心疼了，趕緊去燒水。

何嬌杏抹了雞脖子放血，想著雞湯要燉夠時辰才香，中午可能來不及吃，打算先做雞雜湯，待會兒出爐先給阿爺送一碗去。

何嬌杏嘴上說著，手上動作麻利得很。程家興笨多了，上山打獵身手靈活，那巧勁卻用不到燙雞毛上，要是黃氏看他這麼笨手笨腳，該攆他出廚房了。

何嬌杏不說話，有心幫忙還嫌棄他，以後哪裡還肯動手。

以前程家興沒做過這些活兒，第一次幹挺新鮮，帶著玩心做，好多毛沒拔乾淨。

何嬌杏收拾完手裡的雞，又把他的接過來。「早上我挖了一簍毛竹筍，你幫我剝筍殼，等泡椒春筍做好，我送你一罈，那個配粥吃，又鮮又脆。」

拔了雞毛，又剝筍殼，程家興來趟魚泉村，被何嬌杏使喚得團團轉，幸虧他娘黃氏沒瞧見這一幕，否則該揪他耳朵了。

這天的中飯很是豐盛，昨兒做的兔肉加上今天燒的雞，還有一大盆雞雜湯，配上裝得滿滿的白米飯，一家人吃得腰滾肚圓；尤其是程家興，讓丈母娘勸著吃撐了，去院子蹓躂了好一會兒，才感覺好些。

當初說親時，程家興還不太受何家人喜歡，現在已經是唐氏口中的好女婿。昨天逮著兔子最先想到何嬌杏不說，今兒還修理趙六，替她出氣。

人人都說程家興是個懶貨，但何嬌杏卻喊得動他。吃飯之前，他就在剝筍殼，吃完歇一會兒，又接著剝起來，讓他放下歇歇，他不肯，說毛竹筍扎手，全剝了，省得扎著何嬌杏。

唐氏感動得不得了，何嬌杏也絕了，非但不幫忙，還坐在旁邊看程家興忙，時不時地誇一句，說他剝得又快又好。

被心上人一誇，程家興能不飄飄然？道：「我娘也說我聰明，學什麼都快。」一得意洋洋，決定以後都幫何嬌杏剝筍殼了。

東子在隔壁屋裡休息，聽到這話便撇撇嘴，都讓何嬌杏使喚得團團轉了，還聰明呢？真是個大傻子！

不過去還個盆子，送到河邊交給何三太爺就完事，程家興倒好，清早吃過飯出門，到了中午還不回來。

這回，不用人捎信，黃氏就知道，小兔崽子又留在他丈母娘家吃午飯了。

「昨兒提著兔子去，蹭一頓就罷了，今兒空手出門，也好意思吃別人家的？等他回來，我非得說說他不可！」

程家貴聽了，往嘴裡扒了口飯。「娘說得還少？老三聽過？」見黃氏瞪他，趕緊打圓場道：「女婿就是半子，既然訂親，他在媳婦家裡吃一頓、兩頓，也沒什麼。」

黃氏挾了一筷子青菜放進碗裡。「沒他這女婿在，人家隨便吃點便能對付一頓；他去了，不得做好吃的招待？當家才知柴米貴，他天天跑去蹭飯，誰受得了？不討人嫌嗎？」

聽黃氏念叨，程來喜放下筷子。「人不在，妳說給誰聽？等家興回來，再慢慢教他，要覺得占人便宜，以後想法子還，這兩頓吃就吃了。」

程來喜一發話，黃氏便閉上嘴，飯桌上頓時安靜下來。

吃得差不多時，大媳婦劉棗花說，下午要去河邊洗衣服。

周氏聽見，趕緊把嘴裡的飯嚥下。「今兒家裡沒其他的活兒，我跟大嫂一起去吧！」

妯娌倆吃完，把碗筷收拾好，便端起髒衣裳去了河邊。

下午，黃氏去雞窩掏了兩顆蛋，又進豬舍看看食槽，瞅著裡面還有吃食，沒再多添，站在院子前曬太陽。

她在等程家興回來，這一等，竟等到傍晚。

程家興一走進院子，看見站著等他的老娘，剛招呼一聲，便迎頭挨了一頓罵。

「叫你還了盆子就回來，又磨蹭一天！這都什麼時辰了，真會躲懶！」

剛才從趙家回來時，何嬌杏也扠著腰跟他說話，他瞧著只覺得嬌俏，但一樣的姿勢由黃氏擺出來，就是要收拾人了，頓時不敢往前走，疑惑道：「娘又怎麼了？誰惹您生氣？」

「除了你還有誰？又在何家吃飯，昨天提兔子去，不吃乾淨不甘心是不是？」

「我們中午沒吃兔子，不對，吃是吃了，但大菜不是兔子。」

「還有大菜？」

程家興回味道：「杏兒燒了雞，又燉了一大鍋雞湯，我回來前吃了一碗，裡面有雞腿，我差點被肉撐著。」

程家興還在炫耀，黃氏氣得罵都罵不出話，胸口痛啊！

「人家都要殺雞了，你還留著不走，咱們家缺了你一口飯？」

「是沒缺。」

「那你幹麼丟人現眼？大老爺一個，怎麼好意思天天去媳婦家裡討飯吃？」

「我原是打算還了盆子，跟杏兒說幾句話就回來，結果在他們村裡撞上趙六，打了一架，雞是趙家賠的，不吃白不吃。」

黃氏罵兒子，是怕他不知分寸，討了老丈人嫌，聽說他在河對面跟人打起來，登時把吃雞的事拋到腦後，上前揪著程家興上下打量，追問：「你挨了幾下？有事、沒事？」

「我沒挨揍，有事的是他。」

「那他還賠雞給你？」

「他嘴巴壞，打死活該。」

程家興講完，推著黃氏到屋簷下坐好，自己蹲在旁邊，說了事情的來龍去脈。

黃氏聽說兒子前腳去趙家，何家兄弟立刻跟上幫忙，心裡舒坦，想著費婆子這個媒作得真是不錯，不光兒子高興，何嬌杏也能幹，她娘家還靠得住。

「以後你少過去，去一趟就麻煩人家。」

程家興撇嘴。

黃氏又道：「你沒成親時，靠著我跟你爹沒關係，但成親後總要立起來，以後我管不了你那麼多，你媳婦、你兒子過什麼日子，看你自己。」

程家興沒聽明白，問黃氏是什麼意思。

黃氏把她的決定提前告訴程家興，說以後吃喝還在一起，其他該分開的便分開，每房該有自己的一筆帳，手裡要捏著點錢，想讓媳婦吃口好的，或替她做新衣裳都行，至於掙的錢，交一部分給家裡，充作吃喝嚼用，還要蓋新房、置辦田地。

交不交錢倒是次要，程家興不明白的是，自家老娘怎麼想到這個辦法？

黃氏說：「看看你，訂了親，心思都飛去媳婦那頭，更別說成親之後。你不想讓你媳婦吃好、穿好？想就掙錢回來。有本事頓頓山珍海味，我不說你；沒本事跟著家裡吃糠嚥菜，不要抱怨。

「老三啊，你聰明，親兄弟住在一個屋簷下，我一碗水端不平，你們心裡有看法；我端平了，還是可能藏著隱患，本事小的占便宜，本事大的覺得虧，人都有私心啊！」

程家興皺起眉，他不喜歡聽這種話，想想又沒法反駁，便悶不吭聲了。

黃氏想著，現在兒子未必懂她，以後總會明白。親兄弟明算帳，不是要逼得兒子們生分，錢這東西，算清楚得好，若扯在一起，時日長了，反倒傷感情啊！

第七章

黃氏先跟程家興通過氣，當晚便在飯桌上提幹私活的事，兩個兒子覺得突然，但兒媳們瞧著高興，問她從什麼時候開始。

「從三媳婦進門後開始。」

「不等四弟成親？」

黃氏也想過了，道：「用不著等，家旺在外面當學徒，師傅包了吃住，卻是沒領工錢，等他出師，能自立門戶，也跟你們一樣。不過，家裡的活不許丟了，地還得種。」

幾人紛紛點頭，答應下來。

黃氏見狀，不再多說，讓他們想想自己能幹什麼。

程家興也在琢磨，以後不是一起下地，而是把家裡的田地分一分，一人管一塊，要偷懶就太難了；但丟下不管，任由田地荒蕪，好像也不合適，不然，他交一筆贖身錢，或在村裡請人幫他種。

黃氏覺得自己想了個好辦法，這回總能逼程家興踏實務農。但她怎麼也沒想到，兔崽子已經在打主意偷懶，想著多去幾趟小雲嶺，抓野味賣錢贖身。

別看程家興年紀輕輕，他已經想明白一個道理——擺在面前的困難雖然很多，但都是能用錢解決的，要是用錢解決不了，那一定是掙得不夠多。

程家興還在打主意，東子就過來了，他揹著竹簍，還沒進院子，便看見抓著糠殼餵雞的黃氏。

東子抬起手，喊了聲嬸子。

黃氏見他的次數雖不多，也認得出是何家么子，問他怎麼過來了，有什麼事。

東子走進去，放下竹簍，把裡面的大肚罈子抱出來。「這是我阿姊做的泡椒春筍，送來給您嚐嚐。」

「怎麼好意思！」

「嬸子別推辭，這是毛竹筍做的，不是矜貴東西，筍是家興哥來我家還盆子那天挖的，他還幫忙剝殼，使了好多力氣。對了，家興哥呢？不在家啊？」

剛才程家興被同村的朋友鑾子叫走，不知道去哪兒逍遙，黃氏不好意思說實話，道不趕巧，在地裡忙。

東子不過隨口一問，不是真想見他，幫忙把罈子搬進屋，揹上背簍，便要回家。

黃氏拿了包糖給他，還塞了十來顆蛋，笑著說是要給何嬌杏。

東子推辭一下，見黃氏是真想讓他捎帶回去，才謝過接下。

東子走了一會兒，程家興才從外面回來。

黃氏看見他，沒好氣地問：「上哪兒野去了？」

程家興說：「大老爺們在外面做事，哪能全跟家裡交代？」

黃氏揪住他耳朵，擰了半圈，怒道：「跟你娘來這套，我看你是皮癢了！剛才你前腳出門，何家就來了人，東子給咱們送泡椒春筍。」

「那是杏兒想著我做的，是送我的。」程家興先把耳朵救回來，四下一看，問東子人呢？這就走了？

「當誰都跟你一樣留下吃飯？」

「哦，那他走前說什麼沒有？」

「叫你少出去閒晃，好生幹活，省得他姊姊嫁過來受苦。」

程家興聽著，點點頭，那就是沒說什麼了。

因為白天要幹活，所以程家的早、午兩頓吃得好些，晚飯是湊合著填肚子，只有在程來喜饞酒時才會做些好菜，招呼兒子陪他喝一碗。

今兒大媳婦劉棗花熬了鍋雜糧粥，一人添了一大碗。

程來喜端著碗喝，程家興吵著問：「娘，我的筍呢？」

送走東子後，黃氏又去幹活，經程家興提醒才想起那罈子，一拍大腿道：「對了，何家人送了泡椒春筍過來，你們先吃，我去拿。」

黃氏進了廚房，揭開罈蓋，聞著那味道就覺得開了胃口，忍著想嚐一口的衝動，拿乾淨筷子從裡面挾出一碗筍，蓋好罈子，才把大碗公端出去。

筍一上桌，程家興立刻伸筷，選了片筍尖送進嘴裡，一口嚼下，又脆又鮮。

他回味時，家裡其他人也紛紛動了筷子，嚐過都覺得驚奇。

「以前吃過煮筍子，切片吃了，沒滋沒味的，這麼做出來倒是很鮮、很下飯啊！」

「這麼好吃，是三弟妹做的吧？」

黃氏一口泡筍一口粥，吃得正香，聽他們問起來，點點頭，把粥嚥下去，才道：「你們在地裡忙時，東子揹過來的，非要我收下嚐嚐，我送了他一包糖加幾顆雞蛋，剛才差點忙忘了，幸虧老三記得。」

程家貴嘿了聲。「三弟妹的事，他件件都記得。」說著又要伸筷子，裝筍的碗卻被程家興端走了。

「這是杏兒送我的。」

「說你一句還使氣？三弟妹手藝真不錯，魚皮花生和兔肉都好吃，等她嫁過來，咱們就有口福了，到時候娘重新安排家裡活計，讓我媳婦餵雞、餵豬，叫三弟妹掌勺。」

周氏聽了，踢了程家貴一腳，又瞪他一眼。

程家貴縮腳，哼哼道：「妳做的飯就是能入口而已，弟妹是去縣裡開酒樓的手藝，連毛竹筍都做得這麼好吃。」

程來喜伸筷子打程家興的手，讓他把碗放下，又挾了一塊筍。「老三這門親事看得不錯，不說何家家底兒，也不說媳婦怎麼樣，就他這德行，人家還稀罕他，拿他當寶，那是真心實意想跟咱們結親。」

他這麼說，其他人紛紛點頭，黃氏還道，沒白費了送費婆子的銅錢和雞蛋，以後媳婦進了門，得讓程家興好生謝謝她。

程家常喝雜糧粥，只求飽腹，談不上多好吃，今晚配著何家送來的泡椒春筍，竟然喝得有滋有味。

吃過飯，男人們閒著沒事，有人搓草繩，有人劈篾編筐，黃氏則把圈裡的母雞趕回屋。劉棗花跟周氏洗碗，邊忙邊說話，家人愛吃泡椒春筍，想去問問何嬌杏怎麼做出來的。毛竹筍易得，不費本錢，吃著還下飯，是道好菜呢！

何嬌杏不知道有人在念叨她，吃完飯要收拾碗筷，卻被嫂子搶了先，說飯是她做的，讓她歇著。鄉下沒那些講究，懷著孩子不幹重活，但揀菜、做飯還是能做的。

何嬌杏沒跟嫂子爭，由著她去洗了，到院子走動走動，跟堂兄弟、姊妹說說話，邊搬出毛竹筍來。這是後來再去挖的，想做成筍乾，比較耐放，也好燒菜燉肉。

家裡人見狀，都來幫她收拾。人圍在一起做事時，總愛閒聊幾句，來幫忙的堂嫂就問，下午看到東子揹著背簍出門，幹什麼去了？

「送筍給家興哥，我阿姊做的泡椒春筍是一絕，想給他嚐嚐。」

泡椒春筍是得到何家人誇獎的美味，何嬌杏有把做法教給伯母跟嬸嬸們，但都不如她做的鮮脆。

不光是泡椒春筍，何嬌杏還會做好多種小菜，蘿蔔乾、糖蒜、松花蛋、豆腐乳等等。一年到頭，何家喝粥的日子多，配粥的菜色也多，下飯菜都讓何嬌杏做出花來了。

「程家興真有口福，杏兒最會做吃的，拌個野菜都好滋味，能娶到杏兒，他家祖墳肯定冒了青煙。」

「妳送了一罈子過去？我看吃不了幾天，回頭便會饞上門來。」

何嬌杏聽了大家的七嘴八舌，覺得好笑，說吃完再做，也不是什麼稀罕東西。

有堂嫂湊過來，小聲道：「男人都賤，妳對他不冷不熱，他追著妳跑；等妳掏心掏肺，熱乎勁就過了，得吊著他。」

東子聽見這話，心裡默默地為程家興掬了把辛酸淚，非常同情。

他不忍心落井下石，說還是程家送的東西多，除了前幾天的兔肉和雞，程家興還幫忙幹活。今兒他去送泡椒春筍，又拿了糖跟雞蛋回來。

堂嫂聽著，點點頭。「倒還像話。」

接下來的時日，各家都在撒穀種、育秧苗，開始農忙。程家興能偷懶的時候沒那麼多，便沒工夫過河去看小媳婦。

半個多月沒見面，程家興想得狠了，跟程家貴打過招呼，偷溜出去。

之前他帶蠻子上山，換來兩顆大鵝蛋，想要送給何嬌杏，請何三太爺帶話，讓她來河邊。

何嬌杏藉著送飯的時候出來，瞧見撩開衣襬、盤腿坐在河邊草地上的程家興，先把飯菜端給何三太爺，才坐到程家興旁邊，問他有什麼事。

程家興拿出大鵝蛋遞給她，看何嬌杏不動，就問：「妳不愛吃這個？」

何嬌杏伸出白嫩的手，接過一顆。「我愛吃，用香椿炒，味道好得很。」

程家興把另一顆鵝蛋也塞給她，讓她拿好，別磕著。「我特地選了大的，打散了，炒得多些。」

「你家還養了鵝？」

「不是我家養的，是蠻子他娘養的，分我兩個，蠻子是從小跟我一起混的哥兒。」

「那今天是給我送鵝蛋來？」

何嬌杏睜著滴溜溜的眼睛盯著他，看得程家興耳朵發熱，撓了撓頭。「是想看妳，有段時日沒看見了，妳在家忙什麼？」

「挖筍，做筍乾，上回讓東子送去的泡椒春筍，吃完了吧？」

「吃完了。」

「怎麼沒把罈子一併拿來？」

當然是想打著還罈子的名義，再跑趟何家院子，瞧瞧小媳婦。

不過，程家興沒把這話說出來，說家裡人都很愛吃她做的筍，想學著做。

「要做這個，得先做泡椒，至於做法，現在說了，怕你也記不住。等嫁去你家，我再來做吧！」

程家興聽見這話，高興了，厚著臉皮問：「杏兒也等不及想嫁給我啊？」

何嬌杏不說話，拿起鵝蛋就要走，被程家興拽回去。「不逗妳了，好一陣子沒見妳，坐下跟我說說話。」

何嬌杏這才坐下。「你說，我聽著。」

「妳沒話問我？」

何嬌杏把鵝蛋放好，抱著雙腿，偏頭想了想。「你都在忙什麼？」

「跟我爹下地。」

何嬌杏笑了。「你會下地？」

「是不怎麼喜歡幹農活，可偷懶也得看時候，家裡都忙不過來了，我還敢跑，豈不挨揍？」說起這件事，程家興有些心虛，多問了一句，問何嬌杏怎麼看。

何嬌杏回道：「你愛不愛下地，我不管，甭管做什麼，得掙回錢來，不能叫我餓著，我要吃飯。」

何嬌杏說得理直氣壯，程家興也不惱，心裡還甜得很，哪能讓心肝餓著，答應想吃什麼都弄給她吃。

聽他這麼保證，何嬌杏高興了，叫他別忘記把罈子送回何家，順帶拿個大碗來。

程家興問她又做了什麼，何嬌杏說是冬天做的豆腐乳，那個放得住，家裡還有不少，分點給他嚐嚐。

「豆腐我知道，豆腐乳是什麼？」

「就是用豆腐做的下飯菜，說也說不清，嚐過就知道了。」

一會兒後，兩人講完話，何嬌杏還摘了把香椿芽，才回家去。

當晚，何家的飯桌上，擺了一大碗香椿炒蛋。

她做飯時沒人盯著，唐氏納悶地問道，哪來的鵝蛋？

何嬌杏繃著臉，佯裝不經意地道：「家興哥送的。」

「下午女婿來過？」

「沒進院子，在河邊見的。他揣著鵝蛋，就忘了咱們家的泡菜罈子，說明天再跑一趟送回來。」

唐氏聽了，又誇她女婿好，是有心人。

東子把臉埋在碗裡，大口呼嚕地喝粥，心想程家興是太有心了，明擺著把一趟的活拆成兩趟做，好多見何嬌杏一回，都是爺們，光聽就聽得出來。

次日，程家興來還泡菜罈子，一過來便看見曬成一片的筍乾，旁邊還有三個小蘿蔔頭，蹲在一起拿草葉子編東西。

程家興認出這是何家的孩子，問家裡的大人呢？

小姪子燒餅站起來，咚咚咚地跑去隔壁的隔壁，站在門口，衝裡面招手。「杏兒姑姑，妳出來。」

程家興聽見何嬌杏輕聲細語地問他怎麼了。

燒餅不多說，讓她出來看看。

這陣子，晴天的日子越來越多，寒意褪盡，晨起也只感覺水氣重些，日子一天天往前過，春天已經過半，眼看就要初夏，何嬌杏想編兩頂草帽遮陽。

她穿越過來十五年，學了些手藝，但不像灶上活那麼精通。說到草編，隔房嫂子很有一手，何嬌杏吃完早飯便去找她，跟著學了半天。

她做著手裡的事，忘了程家興要過來，出來看見人還愣了愣，想起泡菜罈子的事，迎上前去。

「你過來了，拿了碗嗎？」

程家興放下背簍，裡面不光有洗得乾乾淨淨的泡菜罈子，上面還扣了大碗公，旁邊縫隙插著鐮刀。

「待會兒要去割草？」

程家興點點頭，抱怨道：「我娘生怕我清早出門，天黑回去，荒廢一天，什麼事也沒幹成，特地派了活，讓我還完罈子後，割滿一籠豬草再回去。前些日子，她捉了兩隻豬崽，都很能吃。」

何嬌杏怕背簍放在這裡，幾個姪兒手癢，抽鐮刀玩，遂提進屋裡，放在長凳上，又把反扣著的大碗公拿起來擱在桌上。

接下來，她要搬泡菜罈子，卻讓跟進來的程家興搶了先。「要放哪兒？力氣活交給我。」

聽他這麼說，何嬌杏不爭了，讓他靠牆角放好，端著大碗公去裝豆腐乳。

程家興沒跟進去，在堂屋坐下，開始沒話找話說，問家裡其他人呢，又說外面曬著那麼多筍乾，是剝了多少毛竹筍，沒扎著手吧！

何嬌杏沒回話，端著滿滿一碗豆腐乳出來。

「剛才我看妳待在隔壁的隔壁院子，是幹什麼？」

「那是三叔家，天氣要轉熱了，我同嫂子學編草帽。」

程家興打量著何嬌杏，皮膚確實很白，臉蛋細嫩，心道是該戴著帽子，姑娘家白些好看。他伸出手來瞅瞅自己，跟她比，不知黑到哪裡去了。

何嬌杏見狀，打趣道：「我也幫你編一頂？」

以為程家興會點頭，孰料他卻擺手說用不著，又想偷捏一塊豆腐乳嚐嚐，還沒偷著，手背上就挨了打。

「這個乾吃不好，要配飯的。前幾天我做的辣條倒是還有，嚐嚐嗎？」

何嬌杏說著，進去拿辣條，捧出來讓他嚐嚐。

程家興又問她，草帽編得如何了？

「我手藝不好，只起了個頭。」

「別做了吧，過幾天我送妳一頂。小時候我經常編螳螂、蚱蜢那些小玩意兒，草帽學學就會了。編草傷手，妳的手細嫩，別被刮著。」

何嬌杏笑咪咪地應好。「那我不做了，等你送來。」

程家興吃著何嬌杏從東子屋裡拿出來的辣條，點頭答應。

傍晚東子回來，發現辣條少一半時，程家興早就走了。他以為是小姪子燒餅偷吃的，氣沖沖地要去找人算帳，剛出屋便撞見何嬌杏。

東子正要哭訴，何嬌杏道：「剛才家興哥過來，我拿了辣條給他嚐，好像剩不多了，過兩天再做一回吧！」

「是家興哥吃的?!」

何嬌杏笑得眉眼彎彎，說他還挺愛吃的。

東子突然感覺不對勁，狐疑地道：「阿姊，妳說過兩天再做，是想著我說的嗎?還是打算做給家興哥？」

何嬌杏略一遲疑，東子頓時委屈了，但委屈歸委屈，還是決定擔下清洗磨盤及泡豆的活，為美味的辣條忙起來。

第八章

這回，程家興總算沒留在何家吃飯，他跟何嬌杏說完話，就幫家裡割豬草去了，割完一簍回去，時辰還早呢！

黃氏正欣慰今兒兒子沒有厚臉皮，卻發現他手裡端著碗，碗裡滿滿的不知裝了什麼，登時變了臉。

「讓你別過去就吃人家的，早點辦完事早點回來，結果又去蹭飯了。」

「我沒有啊，今兒杏兒留我，我都沒吃。」

黃氏氣結。「你是沒吃，但端了一碗，這是什麼？」

「豆腐乳。」

「什麼玩意兒？」

「說不明白，反正可以配飯吃，是杏兒做的，讓我端回家嚐嚐。」

「她讓你端你就端，她讓你下地，你去不去？」

程家興擱下裝豆腐乳的大碗公，又放下裝滿豬草的竹簍，得意洋洋地道：「她不像娘，才不會逼我下地。」

「嫁漢嫁漢穿衣吃飯，她不穿衣、不吃飯啊？」

「我上回跟她說過，不愛幹地裡活。」

「那她怎麼回的？」

「她說隨我。」

晴天霹靂！黃氏實實在在懵了，過了好一會兒，才問：「那不餓死你倆？你就帶著媳婦跟孩子喝西北風去？」

「不，我打野雞、野兔去賣錢。」

「那冬天呢？」

程家興嘿嘿嘿笑起來。「冬天啊，我關上門，抱媳婦睡覺。」

黃氏又想打他了。「不幹活，你吃個屁！以為過日子有這麼簡單？」

程家興不想聽自家老娘念叨，想進廚房找吃的，還說這些事成親之後再跟杏兒商量，現在急什麼。

「對了，二哥呢？」

「在田裡。」

程家興點點頭，黃氏問他又打什麼主意？

「天要熱起來了，想給杏兒編頂草帽，二哥最會做草編，讓他教教我。」

剛才黃氏忍著沒動手，這會兒結結實實地打了他好幾下。「讓你下地，跟我裝糊塗，上山、下河倒是不怕費力，還要學編草帽，你怎麼不學學犁田插秧？我打死你這沒出息的！」

程家興轉過身，背對黃氏，等她打過了癮，才回頭道：「前些天娘才說成了親就不管我們兄弟，怎麼說了不算數啊？」

「那我分你一塊田，你種不種？」

「不種！我都想好了，等杏兒進門，多跑幾趟小雲嶺，打獵賺點錢，請人幫我種。」

黃氏聽了，被他氣得頭暈，後來上桌吃飯都沒胃口，很早便回屋躺下了，也睡不著，睜眼對著石牆，心想到底是哪裡做錯了，怎麼她想出來對付程家興的招都不管用呢？

程家興也在想，是不是真把老娘氣壞了，讓老爹進屋瞧瞧。聽說沒什麼事，才鬆口氣，找程家貴學編草帽了。

剛才程家興向何嬌杏吹牛，說他最會做草編活。這話半真半假，他是會編很多小玩意兒，但草帽困難多了，不過他腦子靈活，學起來應該不慢。

果然，程家貴教了一遍，程家興看過便會，手的確也巧，編起來疏密鬆緊都合適。

程家貴感嘆。「老三，你學得比我當初快多了。」

「我聰明嘛！」

「是聰明，就是沒用在對的地方，今天你又為什麼惹娘生氣？」

「我們閒話幾句，娘就發火了。」

程家貴問他說什麼，程家興盯著草帽，手上不停，分心把方才的事講了一遍。

程家貴聽完，半天沒吐出一個字，徹底呆住。打獵換錢請別人幫忙種地？難怪自家老娘生氣。

「你是錢多燒手？」

「還不是娘硬要我種地，你說，若我交筆錢給娘，她能不能打消這念頭？三百六十行，幹什麼不行，為什麼非得種地？我會打獵，加上我媳婦那手藝，實在不行，我在村裡收點菜，讓她做成好吃的揹出去賣不行嗎？鎮上大戶那麼多，東西好還愁賣不出去？」

「你想做貨郎啊？那不是比種地還累人？」

程家興覺得，擺在面前的路挺多，走哪條再看看，反正別天天扛鋤頭下地賣力氣，都說家裡有地便有飯吃，只要年景不太差，日子總過得下去。

不過，程家興懶，耐性也不好，出去揮一下午鋤頭，看不見收成，實在沒幹勁。為什麼他愛往山上跑？因為上去很快就能找著吃的嘛！

黃氏有心再說說程家興，還沒找著機會，大媳婦劉棗花又懷孕了。

鐵牛四歲多了，這兩年劉棗花都盼著再懷一個，總等不來。上個月癸水沒來，猜想是不是有了，又唯恐鬧笑話，生怕農忙累著，慢了幾天，拖了月餘，才跟黃氏提這件事。

於是，黃氏吩咐大兒子程家富趁趕集採買時，帶劉棗花去鎮上給大夫把脈。

老大夫一診，確實有了，看出劉棗花是鄉下婆娘，叮囑程家富後幾個月別讓她累著，又說了些忌口的東西。

程家富給了診金，買好黃氏交代的東西，扶著劉棗花回村裡。

媳婦懷孕意味著大半年後家裡要添人，是喜事，但也有些麻煩。孕婦做點輕巧活計還成，千萬受不得累，餵雞、餵豬、生火做飯、漿洗衣物、收拾菜園之類的活兒，得找其他人做；還有吃的，懷著孩子總要開小灶補身體，天天喝粥怎麼行？

大媳婦吃得好，做的事也少，二媳婦周氏瞧著就不是滋味。

周氏進門也有幾年，原先懷過胎，可惜雨後出門從村道上滑進水田裡，把孩子摔沒了。落了那胎，很虧身子，事情過了兩年，肚皮都沒動靜。

這事跟尖刺一樣扎在她心裡，極想再懷胎幫程家延續香火，但越著急越是沒有，偏偏這時，劉棗花懷上了，看大嫂跟前有男人伺候，還被婆婆捧著，她卻做活做得一身累，心裡能好過？

不過，她會看人眼色，難受在心裡，面上不顯，依然照常度日。

因為大媳婦懷孕，黃氏忙亂了幾天，這日等她理好家事，卻看見程家興跟個大爺似地躺在屋後草堆上曬太陽，嘴裡不知嚼著什麼，手上也忙，拿劈好的篾片繞來繞去編東西。

「你的草帽呢？」

程家興一聽這聲音，知道是自家老娘來了，轉頭瞅她。「早編好送去給杏兒了。」

黃氏走近，問他嘴裡嚼的是什麼，嚼半天了，怎麼還沒吞下去？
程家興嘿嘿笑，從旁邊端出碗來，裡面是半碗辣條。
黃氏沒吃過辣條，拿了一根，入口鹹中帶辣，辣中帶甜，甜中帶麻，吃著真香，還怪有嚼勁。
「又去何家拿吃的？我看你是真不怕討人嫌。」
黃氏說著，還要伸手，程家興不讓她拿了，抱怨道：「總共只有一小罈，還有鐵牛跟著蹭，沒剩多少了。」
黃氏聽了，氣得一巴掌拍在他後腦勺上，直接把碗端走了。
程家興很是委屈地抱著頭，小聲嘟囔，繼續編東西去了。
黃氏嚼著辣條問，草帽都送去了，這又是在忙什麼？
程家興不想看老娘吃辣條的樣子，頭也不抬地解釋。「反正沒事做，我編幾個竹籃、竹簍，等杏兒嫁過來，總會用到。」還道本想上大雲嶺砍樹，抬下山讓四弟幫忙做箱櫃，佈置新房，但平日一起混的巒子跟朱小順都說大雲嶺上有猛獸，不願意去。
提到這個，黃氏想起來，說：「聽費婆子說，何三太爺揣銀子進鎮裡向木匠訂了一整套家什，有床、鏡檯、櫃櫥、箱籠等等，要木匠趕在秋收前做好，應該就是給杏兒的陪嫁，你還去砍什麼樹？」
程家興皺起眉。「我怎麼沒聽說？」

「杏兒怕也不知道，是何三太爺去訂的，怕傷了我們臉面，私下向費婆子打了招呼，才把話傳到我這裡。」

黃氏嘆口氣，本來鄉下地方沒講究，喜事請鄉親們熱鬧一下便得了，但何家備了嫁妝，那程家光下聘就不行，還得過個大禮，不然會被人說嘴。她打算給十兩禮金，便不另外置辦東西了。

程家興想起樂呵呵撐著漁船的何三太爺，道：「三太爺荷包鼓，有錢啊！」

黃氏說，這跟有沒有錢沒關係。「雖然咱們是鄉下人，但誰家沒八兩、十兩的救命銀？做阿爺的給孫女添這麼套陪嫁，是他捨得，真疼何嬌杏；而訂家什這種事，哪怕小輩不知情，叔伯心裡總該有數，也沒人心生不平去鬧，這就十分難得。」

因此，黃氏有些為難。這十兩銀子，程家拿得出來，黃氏也願意給，就怕其他兩個媳婦見了不舒坦。

之前程家富跟程家貴成親時，兩個媳婦的娘家沒準備什麼，只收拾兩身衣裳，便把人嫁過來；相應地，程家也只下聘，沒過大禮。現在這樣，叫劉棗花跟周氏看見，說不定會覺得她當娘的格外偏心程家興。

黃氏摸著良心說，她用在三兒子身上的心思，的確比其他兒子多，因為程家興老不正經，但論吃穿這些，全家是一樣的。

程家興看出老娘在發愁，當下沒說什麼，心裡卻有了主意。

過幾天，程家興去河岸邊找何嬌杏，厚著臉皮提了，讓她偷偷告訴丈母娘，不用準備太多嫁妝，真想給，私下塞錢更好些。

何嬌杏沒想到他會說這個，滿臉疑惑。

程家興往河面上扔石子，道：「我上面有兩個哥哥，早幾年就娶了媳婦，嫂子的好壞輪不到我來說，但我記得，嫂子進門時，沒帶幾樣東西。」

「你是怕我帶太多陪嫁，嫂子們面上掛不住，心裡難受，嫁過去後暗地為難我嗎？」

「是啊，這樣娘也難做人，而且平常我已經夠讓她煩惱了。我想著，妳缺什麼和我說，我再想辦法，別讓丈人他們費心；真不放心，塞銀子最好，妳捏著錢，心裡也踏實。要是我沒獵著野味，交不出贖身錢，妳還能救救我。」

何嬌杏被他逗得發笑，問什麼是贖身錢？

程家興瞅了瞅，看周圍沒有別人，跟她咬耳朵，說黃氏為逼他上進，不擇手段，辦了喜事後，家裡按新規矩來，田地分成幾塊讓兒子們負責，幹完地裡的活，若還有空閒，可以去掙私房錢，掙的錢交一半，留一半。

何嬌杏聽著，心裡一動，程家興沒察覺，還說有那工夫幹什麼都能賺，打算交贖身錢給黃氏，不下地了。

「你娘肯嗎？」

「本來是不肯，我說，那不然花錢請人種？」
「她答應了？」
程家興頓了下。「她差點打死我。」
何嬌杏笑趴在膝蓋上，程家興縱容她笑夠了，才問：「剛才說的，妳記住沒有？」
「記住了，但我沒臉開口。爹娘給陪嫁，是因為疼我，我改口要拿銀子，多尷尬呀？」
程家興聽了，琢磨著該怎麼辦才好，何嬌杏便道：「我回去把你嫂子當初沒陪嫁的事告訴我娘，再提你們家的新規矩，怎麼樣？」
程家興想了想，覺得可行。
看時辰差不多，何嬌杏說要回去，程家興拽了她一把。「杏兒，過幾天我再來一趟，有東西給妳。」
「你給我的夠多了，這回又是什麼？」
程家興說前兩天去小雲嶺，本來嘴饞想獵兔子，結果沒看見，逮了隻野雞。
「那留著自己吃啊，你看我家吃的還少？」
「不是雞，野雞已經被我娘殺來燉了，我大嫂懷了孩子，娘幫她補身體。」
「那你提雞做什麼？」
「我提著雞下山時，看見一棵結滿果子的野櫻桃樹，因為還沒熟透，我就沒動。那地方除了我，平時沒什麼人去，應該沒被發現，過兩天，我揹背簍去摘，送來給妳。」

「送來做什麼？多的話，你揹去鎮上，那比桃李矜貴，只要不酸，能賣得好價錢。」

程家興想了想，道：「那我留一碗，讓三太爺捎回去給妳？」

何嬌杏回憶起櫻桃的好滋味，笑咪咪地答應。「行啊，我等著嚐鮮。」

知道劉棗花有孕，何嬌杏便去跟何三太爺討了兩條一斤左右的大鯽魚，要程家興帶回家，讓她燉湯喝。

程家興不肯拿，但聽何嬌杏說，他不收魚，那櫻桃也別送，這才伸手接過。回去的路上，一會兒搖頭、一會兒笑，樂得跟傻子似的。

這幾日，程家興惦記著小雲嶺上的櫻桃，又跑了幾趟，還在附近發現另外兩棵野櫻桃樹。

山上的野櫻桃樹，果實不是很多，把整棵樹摘乾淨，也才五、六斤。現在有三棵樹就好得多，湊起來至少能裝滿一簍，櫻桃價錢好，總能賣得半兩銀子。

程家興心裡的小算盤打得啪啪響，惦記著銀子，這幾天地也不下，別的活都丟了，只拿著竿子往山上跑，仔細盯著樹，不讓野雀把果子啄了。

等櫻桃熟透，他摘來一嚐，甜中帶酸，滋味正好，立刻來了精神，花了半天工夫，把三棵樹的果子摘個精光，揹著滿滿一簍櫻桃下山。

下山後，他沒回家，生怕進了院子，家裡你一把、我一捧地分完櫻桃，便小心翼翼走著，去離村裡最近的紅石鎮，尋了大戶人家，問門房收不收。

這點櫻桃拿去集市叫賣，哪怕價錢再好，最多只有半兩銀子，要是挑來揀去，碰壞了，還要掉價，不如直接賣給大戶。

有錢人愛吃個稀罕，櫻桃在紅石鎮是罕見東西，程家興採的雖是小顆的，但勝在新鮮，紅通通的顏色，討喜得很。

門房討了幾顆試試味道，讓程家興等會兒，他進去問大管家。

大管家正好不忙，聽說有人揹著櫻桃來賣，也去嚐了，立刻決定買下。

前後不過一刻鐘，也沒過秤，程家興連簍子全賣給人家，只留下一小把，說要帶回去給媳婦嚐嚐。

大管事隨手扔了顆二兩小銀錠給他，便急著帶櫻桃去討好主家太太了。

程家興喜孜孜地道謝，揣著銀子就走。二兩銀子瞧著不多，但肥豬肉一斤才十幾文，這買賣找對人，賣出天價了。

趁新鮮賣了櫻桃，程家興抬頭一看，天色已經不早，準備趕回家，忽地轉念一想，還是找個地方把銀子兌開，方便些。

他把二兩小銀錠兌成四顆碎銀，打算藏著兩顆，等成親後做本錢，另外兩顆交給黃氏。

第九章

程家院子裡，黃氏瞅著天要黑了，還不見三兒子人影，想著他是清早出去，中午沒回來吃飯，以為他又去何家，正念叨著，就看見程家興的身影。

「說吧，今天幹什麼去了？中午我留了餅子給你，卻沒回來吃，是上何家蹭飯了？」又瞅著他提在左手上的小布兜，問那是什麼。

「這個啊！」程家興獻寶似的，打開給黃氏看。

黃氏認出是野櫻桃，問他上哪兒討的。

「不是討，我在山上摘的。」

「對了，我想起來，你還揹了背簍出去，背簍呢？」

「賣了。」程家興說著，掏出兩顆碎銀子，遞給黃氏。

黃氏嚇了一跳，一個破背簍能賣一兩銀子？哪家大傻子收的？

程家興滿臉得意，勾勾手指讓她靠近點，小聲道：「逮著野雞那回，我碰巧發現了櫻桃樹，這幾天往山上跑，還空手回來，就是守櫻桃去了。

「今兒清早，我摘了一簍櫻桃揹到鎮上，賣得一兩銀子。娘，我掙的錢全交給您了，嚐兩顆櫻桃可以，但不能吃光，這些是留給杏兒的。」跟防賊似的，生怕黃氏一把伸過去，櫻桃就沒了。

黃氏手裡捏著錢，不跟他計較，撇撇嘴。「不就野果子，我還稀罕這個？你拿個碗裝起來，明早再送去，這會兒何三太爺收船了，過不了河。」

「我還是趕著回來的。」

「餓了嗎？娘幫你熱餅子去。」

黃氏往廚房走，心想程家興真有本事，沒白折騰，竟賺回銀子了。

家裡其他人聽到動靜，陸續出來，問發生了什麼事。

黃氏得意洋洋地吹噓程家興的能耐，說他上山摘野果，揹到鎮上賣了一兩銀子。

程家興剛把布兜裡的櫻桃裝好，想拿回房，就撞上出來看熱鬧的劉棗花。

劉棗花走近瞧了瞧，喜道：「野櫻桃啊！這個酸酸甜甜的正合我吃，分一點給我？」

劉棗花懷著孩子，胃口不好，看見這個，頓時生出口水來，可她知道程家興是什麼性子，不敢直接伸手，和他打起商量。

程家興不肯。

眼看黃氏就在旁邊，劉棗花說，她害喜，想吃口酸的。

懷孕就是女人在家最有地位的時候，可以少幹活、多吃肉，要什麼都好商量，尤其說想吃酸，這是好事，酸兒辣女嘛；偏偏黃氏知道這是特地留給何嬌杏的，沒幫忙伸手要，只抬頭看向程家興，問他怎麼說。

程家興哼了聲。「嫂子想吃酸的，那還不簡單，廚房罈子裡的酸蘿蔔多的是，想吃幾個、抓幾個。我這櫻桃甜，要是酸了，能賣出一兩銀子？鎮上人是傻子嗎？」

「那你分點給鐵牛成不成？」

程家興煩了，他是不怕給人難看的，回屋把碗放好，才出來道：「嫂子，這要留給我媳婦，除了杏兒，誰也吃不得。我這人平常好說話，之前的魚皮花生、蜜麻花、泡椒春筍、豆腐乳、辣條，哪樣沒給鐵牛吃夠？真沒吃夠，娘那兒還有糖，別盯著這個。」

沒想到程家興能把話說得這麼絕，劉棗花有點尷尬，想解釋解釋。

程家興不想聽，除了媳婦跟老娘，他對其他女人沒多少耐心，大嫂想吃什麼該跟大哥說，找他幹什麼？懷孕是誰的孩子誰負責，沒有全家都得慣著她的理。

這下，劉棗花及聽熱鬧的周氏，臉色立時不好看了。

黃氏才剛高興些，又被程家興氣著，拽著他的胳膊，把人往外面拖。

「好好說話，別氣著你大嫂，她肚子裡有孩子。」

「要不是她懷孕，我能這麼好聲好氣？說到底，又不是我的種，想吃什麼關我屁事！」

黃氏不知該怎麼說他了，乾脆伸手擰他的腰。

程家興皮糙肉厚，不覺得疼，抬手搭她的肩膀，親親熱熱地道：「這幾天我多辛苦，天天守著櫻桃樹，自己只嚐了一顆，捨不得多吃。您想想，咱們吃人家多少東西？杏兒還沒過門，聽說嫂子懷孕，便讓我送魚回來，夠意思吧！這碗櫻桃，當然要留給她。」

「不給就不給，你把話說得好聽點啊！」

「沒搞清楚的是您，話說得再好聽，沒給櫻桃，大嫂都不會高興。不高興就不高興吧，她懷上之後，有點得意忘形了。」

黃氏很明白程家興的性子，再說也是白搭，便回廚房幫他熱吃的了。

程家興在院子裡蹲了會兒，心想晚上劉棗花會跟程家富嘀咕，決定先下手為強。他溜去田裡找人，把賣櫻桃的事告訴程家富。

程家貴也在，兩人聽完直拍他肩膀。「這買賣做得好！老三真行啊！娘怎麼說？是不是高興極了？」

程家興笑夠了，才轉了話鋒，不好意思地道：「我進鎮時，滿心火熱，只想著給杏兒留一碗，別的全賣了錢。剛才回來，大嫂說想吃口酸的，我沒分她，實在是剩得不多，再分出一半，不好意思端去何家，大哥別多心。」又說：「大嫂可能不太高興，晚上你哄哄她，真要害喜吃不下，跟娘拿點錢，去鎮上買零嘴。」

程家富點頭，爽快答應了。

當晚歇息時，劉棗花果然向程家富告狀。

程家富道：「自從妳懷上後，天天有白米吃，幹什麼去討老三的東西？」

劉棗花聽著這話，心裡不舒服，回了嘴。「咱們沒分家，得了什麼，不該一塊兒吃？我只在趕集時見過人家提著籃子賣櫻桃，賣得貴，沒買過，難得老三弄到，他卻想一股腦兒地送去何家，不給自家人嚐嚐。」

沒吃過想嚐一口，程家富能理解，便想出個兩全之道。

「妳想嚐嚐，我可以厚著臉皮去討一、兩顆，多了不成，老三辛苦弄來櫻桃，賣得的錢也交了，他留一碗，咱們還要分，像話嗎？再怎麼說，我是大哥，妳是大嫂，老三費心思，又出大力，難道吃不得一碗櫻桃？三弟妹雖還沒進門，但何家人對老三掏心掏肺，爹娘都說再難找到這樣的親家，三弟妹也是自己人，有些話，別再說了。」

劉棗花會看臉色，瞅著這事說不下去，便打住了，改口道：「我也不是非要吃櫻桃，就是瞅著老三得意一回，娘卻跟誇什麼似地誇他，你天天扛鋤頭下地，卻沒落得一句好，我心裡不是滋味。」

程家富搖搖頭。「妳忘了娘平常是怎麼教訓老三的？他挨的罵比誰都多，正是因為如此，他能表現一回，娘才這樣高興。娘也說過，咱們家四個兄弟裡，她不擔心我們，只怕老三聰明勁沒用在對的地方，走了歪路。」

程家富一邊說、一邊打量劉棗花的神色。「娘花在老三身上的心思是要多些，可妳想想，平常咱們家吃穿用度，是不是一碗水端平？別去鑽這些牛角尖，以後老三再弄回什麼，他沒拿出來分，妳別過問，有想吃的，直接跟我說。」

男人好聲好氣地說話，就算心裡不舒服，劉棗花也沒跟他吵，只道：「跟你說？你幫我討去？」

「娘不是說了，等弟妹進門，家裡的規矩就要變，妳想要什麼，我先記著，再想辦法賺錢買。」

「這個，我也想過，可你沒手藝，能幹什麼啊？」

程家富說入冬後農活少了，他出去打個短工，沒手藝總能找地方賣賣力氣，或者誰家要蓋新房，他去幫忙立梁柱、壘石牆，只要捨得吃苦，就有錢賺。

劉棗花聽著這話，心裡一熱，不再說了，躺下後還在琢磨自己能做點什麼掙錢。

一場小小的風波就這麼平息下來，沒掀起波浪。

次日清晨，雞叫一聲，劉棗花便醒了。這些年，她已養成習慣，懷著孩子也沒睡懶覺。

她穿好衣裳走進廚房，看周氏已經生好火，正在做飯。

聽到身後有動靜，周氏回頭瞅了一眼。「大嫂起得這麼早？」

「時辰到就醒了，躺著也睡不著。妳煮什麼？」

「娘說想吃麵疙瘩粥。」

劉棗花走近看了看，沒有多說，出去了。

周氏納悶，昨晚劉棗花被程家興損了臉面，心裡憋屈，本來以為要鬧上幾天，懷著孩子，她有本錢鬧，怎麼睡一覺，就沒事了？

想到昨天的事，周氏便想嘆氣。換成是她，大嫂懷著孩子想嚐一口，再捨不得也要給，只有程家興能說得那麼絕，家裡還不覺得有什麼，說他就是那德行，記個教訓，別去惹他。

劉棗花有沒有得到教訓，周氏不知道，但在心裡記上一筆，以後可別招惹程家興。

程家興已經摸清楚何三太爺出船的時辰，提早一會兒起來，隨便吃了兩口飯，便端著櫻桃出門。

到河邊一看，何三太爺剛上船，對岸還有兩個人，看樣子是要過河。

想著過會兒船便划過來，程家興就沒吆喝，耐心地等。

何三太爺收了銅錢，把人送過來，看他們上岸，才轉頭招呼程家興，問他手上端著什麼，是不是要過河。

程家興站在岸上，何三太爺看不見他碗裡的東西，他蹲下身，稍稍傾斜碗口，說是櫻桃，從山上摘的。

「這得吃個新鮮，本來昨兒要送來，但時辰太晚了。」

「野櫻桃啊，這倒是稀罕。」

「不稀罕的，我也不能巴巴地送給杏兒。」

何三太爺笑咧了嘴，讓他上船。

程家興蹲在船頭，何三太爺在船尾搖槳，小漁船在水面上蕩出波紋，慢悠悠地靠向對岸。

上了岸，他又走了好一段路，才到何家院子，進去便聽見一連串的笑鬧聲，原來何家幾房的小蘿蔔頭排成長隊在跳繩，何嬌杏正幫忙甩呢！

她背對著程家興，沒看見人，瞅著旁邊的何冬梅神色有異，才回過頭。

何冬梅見狀，接過何嬌杏手裡的粗繩，讓她過去。

何嬌杏一笑，朝程家興的方向跑走了。

燒餅他們伸長脖子瞅了瞅，叫道：「是跟杏兒姑姑訂親的姑父。」

何冬梅生怕他們跟過去礙事，問還跳不跳，不跳就把繩子收起來。

這年頭能玩的東西少，聽說要收繩子，小蘿蔔頭們不依了，立刻排好，接著跳起來。

何嬌杏聽見他們的動靜，笑了笑，問程家興怎麼過來了。

程家興要給小媳婦驚喜，進院子之前，把碗藏到身後，這時才拿出來。

何嬌杏眼睛一亮，揀了顆櫻桃放進嘴裡。「上回聽你說，我還怕酸，結果怪甜的。」

「不甜，我能送來？這是特地留給妳的，其他的都賣了。」

何嬌杏瞅著院子裡人多，不好說話，把櫻桃端進屋，又跟家人打了聲招呼，拉著程家興出去了。

直到進了附近的小竹林，何嬌杏才鬆開程家興的手。

「櫻桃是昨兒賣的？你進鎮了？」

程家興將這些天做的辛苦活兒說給何嬌杏聽，又說一共掙了二兩，自己藏起一兩，交出一兩；還怪得意地吹噓這是憑本事，那簍櫻桃本來只值半兩，是揹到大戶才賣出高價，人家不在乎這一兩、半兩，就愛嚐個稀罕。

「是紅石鎮的人家嗎？我們這邊離清水鎮更近些，逢五、逢十都去趕集，但清水鎮的富人霸道得多，最富那家看上的東西，拿就拿了，賣的人不敢要錢，也不敢往外嚷嚷。」

程家興聽著眉頭直皺，問她可曾吃過虧？

何嬌杏笑了一聲。

程家興被她笑起來的嬌俏模樣迷住，還呆愣著，卻聽見喀嚓一聲，似有東西倒下來，轉頭一看，何嬌杏握著旁邊的竹子，使勁捏了捏，整根竹子就倒了。

程家興的表情僵了一瞬，儘量穩住，裝作什麼事都沒有。「這竹子礙了妳的眼，我砍了就是，手疼不疼啊？」

「沒事，只使了一點點勁。你應該聽說過，我天生力氣大，小時候拿捏不住輕重，招了許多閒話，男人力氣大是好，但對姑娘家來說，卻不是幸事。像我們家，兄弟很多，女人不下田，頂多進菜園，我這把力氣沒地方使，就幫忙推石碾、石磨，有時提提魚桶。以後，只要把娘交代的活做完，我跟你上山，我力氣大，能幫許多忙。」

程家興把頭搖成撥浪鼓。「不行！我娶妳，是要讓妳享福的。」

「我是好奇山上有什麼好玩的，能引得你天天去，想看看不行嗎？再說，等咱們成親，要一起把日子過起來，總不能只叫你受累。」

何嬌杏說起道理來，也是一套一套的，還會軟硬兼施。

她先雙手合十對程家興撒嬌，見他十分堅定，表示沒得商量，就變臉了。「你不帶，反正腿長在我身上，我自己去！」

程家興被她氣著了。「妳是在惹怒妳男人啊，讓妳乖乖在家待著，聽不聽話？」

「不聽話，又怎麼樣？」

程家興把人往懷裡一摟，流裡流氣地道：「不聽話，那哥哥今天就要教訓妳！」

何嬌杏心想，程家興忘了碎在趙家院子的厚石板，得意過頭了，正琢磨怎麼反將他一軍，便撞上施完糞肥、挑著空桶子回來的何老爹。

何老爹發現程家興抱著他閨女輕薄，閨女的反應，他沒瞧見，倒把程家興臉上的表情看全了。

這渾蛋！何老爹撂下糞桶，抄著扁擔上去，怕招來別人，沒大聲嚷嚷，想打悶棍。

可糞桶落地咚的一聲，竹林裡的兩人能聽不見？看老丈人這架勢，程家興孬了，趕緊往小媳婦後面躲。

「爹，您放下扁擔，聽我說！」

何老爹不想聽他的，讓自家閨女說。

何嬌杏道：「家興哥說，等我倆成了親，得聽他安排，不聽話便要教訓我。」

那瞬間，程家興的毛都要炸了，不敢去看老丈人，只想抱頭蹲下哀號，他不是，他沒有，這是誤會！

何老爹看著架勢凶，但下手是收了勁的，打個兩下，就招呼兩人回去，說要跟程家興好好說道說道。

第十章

回到家，何老爹先去院子擱下糞桶，程家興揉著屁股進了堂屋。

何嬌杏打了清水端出來，何老爹在屋簷下蹲著洗手，倒掉髒水才過去。

「小子，你求我把閨女許給你時，是怎麼說的？」

程家興無奈，又想解釋。「爹，您誤會了。」

「別跟我爹啊爹的，你之前怎麼應的，現在又是怎麼做的？在我跟前滿口答應，說成親後定想法子掙錢，讓杏兒過好日子，屋裡屋外都護著她，不讓她受丁點委屈。結果，你有能耐啊，不讓別人欺負她，打算自己欺負！」

「我沒有。」

「你有沒有，我不聽你說，我聽杏兒說。」何老爹看向自家閨女。

何嬌杏不能真讓程家興受委屈，心念一轉，解釋道：「我跟家興哥說起成親後的事，我力氣大，以後跟著他上山，總能幫些忙，可是他不肯帶著我，那我便自個兒去，他卻說進了程家門，就得聽話，讓我在家享清福便享清福，不然要收拾我。

「爹，您說說，兩人成了親，是不是該同甘共苦？怎能只能讓丈夫受累？要我說，這件事就是家興哥不對。」

何老爹替閨女撐腰撐習慣了，就要點頭，卻忽然回過神來，轉頭瞪何嬌杏。

「妳才不對！我看妳是腦子進水了，有清福可享還不享？」

何嬌杏聽了，敢怒不敢言，何老爹讓她有話就說。

「是爹讓我說的，我可說了。之前遠房的堂哥娶了嫂子，有吃的跑前面，喊做事了墊後，爹還納悶他們家怎麼娶了這麼個又懶又刁的婆娘，說堂哥孬，沒見過大老爺們幫媳婦生火做飯、搓小衣的。」

何老爹黑了臉。「那不一樣。」

「怎麼不一樣？您說啊！」

「她是媳婦，妳是我閨女，哪能一樣?!」

「爹這麼說，是您不講道理！」

何老爹簡直難以置信。「我怎麼沒發現，妳才是全家上下最大的傻子？人家不讓妳幹活，還賣力往前衝？」

程家興看戲看得正樂，忽然聽老丈人說他媳婦傻，不樂意了，把何嬌杏往旁邊拉，湊上前去。

「爹，您怎麼罵杏兒呢？」

何老爹抬手，一巴掌拍在他手臂上。「我說我閨女，關你什麼事?!」

程家興回嘴。「那是我媳婦！」

何老爹更氣了。「還沒嫁給你！」
唐氏待在後院，聽到堂屋有聲響，過來一看，發現女婿跟當家的正大眼瞪小眼。她瞅著氣氛不對，上去拉開何老爹。「這是幹什麼？有話不能好好說？」又笑咪咪地回過頭，招呼程家興。「女婿怎麼過來了？」
「我摘了野櫻桃，裝一碗來給杏兒嚐嚐。」
「今兒不急著回去吧？中午留下吃飯？」
程家興想著，若他留下，何家就得準備好菜，正要拒絕，便聽見老丈人說：「讓他回去！他杵在這兒，我氣都氣飽了，吃不下！」
程家興聽了，立刻把到嘴邊的話嚥回去，點頭接受丈母娘的好意，看何嬌杏往廚房走，便跟去幫忙打下手。
等兩人出了堂屋，唐氏才問何老爹，到底發生什麼事。
「還不是那臭小子，我教我閨女，用得著他多嘴？」
唐氏還是一頭霧水，問他程家興多了什麼嘴。
「他不許我罵杏兒，我看他才不該跟老丈人頂嘴！妳說，咱們閨女是不是傻？之前我告訴程家興，杏兒嫁過去，不是替程家做牛做馬的，結果杏兒居然說，成了夫妻就要同甘共苦，不能只有她享福。」

唐氏聽完他的念叨，長嘆一口氣，當家的跟女婿都是傻的。

「我吃飽了撐著才聽你說這些，你不是去地裡施肥了？怎麼還在家？」

何老爹這才想起，他是用完糞肥趕回來擔的，活還沒幹完呢，不再多說，拿著糞桶去豬圈的糞坑了。

另一邊，何嬌杏從屋梁上取下臘腸，又從缸裡舀了玉米粒，想燜臘腸飯。

程家興幫不上多少忙，只能看個火。這其間，何嬌杏的嫂子進過廚房一回，出去後，程家興便問何嬌杏，她是不是快生了。

說到這個，何嬌杏想起另一件事，笑了笑。

「笑什麼呢？也跟我說說。」

何嬌杏搬著小凳子，坐到程家興旁邊，跟他咬耳朵。「嫂子還有一個月才生呢！不過，這陣子東子都在念叨，因為嫂子懷孕外加我說親，家裡跟著沾光，今年伙食比往年好太多了。他怕嫂子生了，我也嫁去程家後，好日子就到頭了。」

程家興想了想，道：「我大嫂也懷上了，可家裡吃食還是那樣。娘給大嫂開了小灶，其他人該怎麼吃，還是怎麼吃。」

何嬌杏捧著臉聽他說，笑道：「我們原本也是這麼商量，不過嫂子懷上之後，家裡碾米的次數多，吃的自然就多。有時娘也說兩句，但家裡種的地不少，不缺那口飯，不過少攢一點罷了。」

程家興聽著，拿撥火棍在灶爐裡掏了掏。「家當不是省出來的，是掙出來的，真想過好日子，得想法子發財。我賣完櫻桃，就在琢磨怎樣能多攢點銀子，但還沒想好。」

「春夏兩季經常有雨，雨後菌子多，你揀值錢的採，像松茸啊、雞腳菇、紅菇都是山珍，揹去酒樓賣，價錢不會低。」

「這幾樣，我不認得啊！」

雨後，也有婦人會上小雲嶺瞅瞅，採些野菜跟野菇，但平常就吃那幾種，不認得的不敢採，怕有毒。

程家興問值錢的菌子長什麼模樣，何嬌杏手邊有曬乾的，想拿給他瞅瞅，又一想，這不正好是個機會？

「我說得再仔細，你還是不認得，不如帶我上山，我揹個大背簍，咱們多摘些。」

程家興還在琢磨，何嬌杏又慫恿他。「你自己去摘，賣了還得掂量藏多少錢；我跟你去，你賣的錢交給家裡，我賣的由我收著，成親時帶過來。」

程家興拗不過她，只好答應。「下回雨停之後，第二天早晨我們在河邊碰頭，我帶妳上山轉轉。」

何嬌杏聽了，對他笑開了花，灶爐裡的火光映著她的臉，好看至極。

程家興只看了一眼，便回頭專心盯著火，心裡撲通撲通地跳，耳朵熱呼呼了。

中午吃臘腸飯，因為何嬌杏加了青菜和玉米粒，飯不膩人，嚼著有股清香。

程家興吃了滿滿一大碗，跟何家人聊了會兒，就準備回家。

何嬌杏跟唐氏打了聲招呼，送他去河邊，兩人一前一後走在村道上，邊走邊說話。

程家興扳起手指數，再三、四個月就能辦喜事了，真好。

「沒辦喜事，你也天天往我家跑。」

「那不一樣，我今天抱妳一下，差點挨頓胖揍，等成了親，我想怎麼抱就怎麼抱，誰管得著？」

還有吃食，等何嬌杏進門，他只要掙到錢，天天都能開小灶，日子太美了。

回家的路上，程家興拿著之前裝櫻桃的土碗，回味著中午吃的臘腸飯，心裡喜孜孜的。

他一身臘腸味，回去就被聞香而來的鐵牛抱住大腿。

胖姪子眼巴巴地瞅著他。「三叔，你吃什麼了？那麼香！」

「吃什麼也沒你的分。」

鐵牛鬆開抱大腿的手，圍著程家興繞圈，看他手裡拿著碗，還仔細瞅了瞅，是空的。

「怎麼是空的呢？嬸嬸沒給你端好吃的？」

程家興放好碗，蹲下來捏捏他胖嘟嘟的臉，笑咪咪地道：「中午我在何家吃臘腸飯，比咱們家做的香太多了，裡面不光有切成片的臘腸，還有青菜跟玉米粒，好吃得無法形容。我一口氣吃下兩大碗，吃撐了，蹓躂幾圈才回來的。」

程家興就是故意的，仔仔細細地把臘腸飯有多好吃形容了一遍，說完拍了拍鐵牛的腦袋瓜子，走了。

鐵牛先是一呆，然後哇的一聲大哭起來。

劉棗花聽到動靜出屋，看鐵牛哭得傷心，問他怎麼了。鐵牛打著嗝說，三叔欺負人。要是別人鬧的，劉棗花定要討個公道，聽見是程家興，略一遲疑，只罵了句多大的人還跟姪子計較後，便蹲下來哄鐵牛。

後來，黃氏也聽說了，罵程家興，看他挨罵肉不疼，搖搖頭，省下口水。

程家興沒空理她們，他在磨刀。

下場雨後便要帶何嬌杏上山，他怕運氣不好遇上意外，多準備一點，總是好的。

動作再慢，磨把刀也只需要半個時辰，但這場雨，卻讓程家興等了一旬。

雨是入夜後下起來的，淅淅瀝瀝地下了整晚，天明之前才停。

雨聲剛停，搭著薄被躺平睡著的程家興立即睜開眼。他心裡裝著事，這一夜醒了幾回，還以為今兒出不了門，不想竟是峰迴路轉。

之前他跟何嬌杏約好，下雨後在河邊碰頭，一起上山採菌子。程家興怕自己磨磨蹭蹭讓小媳婦久等，不敢多睡，掀了薄被下床。
他剛出屋，就撞見從另一間屋子出來的黃氏。
黃氏納悶。「往常你睡到太陽曬屁股才會起來，今兒不睡了？」
程家興說不睡了。
不對勁！這臭小子無利不起早，早起那幾回，不是過河去老丈人家，就是上山守櫻桃，黃氏便問他是要出門，去幹什麼。
「去碰運氣，看能不能發財。」
黃氏剛起床，原本還有些迷糊，聽見這話頓時清醒，問程家興尋到什麼掙錢來路，讓他說清楚。
程家興理好衣襟，站在屋簷下洗臉，看老娘還跟著，就說：「事情沒做成，我不跟您多說，待會兒我要出門，可能傍晚才回來。」
「中午不回家？那我幫你烙餅，帶著吃？」
程家興臉上都是水，拿巾子擦乾，含糊應了聲好。
這天的早飯吃菜粥，配菜是酸蘿蔔。劉棗花懷著孩子，比其他人多了一顆煮雞蛋。
劉棗花剝蛋時，程家富已經喝了小半碗粥，歇口氣的工夫，抬頭看向程家興。「今兒起得這麼早？」

「有點事。」

「要出門啊？」

程家興點點頭，看程家富面帶猶豫，反問他是不是有事。

程家富說，地裡麥子差不多熟了，要搶收。每到芒種前後，雨水多，不抓準時候收割，曬乾入倉，麥子可能發芽發霉；不單收麥，接著地裡又該種豆、種薯，也得抓緊工夫，不然種晚了耽誤收成。

農家就是這樣，閒時天天沒事幹，忙起來連吃個飯都要趕快。

程家富提起這事，是希望這陣子程家興安分些，再不愛幹活，也來幫點忙。

程家興聽懂了，扒口粥說：「今兒跟人約好，一定要出去，過兩天，我再下地。」

做大哥的沒說什麼，大嫂卻不太高興，想藉玩笑表達幾分不滿，結果被公公搶了先。

程來喜抬了抬眼皮，道：「指望不上你，你能幹什麼，都要滿二十的人，做活還沒半大小子俐落，下地也是幫倒忙。」

程來喜說他還不夠，又瞪了黃氏一眼。「都是被妳慣壞的。」

黃氏權當沒聽見，轉頭對程家興說，別搭理倔老頭，吃飽了就出門。

「娘幫你烙了餅，擱在灶臺上，記得帶著，辦完事，早點回來。」

程家興把粥喝完，還舀了瓢水漱口，看天亮了，揹上背簍，把餅揣在懷裡，出了門。

程家興順著村道慢慢走到河邊，原以為還要等些時候，結果不久對面就有了動靜。

何嬌杏揹著好大的簍子，跟在何三太爺身後，幫忙推船出來，祖孫倆先後上船，小漁船慢悠悠地朝程家興這頭划過來。

何嬌杏上岸後，對何三太爺揮了揮手，何三太爺叮囑她當心點，山上蟲蛇多。

何嬌杏才不怕，笑咪咪地道：「真遇上蛇，我抓來給阿爺泡蛇膽酒，蛇肉還能燉湯。」

何三太爺拿她沒轍，轉頭吩咐程家興多護著她。

程家興答應，帶何嬌杏去了小雲嶺。

兩人才走幾步，程家興便停下來。「杏兒，妳把褲腿紮起來，不紮起來容易讓蟲蛇鑽進去。對了，背簍給我，我一起揹。」

何嬌杏紮好褲腿，卻沒給他背簍，說讓程家興省省力氣，上了山，才好保護她。

何嬌杏力氣很大，出門時特地挑了家裡最能裝的簍子，哪怕裡面只放了一把鐮刀、一個竹筒與幾塊餡餅，但程家興看著還是感覺怪重的。

何嬌杏倒不覺得，走起來輕輕鬆鬆，好像空手出門一樣，穿著粗麻鞋跟在程家興身後。

程家興不放心，走一段路便回頭瞧瞧，看她跟上沒有。

「杏兒，妳走累了，就跟我說。」

「跟你說？那你揹我上山啊？」

程家興想的是歇會兒再走，聽到這話琢磨一下，嘿嘿笑道：「也行！」

何嬌杏伸手拍他的背簍。「別耽誤了，採完菌子，還要揹去鎮上賣。」

「就是不知道小雲嶺上有沒有妳說的那幾種。」

「我們那邊都有，小雲嶺上應該更多。照你說的，你們村人認識的菌子少，沒其他人採，今兒收穫說不定不錯。」

兩人說著話，上了小雲嶺。

程家興原以為，雨後上山的人應該不少，結果卻沒遇上什麼人，想想現在準備搶收、搶種，地裡莊稼才是農戶的根，比野菜和菌子要緊。

這樣也好，程家興想著，在山腳下掰了根長樹枝，拿在手上探路，下腳踩得穩穩當當，邊走邊提醒何嬌杏當心。

出門之前，程家興就做好遷就小媳婦的準備，真上了山才發現，何嬌杏不是來扯後腿的，她步伐輕盈、身手靈活，爬山並不吃力。不光這樣，何嬌杏邊走邊看，上去這一路便往背簍裡丟了不少好東西，本地能入口的山珍，沒有她不認識的。

何嬌杏看到野菜，總要和程家興細細分說，告訴他這叫什麼，大概值多少，該怎麼吃，吃了有什麼好處。

程家興聽得津津有味，也不忘拔野菇，他精得很，想著便宜的什麼時候有空都能來採，專揀貴的。

兩人大清早出門，在山上找了半天，才過中午，就把背簍裝滿。

何嬌杏收起鐮刀，拿出餡餅分給程家興，又拿出竹筒，讓他喝水。

兩人在山上休息，啃餅子時，何嬌杏望著不遠處的大山問：「那就是大雲嶺？」

「是啊！」

「你去過嗎？」

程家興搖頭。「聽說裡面有猛獸，蠻子他們都不敢去，讓我一個人去，我也沒膽。」

何嬌杏怪遺憾的，連綿起伏的群山啊，山珍野味一定很多。

看她那表情，程家興心裡一跳，問：「妳想去？」

「是挺想的，不過看著有點遠，今兒是來不及了。」

「就算來得及，也不能去，說有猛獸，不是開玩笑的。我娘講過，以前年景不好時，野獸會從大雲嶺跑出來找吃食，進過我們村子，是運氣好才沒鬧出人命，只死了些雞鴨。」

程家興情急之下，抓住何嬌杏的手，何嬌杏就撓撓他。「可你不也想去看看？」

「我是想發財，發了財，能給妳吃好的、穿好的。」

「要是打著老虎，肯定發財，就是不知道大雲嶺裡有沒有。」何嬌杏說著，臉上表情全是嚮往。

程家興頓時覺得腿有點軟。「杏兒，妳也太看得起我。我遇上猛虎之日，怕就是妳守寡之時。」

何嬌杏一聽這話，餅子也不啃了，揹起背簍便要下山。

程家興趕緊追上去。「怎麼了？生氣了？」

「誰叫你胡說！」

「想讓妳男人長命百歲，就別去大雲嶺。」

「深山裡都是寶，不去怎麼發財？」

「別著急嘛，我再想想。」

程家興跟在後面，看見小媳婦背上裝得滿滿的大竹簍，說要幫她揹。

何嬌杏沒給他，走得更快，催著他下山賣東西去了。

第十一章

之前有過賣櫻桃的經驗，程家興帶著何嬌杏繞路，去了鎮上生意最好的酒樓。

不管煲湯或燒菜，酒樓裡用到的菌子不是那麼多，但也無妨，經過一番討價還價後，大掌櫃全收下了。開門買吃食，遇上山珍哪有不收的？反正曬乾了放得住，不會糟蹋。

以前，雨後山林裡的菌子對程家興來說，就是野菜，今兒他開了眼界，進鎮時身無分文，回家時卻揣著好幾兩銀子。

兩人去採買些東西，程家興提著何嬌杏打的酒，喜孜孜地道：「咱們忙活半日，就掙了一頭活豬的錢，真不敢相信。」

何嬌杏想了想山珍在後世的價錢，那兩大簍算賣賤了，不過在這種小地方，有好東西也難賣，賺幾兩銀子差不多。

回村的路上，前後沒別人，何嬌杏看著手帕裡包的碎銀子，統共是五兩，便拿了二兩給程家興。

「我摘得多，多收些當咱們的私房，你拿二兩交回去，這樣行不？」

「不行，給多了，跟家裡說上山摘筐菌子賣了二兩，豈不從頭到腳被盤問一遍？能煩死我。讓他們覺得掙錢容易，也是麻煩，我才特地讓掌櫃拿碎銀來。妳收四兩半，回去找地方藏好，我拿半兩交差，省得被念叨。」

程家興說著，把多的銀子塞回去給她。

何嬌杏沒說什麼，反正是他倆的錢，誰拿都一樣，便包好收起來了。

兩人在河岸邊分手，何嬌杏拎著酒罈坐上小漁船過河。看時辰差不多，還幫忙收船，把酒罈遞給何三太爺，自己提著魚桶，祖孫倆一起回家。

何三太爺問孫女今天收穫如何，還順利嗎，沒發生什麼事吧？

何嬌杏說還成。「家興哥對那裡熟得很，閉著眼都能上山。我倆在山上轉悠半天，摘了菌子去賣，又打酒回來。回去我抓顆酸菜切片燉魚，阿爺來跟我爹喝一碗。」

何三太爺聽了，抱起酒罈聞，笑道：「是要喝一大碗，這酒香啊！」

「是紅石鎮的，賣得還不便宜，我打了兩斤。」

「紅石鎮出的酒是好喝。妳摘菌子不容易，費這錢幹什麼？早跟妳說，有錢別都給家裡花了，自己手裡要捏一點，遇上事不慌張；若是沒錢，得拉下臉面去求人。」

其實，這些話唐氏常念叨，有時候也發愁，自家閨女想法挺怪，一般人是寧可虧待嘴巴，也要把銀子攢起來。何嬌杏對錢不那麼計較，可她捨得去搞吃的，為一口吃食，忙幾天都不嫌麻煩，還格外喜歡囤東西，一邊吃、一邊補足，家裡的食物沒怎麼少過。

她做的吃食，很多都能拿出去賣錢，但她很少動這心思，反而在意日子過得舒不舒適。

以前唐氏常戳她腦門，說了也沒用，閨女的性子看著軟，實則主意大著。

比如中午，何嬌杏瞅著大雲嶺，打起上面山珍的主意，在腦子裡翻了半本食譜。程家興不帶她去，但她也沒死心就是，前世體質變異後打過野獸，她不怕的。

何三太爺說她，何嬌杏就聽著，聽完才道她有成算。

祖孫倆說著話，回了何家院子。

這時候，程家興早到家了，放下背簍裡外轉了一圈，在屋後找到黃氏。不等當娘的開口問，便從衣兜裡拿出碎銀子來。

黃氏正蹲著涮瓦罐，看見那半兩銀子，用圍裙擦了擦手，接了過來。

「這半個月交了一兩半，小兔崽子長進了。」

程家興滿臉得意。「早跟您說過，種地是埋沒我了。」

有錢拿的時候，黃氏不跟他計較，只問這又是從哪兒來的？

「沒偷沒搶，是正當來路，您安心收著，別打聽了。娘，後面的農活能不分給我嗎？別耽誤我掙錢。」

「要忙得過來，你不下地沒什麼；忙不過來，該幫忙還是得去。」黃氏說著，轉頭看看身後，見沒別人，才在程家興耳邊小聲嘀咕。「別懶過頭了，你哥不說話，還有嫂子呢！」

黃氏一語中的。

晚些時候，家裡人在飯桌上聽說程家興出去一天，帶了半兩銀子回來，表情相當精采，有感到欣慰的，有納悶的，也有不是滋味的，各懷心事吃完了飯。

晚飯後，黃氏回屋關門點錢，兩個媳婦把碗筷收進盆裡，端出去洗。

劉棗花跟周氏咬耳朵。「弟妹，妳說，老三把錢全交出來了嗎？」

周氏也正琢磨幹什麼能掙這麼多錢，忽然聽到這話，手下一停。「大嫂是什麼意思？」

「能有什麼意思？我就覺得，以老三的德行，掙了錢能全交？不會藏一點？」

周氏點點頭。「應該藏了吧！」

「那妳不氣？」

「咱們換過來想，要是妳辛辛苦苦掙了錢，不給自己留一點嗎？全交了，他這麼起早貪黑，圖個什麼，不如在家睡大頭覺。老三這樣，總比之前強，現在別管他藏不藏私房錢，好歹交銀子了。養頭豬才值四、五兩，他半個月給一兩半，挺多的，出去半天能掙多少？都交了半兩，藏一點就藏一點。娘大概也是這麼想，老三是她的親兒子，豈不更了解？」

周氏果真猜到婆婆黃氏的想法，上次程家興拿錢回來，黃氏就想過，三兒子這麼鬼靈鬼精的，能大大方方全交出來？

但黃氏沒問，也沒去翻找，怕氣著程家興，又自甘墮落，在家混吃混喝。

日子要過得舒坦，該糊塗就得糊塗，黃氏懶得過問，只關心他下回出去是什麼時候，又能賺回多少。

姑且不提黃氏的盤算，劉棗花聽了周氏的話，皺起眉。「妳說娘明知道，卻不管嗎？」

「說不定，我也是猜的。」

「那我們是不是也能……」

周氏明白劉棗花的意思，小聲說：「說是交一半給家裡，其實娘不會來查帳，只要吃相別太難看，能自圓其說，她未必會計較，能經常交錢回來就是好事。娘不去盤問三弟，恐怕也是如此，希望咱們都去想想掙錢來路，別只惦記著地裡的收成。

「年景湊合時，種地的確能餬口，可也發不了財，原先咱們總怕老三扯後腿，擔心以後得拉拔他，如今看來，他倒走到前面去了。」

聽了這番話，劉棗花心裡舒坦些，可問題又來了。「妳說要掙錢，哪有這麼容易，咱們能幹什麼？」

周氏搖頭。「鄉下人沒什麼手藝，能做的不就是養點雞鴨鵝下蛋？這陣子我都在琢磨，想著是不是讓家貴去跟老三請教一下。」

她說著，又感慨起來。「我要是有三弟妹那手藝就好了，做點好吃的揹去集市，便能賣錢，像娘端回來的魚皮花生就好賣，後來的辣條也是，你們鐵牛不是很愛吃？」

劉棗花聽著，心念一動，跟周氏說蹲久了不舒服，回屋歇歇，擱下手裡的活進屋去。

周氏知道她是打主意去了，沒說什麼，心裡也好奇，以後程家興會有什麼盤算呢？

劉棗花睜眼到半夜，沒怎麼睡好，第二天雞一叫，就在等程家興起床。直到日上三竿，程家興才打著哈欠，從屋裡出來。

「老三起來了啊，你洗把臉，我端早飯過來。」

程家興還沒清醒，洗了把臉，才納悶起來，今兒大嫂是不是熱絡過頭了？

他接下她端來的粥碗，蹲在屋簷下慢吞吞地喝，見劉棗花手裡拿著抹布，也沒幹活，欲言又止地站在旁邊。

程家興道：「大嫂，妳有話就直說吧！」

「那我說了，我是好奇，你出去一天，便拿回半兩銀子，這錢是怎麼來的？」

「賣東西掙的。」

「賣什麼啊？」

程家興想了想，道：「山貨跟野味啊！」

劉棗花不是很信，又想不到他除了打獵，還能幹什麼，幾隻野雞、野兔賣得了幾兩，但這算程家興的絕活，一般人學不會。

「大嫂還有事？」

「這個嘛，老三你看，家裡幾個兄弟裡，你腦子最靈活，幫忙想想，家富能做點什麼？我們鐵牛還小，我肚子裡又有一個，往後用度大，我想攢點錢。」

「大嫂還是跟大哥商量，你們夫妻的事，我做兄弟的多什麼嘴？這年頭去賣力氣虧身體，做買賣要本錢，想發財哪有那麼容易？我幫妳出主意簡單，就怕沒弄好，妳回頭怨我，找我賠錢。」

程家興說完，仰頭把粥喝完，想著幾天沒跟蠻子他們碰面，吹著口哨出了門。

劉棗花不死心，偷偷跟了幾步，想看看程家興到底去幹什麼。

結果，程家興真上了蠻子家，跟蠻子帶著大白鵝到河邊，放鵝去了。

劉棗花沒辦法，掉頭回來，被婆婆黃氏逮個正著。

「到處找不到妳，跑哪兒去了？」

「我去菜園。」

「那巧了，我也去菜園找過，怎麼沒瞧見妳？」

劉棗花暗道一聲倒楣，想辦法圓謊。「可能是我先走錯過了，回來時，我遇上熟人，聊了幾句，娘找我有事？」

黃氏上下打量她。「老二媳婦說，妳這陣子經常不舒服，懷著孩子就老實點，多待在家，少往外跑。」

「娘，昨兒老三交錢給您時，有沒有說是怎麼掙的？能不能讓家富跟著學學？」

「怕是學不來，他的銀子，十有八九是上山得的。」

「您沒問啊？」

「問了，他叫我管收錢就是，操心那麼多。」

「我是想給家裡出點力，要不，我去跟三弟妹聊聊，跟她學些手藝？」

黃氏皺起眉頭。「妳是不是看大家愛吃魚皮花生、蜜麻花、辣條那些零嘴，覺得能掙錢？那是人家的秘方，換成是妳，會教人嗎？再退一步說，老三媳婦還沒進門，妳就打算過河打聽，沒毛病吧？」

劉棗花聽了，表情訕訕，不說話了。

傍晚，程家富幹完農活回來，挑水裝滿水缸，再去洗臉、洗手，在簷下站會兒歇歇，便進了自己的房間。

「鐵牛呢？怎麼沒看到他？」

劉棗花托著臉，側躺在床上，聽見聲音，翻過身來。「跑去地裡玩蛐蛐兒了吧！他精神好，整天瞎跑，我是雙身子的人，能盯得住？」

「那得跟他說好，別去河邊跟井邊。」程家富說著，看看劉棗花。「妳不舒服？怎麼這時候就上床了？」

劉棗花不吭氣。

程家富又道：「要真不舒服，我找大夫來看看。」

劉棗花想想，撐著床鋪坐起身。「哪有什麼不舒服，我是在想事情。」

「什麼事？」

「我在想，到底做什麼能發財？老三說他賣山貨跟野味，我不是很信，你想想，半兩銀兌出來是五百文，跟肉價相比，就算一斤肉二十文好了，五百文能買二十幾斤，山上那些東西有這麼值錢？」

劉棗花說到這分上，程家富想了想，道：「也可能運氣好，挖到藥材。計較這個幹什麼？哪怕妳問明白了，也學不來。」

「程家富，你不想掙錢嗎？你兄弟交了兩次銀子，你怎麼還坐得住？」

「現在農忙，實在沒工夫幹別的，等秋收後，農活不多，我再跟爹娘說，出去打個短工，找地方賣力氣。家裡不缺咱們吃穿，掙錢的事，妳別著急，急也急不來。」

夫妻倆沒想到一處去，程家富是家裡的大哥，沒指望從兄弟那裡拿什麼，農活也是能多幹就多幹，不太計較。

劉棗花雖是大嫂，在娘家卻是妹妹，上面有兄長，這會兒從程家興身上看到賺錢門路，便指望他帶他們發財，哪會輕易打消念頭？

這幾天天氣晴好，想著雨後山裡菌子多，接連有些天，程家興都沒上山，不是在家睡大頭覺，便是跟村裡的玩伴蠻子、朱小順找個小土坡吹牛打屁，聽說附近小河村的地痞陳麻子在家開了蛐蛐兒賭坊，十里八鄉的都去賭，一天賽一天的熱鬧。

程家興聽了，拍了拍屁股爬起來，呸呸兩聲，吐掉叼在嘴裡的草。「我們也去看看。」

「看什麼啊？又沒錢下注。」

程家興聽了，一巴掌拍在鑾子的後腦勺上，手法就跟黃氏修理他一模一樣。「我有別的打算，你跟上。」

程家興帶著鑾子和朱小順去了小河村，蹲在賭坊半天，看他們怎麼玩，回來道：「陳麻子不簡單，這蛐蛐兒賭坊把十里八鄉的閒漢全招去了。」

「可不是，從早賭到晚，賭癮一上來，連飯都不回去吃。」

「那敢情好！」

看程家興這模樣，就是在打主意，朱小順問他想做什麼。

「想到掙錢的法子，看你倆肯不肯做。」

「程哥，你說說看。」一真能掙錢，誰不願意啊？

「之前我拿魚皮花生跟辣條給你們嚐過，揹上那兩樣去陳麻子家賣，是不是能掙錢？」

鑾子跟朱小順想，那些賭蛐蛐兒的懶漢，都是早上去，傍晚才走，一蹲就是一天，不吃點東西？嚼魚皮花生跟辣條都能過過嘴癮，那些好吃懶做的人肯定喜歡。

兩人想著，眼睛都亮了，不好意思地搓搓手。「咱倆什麼也不會，程哥肯帶我們？」

程家興一手搭一個，勾著他倆的肩膀說：「咱們打小一起混到大，有財路，能不照顧你們？不過呢，感情是感情，生意是生意，做吃食買賣最要緊的是手藝和點子，我們搭夥，我出點子，我媳婦出手藝，你倆出成本，掙了錢，我們再分。」

蠻子跟朱小順想了想，魚皮花生跟辣條都不是肉食，花不了太多錢，只要能賺，回去能哄就哄、能騙就騙。蠻子是他們家獨子，朱小順雖然不討爹娘喜歡，卻是朱奶奶的心頭肉，兩人想弄點錢，並不困難。

程家興讓他倆回去準備花生、黃豆，再弄點錢，好進鎮買配料，至於他，則頂著太陽，跑去魚泉村找小媳婦談這筆買賣了。

第十二章

程家興心裡熱騰騰的，過了河，一路小跑進何家院子。

何嬌杏正在曬麥粒呢，一看見他，愣了愣。「你怎麼來了？」

程家興一把拉住她的手。「杏兒，我有事跟妳商量。」

何嬌杏遞手帕給他，讓他擦擦汗，先到竹林等，再去招呼隔壁的何香桃幫忙看麥粒，才去找人。

「你要跟我商量什麼事？」

程家興蹲在上回被她掰斷的竹子旁邊，道：「這陣子，蝗螂跟蛐蛐兒都出來了，小河村的陳麻子在家擺了蛐蛐兒賭坊，熱鬧得很。」

何嬌杏扠腰。「你去賭錢了？」

「沒有，我去看熱鬧，瞧出了發財門路。賭坊裡全是些好吃懶做、遊手好閒的懶漢，我想把妳做的魚皮花生跟辣條揹去賣錢。」

這麼說，何嬌杏就明白了。「你是想讓我出手藝啊？」

程家興點頭。

何嬌杏想了想，現在她對做生意沒這麼熱衷，不過，未來的丈夫這麼上進，做媳婦的也該盡點力，遂點點頭。「可以，我把需要的食材跟配料告訴你，得先準備齊全。」

於是，何嬌杏扳著手指，說了一遍，又道：「你要是想省些本錢，還可以帶人下田去捉泥鰍、田螺，或上山逮野雞、野兔。炒螺肉、炒泥鰍、冷吃兔、涼拌雞這些小菜，我都會做，你變著花樣揹去賣，飄出來的香味能饞死人。」

程家興聽了，彷彿瞧見白花花的銀子在衝他招手，心裡的算盤打得啪啪響，捉那些要費點工夫，先做魚皮花生跟辣條。

「家興哥，我把看家手藝拿出來幫你，你就沒話跟我說？」

被何嬌杏這麼盯著，程家興怪不好意思。「這買賣是跟人搭夥，拉了兩個兄弟出本錢，回頭賺了，我分四成，他們各三成。我的錢，除了交給娘的，其他全由妳收著，行不行？」

何嬌杏這才笑出來，程家興又把需要的食材跟配料複述一遍，確定沒落下，便匆匆忙忙回去準備了。

何嬌杏從竹林裡出來，向何香桃道謝，又坐回院子看麥粒。

何香桃沒急著回去，好奇地問，程家興來幹什麼？

「跟我商量些事，說完人就跑了。」

看何香桃在笑，何嬌杏抬頭問她笑什麼。

「替妳高興啊，選對人了。訂親之後，程家興三天兩頭往咱們這裡跑，對妳上心極了。

原先聽說他是個不可靠的地痞，如今看著，不是挺好的嗎？我爹娘私下說起他，都道不錯，看阿爺的樣子，也很滿意。」

何嬌杏也笑。「現在大家都跟我說家興哥好，我娘還讓我成親以後收收力氣，別嚇著他，我看他膽子挺大，沒那麼容易嚇住呢！」

程家興回村後，立刻去找蠻子跟朱小順，熱火朝天地準備起來。

蠻子弄來一擔黃豆跟花生，朱小順則跟朱奶奶拿錢，跟程家興去鎮上買齊何嬌杏要的配料，三個人再一道把東西送去何家院子，前後只花了一天。

何嬌杏做魚皮花生時，程家興帶著蠻子跟朱小順在院子裡推磨。這麼大陣仗，招來好幾個看熱鬧的人，問這是幹什麼？

程家興還在琢磨該怎麼說，已經弄明白前因後果的唐氏就站出去幫他了。

「要成家了，女婿想法子掙錢，這些東西都是他買來的，讓杏兒做吃食，揹出去賣。」

看熱鬧的都是何家親戚，連聲稱讚何嬌杏的手藝，又說程家興也不錯，知道掙錢。

忙了大半天，揹來的配料還有剩，花生跟黃豆則全用完了。程家興裝了兩碗給何家人，領著朱小順他們把剩下的揹回去，準備明兒一早上小河村陳麻子家賣賣看。

程家人不知道程家興的打算，黃氏看他把辣條跟魚皮花生揹回家，大吃一驚。

「這是幹什麼?!」

程家興也沒瞞著，道：「我弄材料讓杏兒做的，娘別碰，這是賣錢的東西。」

聽說要賣錢，黃氏不敢碰了，問他花了多少本錢，錢又打哪兒來？

「是搭夥生意，別人出本錢，我出主意跟手藝。東西擱在我這兒，賣了錢，扣掉食材和配料花費，先跟搭夥的人分，再給杏兒一半，剩下才是娘的。」

黃氏幫他一起把東西搬進去，又問他為什麼還找人搭夥？

「不找人搭夥，我出本錢、我挑擔、我推磨，您是想累死我嗎？現在這樣，我多輕鬆，買賣做起來後，要是招人眼紅，還有蠻子跟朱小順頂著，朱奶奶可是咱們村一大潑婦。」

感情是感情，生意是生意，這話不是說說，拉兩人入夥前，他就想好了，人嘛，走一步總要看個兩、三步，只盯著眼前買賣，豈不虧大？

另一邊，朱小順在何家院子賣了半天力氣，回去時，不光手痠，肚子也唱起空城計。平時，讓他踏踏實實地幹半天活，根本不可能，今兒是想著錢才堅持下來。他嗅著辣條的香味，活似銀錢的芬芳，想到明天那些賭蛐蛐兒的你一碗、我一碗，光把辣條和魚皮花生揹過去還不行，得帶個空背簍裝銅錢。

他混歸混，想得還是簡單，覺得程家興跟村裡那些嘴上說得好聽、有好事卻把人撇到一邊的傢伙完全不同；更沒想到，他能擠掉別人摻和進來，他家的潑婦奶奶立了頭功！

當天晚上，蠻子跟朱小順翻來覆去地睡不著，興奮了大半夜。

至於程家，男人們打起鼾來，做媳婦的還在想程家興的生意。

在飯桌上，劉棗花就問過了，要做吃食買賣怎麼還找外人搭夥，自家兄弟不能做？眼看著掙錢的機會飛了，心裡著急，話說得就比較直。

正好，程家興也直。

「我跟人搭夥，我是牽線搭橋、出主意那個，本錢是別人給的，大嫂有本錢嗎？」他說著，配鹹菜吃了口粥。「再說，搭夥不光出錢，還得聽我指揮，該挑擔推磨就挑擔推磨，這個生意，大嫂怕是搭不了。」

劉棗花心裡不舒服，又道：「那你做買賣掙錢去，我們就在家裡幹活？」

程家興理所當然地點頭。「哥哥們出力，我去掙錢，不都是為了這個家？」

他說完，轉頭看兩個哥哥，說後面的農活讓他們多辛苦些，這陣子他要專心做買賣，回頭掙了錢，請娘給家裡買酒、買肉。

程家富跟程家貴覺得這主意不錯，拍了拍程家興的肩膀，讓他好好幹。

「你下地也是混時辰，能幹什麼？踏實做買賣也好。」

「多掙錢，交個八兩、十兩，以後買頭耕牛，能幹的活不比你多，以後誰還催你下地？」

程家興聽著，眼睛一亮。「二哥聰明，我都沒想到，應該買頭牛來替我。」

黃氏本來沒吭聲，聽到這裡也說，若他真能幫家裡買頭耕牛，以後再不催他下地，愛幹什麼便幹什麼。

劉棗花起的話頭，說到最後，程家興高興了，她卻氣得不輕。買賣剛做，沒看見利潤，她沒那樣眼饞，只是想到老三頂撞她的樣子，心裡氣悶。程家興跟兄弟們算得清清楚楚，偏偏自家男人傻，還覺得沒關係。

程家興的盤算，起先黃氏也沒弄明白，在飯桌上聽他點了幾句，才想通關鍵。

簡單來說，他跟鑾子和朱小順搭夥，什麼也不幹，還分得多，人家不覺得虧，反而想著程家興仗義，發財不忘捎帶他們；要是跟自家人搭夥，他不出本錢、不出力氣，還要拿四成就不行，任誰聽了都會說他不對，鬧起來是遲早的。

程家興是個機靈鬼，能把自己逼到那境地？

吃過晚飯，程家興去院子蹓躂兩圈，消完食便準備歇下。要做買賣，就不能再睡到太陽曬屁股才起床，從這邊過去小河村，還有一段路呢！

隔天，天剛濛濛亮，程家興就起來了，吃著早飯就聽到朱小順在屋前喊他。

程家興端著碗出去，看他倆是一起來的，朱小順還在身前掛了個半大的竹簍。

「這是做什麼用的？」

「裝錢啊，收回來全是銅錢，兜裡揣不下。」

「哦，那待會兒把簍子給我，你揹辣條。」

朱小順傻了。「程哥，你搶輕巧活啊！」

程家興理直氣壯，回過頭道：「揹著簍子就要收錢，你這腦子轉得過來嗎？」

也是，朱小順明白了程家興的用心良苦，欣然讓出錢簍子。

等程家興吃完，三人揹著吃食出了門。

路上，程家興說，在蛐蛐兒賭坊賣吃的，應該好賺，一則去賭錢的，十個裡有八個喜歡好吃、好喝，從他們手裡撈錢容易；二則那些人一賭就是半天、一天，總會想在嘴裡嚼點東西；三則他們揹去的吃食都新鮮，別的地方沒賣。

「今兒這趟是探底，賣得好，咱們回來再多準備些，也翻翻花樣；若沒想像中好，就別做太多，賭蛐蛐兒這幾個月日頭大，東西做好，隔天就得賣完，放不到第三天。」

鑾子和朱小順一個揹花生、一個揹辣條，聽完誇程家興聰明。「我們就只想著發財，哪想到還有這麼多門道？」

「如果家底兒厚賠得起，用不著想，但咱們窮啊，窮人要發財，豈不得把各方面都考慮好？這賭坊會擺幾個月，買賣做起來後，聽我指揮，踏踏實實跟著幹，夠你倆發一筆了。」

朱小順跟鑾子應好，臉上的笑容更大了。

三人說著話，進了小河村，陳麻子家已經賭得熱火朝天，隔著一段路都能聽到喧鬧聲。程家興本來還教朱小順他們吆喝，沒開始喊，鼻子靈光的人就聞到味道了。

「什麼玩意兒這麼香？」

「這叫辣條，新鮮做好揹來的，嚐嚐看！」

程家興相準一個今兒賭運好的傢伙，拿一小根給他試試。

那賭客一吃，麻辣鹹香，只能用一個字形容：爽！

「這怎麼賣？」

「十文錢一碗。」

「這一小碗要十文？比吃肉貴得多。」

程家興嘿了一聲。「肉有什麼稀罕？肉有比這辣條夠味？我是下了重本做出來的，價錢再少，可就虧了，看你賭運昌隆，不缺這十文、八文，來一碗不？」

賭運昌隆，說到賭鬼心坎上了！

「來來來，給我裝一碗。」

程家興收了錢，朱小順趕緊裝一碗給他，用油紙包好，釁子又遞上兩顆花生。「要不要來點魚皮花生？只有咱們賣，鎮上跟縣裡買不著，這個便宜點，一碗只收八文。」

在賭坊裡，手氣好的人真不在乎這點錢。魚皮花生香脆，又是一番滋味，那賭客也買了一碗，邊吃邊賭，好不悠哉。

做買賣就是這樣，只要能開張，便不愁沒客。來賭坊消磨的懶漢多，懶漢最懂懶漢，朱小順揹著辣條轉一圈，就有不少人忍不住，紛紛花錢解饞，賣得很快。魚皮花生聞著沒什麼香味，買的人不多，但看第一個買的賭客一口一顆吃得很香，也有人買來嚐鮮，買賣就做起來了。

程家興他們揹來的吃食，不到半天就沒了。來的時候，蠻子跟朱小順累得很，程家興的錢簍子裡空盪盪的；回去時，兩大簍零嘴全空了，錢簍子裝得滿滿的。

「光花生就裝了一百多碗，辣條也差不多吧？應該收了二、三兩銀子？」

「差不多，回去點了才知道。」

「那扣除本錢，掙的還是多。之前買的配料，嫂子說還有剩，能再用一次。」朱小順在心裡一算，臉都笑開了。「發了、發了，這回真要發了！程哥你看，這才過中午，咱們回去趕緊分錢，把明天要賣的準備好。」

程家興點點頭，是要分錢，而且得天天分，有錢拿，人才有幹勁。

「這兩樣我們多賣幾天，等新鮮勁過了，再配點其他的。待會兒蠻子先回家，讓你娘準備花生跟黃豆，再來我家分錢，分完錢，小順拿點給你奶奶，請她多買些油紙。」

到了大榕樹村，蠻子先跑回去備料，量要比今天多，不然不夠賣。

程家興帶著朱小順回程家，不一會兒，蠻子也來了。三個人把竹蓆鋪在地上，倒出簍子裡的銅錢，一個個數。

程家興怕點錯，拿竹筷子來，每一百個銅錢，算一根筷子，如此數下來，有兩千多文，扣去本錢，蠻子跟朱小順各拿七百五十文，兩人歡歡喜喜地收好，剩下的，程家興分成兩堆，要分給老娘跟媳婦。

黃氏拿了五百文，一堆銅錢看著比半兩碎銀實在多了，臉差點笑裂，問程家興，吃食買賣這麼好做，半天就掙回這麼多錢？

朱小順正要回去，聽到這話，嘿嘿笑道：「別人沒這本事，是程哥有腦子。嬸子好福氣，這買賣做下去，以後能掙更多錢，幾個月忙下來，不得賺上幾十兩銀子？」

貨真價實的好話，誰不愛聽？黃氏把錢收好，笑得更開心了。

今兒開張就賣得紅火，這些銅錢壯了三人的膽，都想著要多做點，隔天好賣。

蠻子準備的花生、黃豆多了不少，他爹幫忙挑，即便這樣，也把他們累壞了，到何家院子後，幾個男人撐著膝蓋喘氣，汗水早打濕了後背的衣裳。

搭夥的兩家都知道這買賣仰仗的是程家興跟何嬌杏，哪敢讓程家興受累？這一路，程家興走在最前面，一邊走、一邊啃餅子當午飯，倒是不累，但出門時沒帶水，渴著了。

何嬌杏見狀，進廚房倒涼開水給他們喝，好歇口氣。等幾個男人把氣喘勻了，才問：

「昨天做的，全賣完了嗎？」

程家興這才把錢簍子拿下來，遞給何嬌杏。

「辣條十文錢一碗，花生賣八文，今兒總共掙了兩千多文。扣掉本錢，我拿四成，均分兩份，娘收了五百文，這些給妳。雖說做買賣沒腦子不行，沒手藝也不行，能掙錢，全靠妳這手藝。」

何嬌杏收起錢簍子，程家興轉頭看了一圈，問：「家裡沒別人啊？」

聽他這麼問，何嬌杏笑出來。「這陣子是農忙時候，尤其是晴天，連女人都得忙活。本來我也該去地裡幫忙，有嫂子看家便好，左右院子裡總有人，不怕遭小偷。是娘說嫂子不知哪天生，多個人在家踏實些，又怕你過來找不著我，才叫我留在家裡。」

程家興撓頭，嘿嘿笑。「我不太懂農務，這買賣沒耽誤妳家裡幹活吧？」

「原先嫂子沒進門時，也是我看家，我們二房人不多，真忙不過來，叔伯他們幫一把，也就行了。」

何嬌杏說著，又告訴程家興。「你也別一兜兜銅錢地送來，積個幾天，怎麼收拾？」

「這不是想給妳瞅瞅咱們掙錢了，之後我就兌成碎銀，不占地方。」

說話間，何嬌杏把錢收進屋裡，出來問他是什麼時辰出門的，吃過午飯沒有，做買賣辛不辛苦？

程家興把前後的事說一遍，何嬌杏聽著便笑了。

「以前就有人說我手藝好，讓家裡去縣城擺攤，阿爺跟我爹都不同意，出去要是被欺負了，沒兄弟相幫。後來聽說可以揹出去賣，我爹琢磨過，覺得做買賣不如種地踏實，再說我們這一房，人實在不多，又要種地、又要做買賣，忙不過來，家裡便打消了念頭，哪怕種地發不了大財，總能舒坦過日子。

「我爹知道你的盤算後，念叨著繞一圈又繞回去了，讓我告訴你，做買賣比種地難太多，得多想想，仔細些。」

程家興嘿嘿笑。「我倒是覺得做買賣容易，種地熬人。」

做買賣，他動腦子便成，雖然需要許多人力，但也好辦。像今天，那七百五十文錢一拿回去，朱小順和蠻子家高興極了，缺人幫忙，招呼一聲就來。

這陣子，農活是不少，家家都忙，可要有現錢拿，哪裡抽不出人？

他的盤算，妙就妙在搭夥。要是自家做，肯定累死全家，如今力氣都讓蠻子跟朱小順兩家做了，還做得很樂，生怕偷奸耍滑，讓程家興不滿意，踹掉他們，改拉別人入夥。

程家興與何嬌杏說完話，看朱小順他們歇得差不多，便把活兒派下去，開始準備明天的買賣，自己則去廚房，給何嬌杏打下手了。

第十三章

上輩子，何嬌杏就是開飯館的，做個辣條跟魚皮花生，哪能累著她？兩人不慌不忙，邊說話邊做，一下午工夫便把明天要賣的吃食做完了。

何嬌杏手腳俐落，程家興一行人回去時，何家的晚飯已經擺上桌，又去田裡喊人吃飯。

程家興沒留下來吃，怕耽誤太久，不好過河。

剛才鑾子他們悶頭做事，沒多說話，回去路上倒是閒聊了幾句，尤其是朱小順，格外激憤，說堂哥朱老臭那婆娘還道何嬌杏這不好、那不好，完全是鬼扯，雖然他沒見過何嬌杏幾次，也能大概看出她是什麼性子。

程家興讓他說歸說，東西可要揹穩，天快黑了，仔細看著腳下的路走。

「小順，我交代你的事辦好了嗎？今兒準備的油紙不夠，要不是從陳麻子家借到碗，買賣差點搞砸。」

「中午我跟奶奶說過，她去買了。」

「今天做得多，明兒可能要賣到下午，賣完再回來準備就晚了，你們兩家能不能出幾個人分擔一下。」

鑾子道：「這好辦，要不賣到中午，我回來帶人去何家幫忙，程哥跟小順守著買賣？」

程家興點頭。「待會兒小順把油紙拿給蠻子，這買賣只做一天容易，要不停做下去，凡事得安排妥當。你倆要有準備，這幾個月恐怕得褪層皮，吃苦受累少不了，回去讓家裡張羅肉食補補身體，別跟我嚷嚷苦啊、累的，每天能賺幾百文錢，不苦不累說得過去？」

程家興說了不少，不光朱小順跟蠻子，蠻子的爹也聽著。過河到了大榕樹村，照樣把吃食放在程家，才各自回去。路上，蠻子的爹感慨，說程家興不得了，以前小看他了。程家興的腦子比他們聰明太多，做的買賣虧不了，他家小子跟他瞎混這麼多年，搞不好真要混出頭了。

蠻子跟他爹到家時，家裡人已經吃飽了，灶臺上擱著留給他們的飯菜。見父子倆帶了錢回來，家人全圍攏過來。「中午趕著出門，這會兒總有空說說，到底是什麼買賣？這錢也太好掙了。」

蠻子擺手，他累了一天，不想多說。

他爹把知道的大概講了講，家人不敢相信，程家興還有這能耐！

這時，朱小順親自把配料送過來，蠻子問他家有沒有留飯給他，要不要一起吃？

朱小順說不用，今晚的伙食好得很呢！朱奶奶不光燒肉，還煮了雞蛋，要不是惦記著程家興交代的事，先來送配料，這會兒也吃上了；至於朱奶奶，她一邊誇孫子出息了、一邊使喚媳婦裁油紙，正忙著呢！

忙了整天，朱小順沒跟蠻子多聊便回家，各自吃飽漱洗，上床睡了。

相較於他倆，程家興只是來回跑了幾趟路，腿有點痠而已。

下午大家聽黃氏說買賣做得紅火，一天就賺了好多錢，高興的人是真高興，難受的也是真難受。

周氏心裡有話不敢說，底氣不足。

劉棗花直接問，這麼掙錢的買賣，怎麼不自家做，非得給蠻子和朱小順家送錢？

黃氏說她，男人們的事，婆娘少管，程家興有自己的打算。

平時，做婆婆的開了口，媳婦便該閉嘴，但今兒情況不同，擺在面前的錢讓人拿了，誰能忍住？

劉棗花心裡憋著氣，道：「我這話，老三恐怕不愛聽，可我說錯了嗎？有掙錢的買賣，不想著自家人，帶兩個外人什麼意思？這是什麼敗家打算？」

程家富正要說她，讓黃氏搶了先。

黃氏垮下臉。「妳能幹，那也想幾個敗家打算來，天天交幾百文給我，沒那本事，就消停些！什麼力氣都不用出便能天天拿錢，還不樂意？妳跟妳男人大小聲，我不說妳，老三有他媳婦管，妳的手伸太長了，想掙錢好好商量，拉長個臉，誰欠妳的？」

程家富見狀，勸黃氏消氣，說自己沒那工夫，田地才是莊稼人的根。

「老三，你別聽你嫂子胡說，踏實做你的買賣。」

程家興點點頭。「我累了一天，先去休息，明兒有得忙。」

程家興拿盆子打水，走出去還聽見劉棗花說那是錢啊，憑什麼送給別人呢？

程家興一心想著生意，懶得在別處費口舌，漱洗完便上床睡了。

但程家富跟程家貴心情複雜，沒有眼紅，但心裡有些滋味說不出。

一夕之間，不成器的弟弟有了出息，大步往前，幾下把兄長拋到身後，可做兄長的，難道要拽著他，不讓他去拚、去闖？

程家興遊手好閒這麼些年，好不容易想明白，踏實做事，家裡人應該支持他，支持是真心的，覺得自己落後也是真心的。

程家富心事重，但思緒收斂得好，沒表露出來。

至於劉棗花，剛才氣到肚子疼，躺了會兒才緩過來，坐起身，靠在床頭對程家富說：

「娘說老三有他的盤算，我還是不明白，踹走蠻子跟朱小順兩家，這買賣就做不了嗎？」

程家富嘆氣。「讓妳歇著，別東想西想，也別動氣，怎麼不聽？」

「老三沒說出個子丑寅卯來，我能不想嗎？」

程家富以為，程家興本就不是好脾氣的人，眼下忙著買賣，更不想在其他地方費心思，這節骨眼去糾纏他，只會給自個兒添堵。

「娘說得也沒錯，咱們不出錢、不出力，每天拿這些錢，該知足了。真撇開那兩家，妳有沒有想過，我們每天要多幹多少活？全家下去做，興許人還不夠。剛才蠻子他們把做好的吃食揹來，累成什麼樣，妳把事情想簡單了，錢不是那麼好掙的。」

劉棗花抿唇，過一會兒才說：「真缺人幫忙，我娘家跟弟妹娘家，不都有人？」

程家富心想，對程家興來說，那兩家人不比蠻子與朱小順親熱；再說，他未必願意找親戚幫忙。有些事，外人沒做好，罵便罵了；親戚沒做好，還得捏著鼻子認下，是個麻煩。

他怕劉棗花多心，沒說這些，只道沒看見銀子時，那兩家就肯出力，才把買賣做起來，沒道理掙了錢卻要人家滾蛋，說出去難不難聽？

說東東不行，說西西不行，劉棗花感覺肚子又要疼了，皺著眉問：「你那麼體貼老三，不能站在我這頭想想?!」

「我想了，妳懷著孩子，別摻和這些，先在家好好養著，老動氣，怕生出受氣包。像今天，家裡誰都沒吭氣，就妳衝出去說話，也該反省一下。」

程家富跟劉棗花關上門說話，但屋板薄，哪怕壓低聲音，黃氏站在門口，也聽見了。她不是存心偷聽，是出來倒水聽見動靜，就在門外站了會兒。

黃氏不太舒坦，但沒衝進去罵人，放輕腳步回房，見程來喜還沒睡著，便跟他說了幾句心裡話。

「今兒的事，你怎麼看？」

程來喜不太摻和女人家的事，媳婦說錯話、做錯事，向來由黃氏去教，他極少吭聲。今兒也是，當時只叮囑程家興幾句，做事後別再吊兒郎當，用點心，大媳婦劉棗花說的話，是讓他聽著皺眉，但也沒訓人。

這會兒聽黃氏提起，程來喜才道：「老三有長進，我高興，只怕他們兄弟為此生分。買賣剛做起來，老大媳婦就這個樣子，後面恐怕清靜不了，她心裡不平，豈不鬧著老大？老二媳婦是沒吭聲，但心裡未必沒有疙瘩。」

黃氏咕嚕喝了幾口水，說：「老二媳婦是沒底氣，因為之前落了孩子，我有心把老大媳婦壓下去，可買賣太紅火了，天天看見現錢，不好做。」

黃氏說著，也想嘆氣。「鼓勵兒子掙私房錢的法子，是大嫂教我的，她家靠這個把日子過紅火了，有用是真有用，但咱們家跟大哥家差太多，我沒料到老三竟有做買賣的頭腦，今兒試水便掙了許多，這樣下去，不用兩年，兄弟感情要壞，可又不能攔著老三施展拳腳。

「很多事，老三想得到，能把全家哄得高高興興，只怕他不肯費這個心。再幾個月，老三媳婦進門，我也怕大媳婦仗著自己是嫂子去拿捏她，何嬌杏不是好欺負的。」

話匣子一開，黃氏說了個夠本，程來喜本來要睡，看她想說話，也就聽著，聽完才道：「是有辦法，我怕妳不肯。」

「你說說。」

「心不齊，就分家吧！原先妳跟大嫂住在一個屋簷下，也是三天兩頭置氣，各自當家後，才慢慢親熱起來。」

黃氏一愣。「我們孫輩才一個鐵牛，這就分家，是不是太早了點？任憑幾個媳婦當家做主，我放不下心。」

「妳當娘的，也管不了他們一輩子，不遲早都得靠自己？妳別鑽牛角尖了，分不分家，兒子都是兒子，娘也是娘。」

黃氏瞪他。「老頭子平常不吭氣，出起主意倒嚇人。」

「我不是嚇人，是提醒妳。這回要是沒分，萬一老三的買賣越做越大，到時想分，可就難了。分了，豈不是弟弟發達了不認哥哥？不分，誰出息大，誰吃虧，日積月累，心裡未必是滋味，到那分上，兄弟之間恐怕再無感情。」

黃氏知道程來喜說得句句在理，但心裡難過，小聲抱怨。「以前兄弟幾個沒成家，誰多做、誰少做，沒有人計較。老三混日子，老大跟老二雖然會說他，卻是擔心他不成器，不像現在，媳婦進門，麻煩也進門來了。」

程來喜搖搖頭，心想不是成不成親的問題，是錢啊！

以前程家興是混，可他只是不愛幹活，並不敗家，吃穿跟大家一樣，養他不費什麼錢，就算他偷懶，兩個媳婦心裡不舒服，也沒明著說過。現在為什麼憋不住了？因為人逐利，獸逐食啊！

程來喜知道黃氏是在發洩，沒怪她，只讓她多想想分家的事，分不分，三媳婦進門後，總要決定下來。

「老三說，他是去陳麻子那蛐蛐兒賭坊賣吃食掙錢。我想了下，這買賣挺久，雖說不用家裡幫忙，妳還是早點起來，多給他烙幾張餅，以後他趕不上回家吃飯，不帶點吃的，要餓肚皮。」

「這我能想不到？」

「那就行，吹燈睡了吧，別費油了。」

次日清晨，黃氏烙了餅，拿油紙包好，剛讓程家興帶著，鑾子跟朱小順就過來了。兩人邊走邊說話，先向黃氏打招呼，才跟程家興去揹東西，去了小河村。

跟意料中一樣，今兒揹出門的也賣完了，因分量多出不少，賣得慢些。

中午時，鑾子先走，回去準備第二天要賣的吃食。程家興跟朱小順在陳麻子家混到下午，等東西賣光，才帶著沈甸甸的錢簍子回去。

鑾子跟他爹挑著食材，還是勉強了些。他家男丁不夠，便找上朱奶奶，從朱家借人。

事情安排好，程家興不著急了，領著朱小順數今兒掙的錢，總共四千多文，鑾子跟朱小順各分一千兩百文，程家興拿一千六百文。他把這些銅錢全給黃氏，叫黃氏換成碎銀，打算直接拿銀子給何嬌杏。

黃氏收銅錢也無所謂，銀子跟銅錢都是錢，她都稀罕。把一兜子銅錢散在床上，從箱籠裡拿出一卷麻繩，一枚一枚數，每一千文串一串，串好放進沈甸甸的大木箱裡，再上鎖。

做好這些，她出去卻不見程家興，聽說他跟朱小順一起去蠻子家送錢，順道過河，看看何嬌杏忙完沒有。

買賣一做起來，黃氏整日不見程家興是常事，但沒看見大媳婦劉棗花就怪了。剛才趕著數錢，黃氏交代周氏去豬圈裡添食。周氏忙完，剛歇口氣，就聽見黃氏問：「妳大嫂人呢？」

周氏想了想，道：「老三回來時還在，後來我沒注意。是不是在屋裡？天熱起來，大嫂一天總要不舒服幾回，我讓家貴跟大哥說過，帶嫂子去看大夫，好像也沒去，只道少勞累、多休息就沒事，可我心裡還是有些不踏實，女人家懷著孩子，哪能這麼大意？」

這事不是第一次聽周氏說，黃氏點點頭。「晚上我跟老大提，所以妳也沒看見老大媳婦上哪兒去了？」

「娘找嫂子有事嗎，要不我去找找？」

黃氏擺手，塞了二十文錢給周氏，讓她去尋屠戶。「這陣子全家都忙，妳大嫂懷著孩子也該補補，今兒做些肉菜，妳去買塊膘厚的肉，燒出來能多點油水。」

說到吃肉，周氏心裡一喜，也不覺得累了，揣著錢趕緊出門。

黃氏在屋簷底下站著，一邊琢磨肉買回來燒什麼菜、一邊琢磨劉棗花能上哪兒去。

原來，劉棗花被娘家人喊走，藉土坡擋著，說話去了。

經過一天多，村裡都聽說了程家興做買賣的事，知道他帶著蠻子跟朱小順，還曉得這買賣掙得多。平常朱奶奶看見誰都沒好臉，因為孫子掙了錢，這兩天精神好，看見往來的人都笑咪咪。

不相干的人跟著聽個熱鬧，頂多感慨一番，但跟程家沾親的兩家人都生出念頭，琢磨著是不是把蠻子跟朱小順擠開，自個兒頂上。

劉家人商量後，讓家裡的小妹把懷著孩子的劉棗花喊出來，探探口風。

劉棗花去了，見面就道事情不好處理，家裡慣著程家興，他油鹽不進，很難說話。

「他不是要人搭夥？朱家能做的，咱們也能做，讓他把人換下來，帶帶親戚。」

「我提了，說是沒看見錢的時候，人家就仗義挺他，現在把人踹了，說不過去。」

「他磨不開臉？要是錢少就算了，可這麼多啊！」

「手藝不是我的，買賣也不是我的，這事要老三點頭才辦得成，他偏偏不肯點頭。昨兒我提了，婆婆還教訓我，說男人們在外面的買賣，有我什麼事？」

眼看一兜兜銅錢落到外人手上，劉家人難受得很。「照妳這麼說，一點法子都沒有？」

劉棗花心裡也煩，回道：「換個人好說，偏是老三的買賣。老三是什麼人？說不給臉就不給臉，我直說了，眼下只有一條路，想法子讓那兩家自己退，他缺人了，咱們再爭。」

「這麼多錢，傻子才退！」

「那我再給妳出個主意，就學他，也搞點好吃的揹去小河村。他跟婆婆說過，蛐蛐兒賭坊那頭，好吃懶做的懶漢多，揹吃食過去，隨便吆喝幾聲就有人買，錢很好賺，昨兒他們掙了二兩多，今兒更多，有四兩銀子。」

劉家小妹聽了，點點頭，回去傳話了。

劉家往上數幾輩都是莊稼人，沒想過做買賣，會來探劉棗花口風，是因為實實在在看見了利。

眼下看來，讓他們跟著程家興做可以，自己做，還得跟程家興搶生意，他們實在心虛，不敢啊！

劉家人猶豫不定的這幾日，程家興的買賣越做越紅火，黃氏使喚程來喜去鎮上，拿銅錢換了好幾兩銀子。

「之前還怕何家陪嫁多，咱們過大禮，擔心老大跟老二媳婦不痛快，現在看看，拿八兩、十兩又怎麼的？錢是老三掙回來的，給他娶媳婦，沒什麼不對，要掂量的是送多少錢。

「何家閨女這樣能幹，老三做小買賣，她出手藝，幫忙掙回許多銀子，給得少了，反倒顯得咱們不對。」

黃氏想著，既然何嬌杏是個寶，對程家興真心實意，就該珍重一些。這回程家興掙得多，過禮時多送點，對親家也好交代。

程來喜知道她的意思，喝著粗茶說再看看。

黃氏點頭，把銀子收好，轉身進廚房，看周氏做什麼吃的了。

第十四章

這幾日，劉棗花越發氣悶，偏偏在家裡沒盟友，說話總被駁回，她想拉攏周氏，但周氏不敢，因為沒生孩子，沒有倚仗。

於是，程家陷入奇怪的氛圍，看似沒吵沒鬧，但大家相處卻很是彆扭。

劉棗花達不到目的，對程家興的態度好不起來，說話總是怪聲怪氣。

程家富夾在中間，裡外不是人，勸她也不肯聽，往床上一躺說不舒服，再說她就哎喲連天。他勸不住懷孕的婆娘，只得私下跟兄弟賠不是，讓程家興不要計較。

程家興才沒空想這些，最近兩日，他剛剛做起來的生意遇到小小挫折，聽說本村有另外兩家也在收花生，應該是眼紅起來，想跟著賣吃食發財。

話是朱小順帶給他的，其中一家就是劉棗花的娘家。

「我奶奶說，你大嫂的哥哥劉三全收了一大堆花生，把價錢都抬起來了，是不是成心想跟咱們槓上？」朱小順也是村裡地痞，想著買賣被搶就不痛快，問程家興要不要找幾個人嚇唬劉三全。

程家興還沒開口，蠻子便冷笑一聲。「買賣是那麼好做的？手藝不行，看他不賠個精光才怪。」

朱小順揹著辣條走在前面，聽到這話，停了一下，回頭道：「我也覺得這買賣他搶不走，可遇上這種人不痛快，不出口氣，心裡憋屈。」

看他倆輪流生氣，程家興笑了。

「程哥笑什麼？」

程家興讓朱小順繼續走，別誤了事，才邊走邊解疑。

「這種事，我早想到了，我們賺得多，定會有人眼紅，要麼搶你生意，要麼壞你生意。我們幾個原是村裡的無賴，別人不敢來砸，只能學這生財之道，搶走買賣，他光明正大地學，你氣死了也拿他沒辦法。」

「那程哥看，他們能不能賺？」

「能不能賺，要看腦子跟手藝，不是什麼吃食都能賣錢，總得合賭客的胃口，要有嚼勁，不容易撐著，能混時辰才行。最近他們收了許多花生，大概是看咱們魚皮花生八文錢一碗還賣得很好，覺得那些人愛吃。

「仿魚皮花生的手藝，他們沒有，可能做成鹽水煮花生或油酥花生。但魚皮花生賣得好，是勝在別處沒有，吃個新鮮，要是揹去賣的花生口味多了，別人賣得更便宜，有了比較，興許真會分走生意。目前辣條還不用擔心，花生恐怕不好賣了。」

程家興說得平淡，朱小順跟蠻子快要氣死了，還以為跟風的學不來，不會礙著他們呢！

可說到底，那就是花生，油酥花生賣便宜點，肯定有人買。別人能不能賺錢是一回事，會礙著自家買賣是一定的，賭坊就那麼多人，他買了油酥花生，幹麼再花錢買魚皮花生？這麼淺的道理，程家興一點破，兩人才想明白，恨不得扔下背簍，回去打劉三全一頓。

程家興勸住他們。「氣什麼？花生讓給他，我本來也打算換換花樣。辣條勁還足，先不換，這批花生賣完，我們就不做了，鑾子也別再收，我再跟杏兒商量看看做什麼。

「你倆聽我的，任誰眼紅學咱們，都別去找事，沈住氣，等著看他們搞出什麼來。賭客的舌頭沒那麼好哄，跟我搶生意，我看他有多大能耐！」

鑾子一驚。「可、可是，我娘生怕收不著，沒事四處去尋，我家還有幾擔花生呢！」

程家興傻了，但人家對買賣上心，不能罵他，便道：「花生沒炸過都放得住，從明天起，咱們多賣辣條，少賣花生，把你家那些賣完就不做，回去跟你娘打聲招呼，別再收了。」

鑾子哦了聲，答應下來，擔心自己是不是扯後腿了。

程家興揹著錢簍子走在最後面，看不到鑾子的表情，但知道他的性子，又安慰幾句。

「做買賣不像種地，種地只要看著天時，做買賣要看風向、行情，靠新鮮勁掙不久，經常要變一變。看別人掙了錢，自己一頭熱扎進來，能保本都算他能耐，多半是虧，決定做買賣，我就有準備，這回不過是小事，扛不住還搞個雞毛。」

鑾子這才笑出來，嘿嘿道：「我早先就看出程哥跟別人不一樣，那會兒說不出哪裡不同，這回服氣了。等這買賣做完，以後程哥要做什麼，缺本錢、人手，喊我一聲，我跟你幹。」

朱小順也道：「還有我！我奶奶天天說讓我跟程哥學，長點出息。」

兩人說著，心裡陰霾一掃而空，樂呵呵地準備做生意了。

這天，搶生意的還沒來，大概還在試做，程家興他們又舒舒服服地掙了一天錢。同時，程家興還發現，以前這些賭客都是買一碗、兩碗，夠當天吃就得了，這兩天有買得多的，一喊就是十碗、八碗。

打聽了才知道，有賭客把吃剩的帶回去給家裡人嚐，吃得不過癮，讓他們多買些回去。還有人聽說陳麻子這裡有新鮮吃食，不來賭蛐蛐兒，特地端碗來買，買了就走。

魚皮花生在賭客們這裡的勁頭快過了，不似之前那麼搶手，卻吸引新的客人過來。程家興盤算著，鑾子家剩的花生不至於賠，應該能賣乾淨。

即便如此，他還是不想冒險，告訴好這口的常客趕緊過足癮，魚皮花生賣不了幾天，後面要上新的零嘴了。

「辣條呢？也不賣了？」

「還是得賣吧！我就稀罕這口，花十文錢買一碗能吃半天，合算！」

發現大夥果然更關心辣條，程家興便趕緊說，辣條還是賣，至於魚皮花生，真沒吃夠，以後可以上大榕樹村程家說一聲，要幾斤都能做。

程家興一邊跟人吹牛打屁、一邊做買賣，賣完回去一數，賺得差不多還是那個數。這幾天，魚皮花生跟辣條的分量固定下來，不敢說每天掙得一樣多，但也沒差多少。他飛快地把錢分好，揣著給何嬌杏的那份過河去了。

現在正是買賣接受考驗的時候，他得跟小媳婦商量，看看後面要改做什麼。

何嬌杏曾說，讓他有空可以去捉田螺跟泥鰍，但程家興真沒工夫，做這買賣還是得用容易收到的食材，不然很容易賣斷貨。

程家興過去時，何嬌杏已經把明天的花生做好了，現在在做豆皮。聽到院裡推磨的蠻子在喊程哥，知道程家興來了，沒奈何手上的活暫時丟不開，就沒出去看。

一會兒後，程家興進了廚房，見何嬌杏在忙，道：「做豆皮啊？妳歇會兒，我來。」挽起袖子便想幫忙。

何嬌杏沒讓他碰。「別添亂了，你幫我看著火。」

程家興乖乖地坐到灶前。「近來天天做吃的，柴禾用得特別快，我再安排人砍些來。」

何嬌杏笑了，低頭瞥他一眼，調侃道：「買賣沒做幾天，你倒是擺起了派頭。」

「笑話妳男人？」

程家興伸手要撓她，何嬌杏讓開一步，叫他別胡鬧，正做吃的呢！

「蠻子跟我說，你們村裡也有人在收花生，打算學著做，跟你搶生意？」

程家興毫不在意，嘖了一聲。「掙得多嘛，誰不眼饞？杏兒妳這裡可安生？有沒有人講什麼？」

「說實話嗎？」

這四個字已經道明一切，不用說，肯定是有。程家興心裡緊了一下，沒表露出來，鎮定地問：「我爹，我是說老丈人有說話嗎？」

程家興能猜到別人會說什麼，總有見不得人好的，他不在意別人怎麼看，只想知道何家人是不是動搖了。

何嬌杏回憶一下，把爹娘的意思說出來。

「我爹是有點遺憾，自嘲說沒發財命，當初有人讓他做吃食買賣，找了許多理由搪塞。最近，他才說了實話，那些話一半是說來勸服自己的，不想搬出去是真的，怕精力不足也是真的，主要是心虛，不敢去闖，怕做不好。鄉下地方有這種想法的人多，畢竟祖祖輩輩都是農戶。

「我爹說，他就這點出息，沒掙大錢的本事。你能做得這麼紅火也好，女婿能當半子，你待我好，掙了錢也知道給他買酒吃。

「娘也說挺好的，你腦子活，有出息，以後有事能跟你商量，萬一遇上困難，也能找你幫忙。她還指望東子跟你學，以後有機會帶帶他。」

何嬌杏手下俐落，嘴上也快，幾句話就把自家的想法交代清楚。

程家興這才鬆口氣，拍著胸膛說沒問題，以後做什麼，能帶小舅子時，鐵定帶他。

「我看東子挺機靈，是可造之材。」

「你別忙著誇他，我怕他沒學會你撈錢的本事，倒先把混日子的招數學齊了。」

程家興聽了，尷尬地笑，轉過話頭。「說買賣吧！我瞧著花生再賣下去要垮了，妳有什麼想法嗎？」

「魚皮花生賣不動了，還能做怪味的，不過聽你說這陣子跟風賣花生的多了，哪怕還能做，利潤總會變薄，賣完囤貨，改做其他的也好。我想到一樣，本錢比花生高，你若感興趣，我說說要什麼配料，你買齊了，我試做一回給大家嚐嚐。」

何嬌杏說的，程家興能沒興趣？讓她只管開口，不怕本錢要得多，賣價跟著提高就行，只要東西好，想想辦法都能賣。

何嬌杏也看出程家興是天生的生意人，別人做買賣，反覆思量才敢下決定，他的魄力大多了，抓準時機想好下手，完全不拖泥帶水。

這回要的配料比之前多，聽著很是複雜，程家興不敢保證朱小順能記得全，打算騰出工夫，親自去鎮上採買。

第二天，中午時天就陰了，瞧著像要下雨，蛐蛐兒賭坊便提前收了。

賭客們沒過足癮，心不甘、情不願地回去，走之前有不少人買了辣條，想著天要下雨也沒轍，回去拿辣條下酒好了。

這場突然來的雨，沒徹底壞了買賣，辣條賣完了，花生還剩幾斤。魚皮花生的本錢不多，三人不是太在意，趕著回去的路上，說好把剩的花生跟錢一起分，自個兒吃。

他們一副不心疼的樣子，卻苦了另外一家。

第一天開張就遇上變天，雨勢雖然不大，但實在不是好兆頭。劉家做的是油酥花生，是家裡手藝最好的媳婦仔細做出來的，賣得卻不太好，明明去得比程家興早，到中午才賣了半簍，還是五文錢一碗賤價賣的。

劉家人不明白，問買了花生的賭客，這味道行嗎？

賭客沒說不行，都道還可以，挺香的。

那為什麼賣不完呢？就因為自家這個不是新鮮吃食嗎？

劉家人趁著雨沒下大，趕緊回去，算一算，還是賺了點。看著剩下的半簍花生，想著今兒運氣不好，遇上下雨，準備打起精神，等放晴再揹出去接著賣。

劉家人打主意時，程家興跟鑾子、朱小順分了錢跟花生，各自回去歇息。

從前遇上下雨天，程家興就舒舒服服地睡覺去了，今兒卻沒有，跟黃氏打過招呼，進堂屋拿了斗笠和簑衣，揣著錢匆匆進鎮。

趁生意沒辦法做，他趕著把何嬌杏要的配料買回來，看看她說的到底是什麼新鮮吃食。

程家興買齊了，拿油紙包妥，恨不得這就上何家院子去，但下著雨，何三太爺恐怕不會出船，著急也過不了河。

程家興回到家，把東西擱在房裡，掛起簑衣瀝水，摸摸身上還是有些濕，便換了衣裳，又打水把剛才穿的草鞋洗乾淨。

做完這些，他甩了甩手上的水回房，想著近來挺辛苦的，正要爬上床睡一覺，就有人叩響虛掩的門。

「誰啊？」

程家興坐在床邊問話，門被推開，是程家富。

「大哥有事找我？」

「前陣子你天天在忙，除了晚上回來睡覺，白天很少在家，今兒下雨，幹不了什麼活，咱們兄弟說說話吧！」

程家興聽了，招呼他進來，想想中午分了花生，還沒拿去給黃氏，便起身抓了一大把塞給程家富，讓他邊吃邊說。

程家富不是真來找程家興閒磕牙，是心裡存著話，還沒開口，就看到程家興遞來的魚皮花生，頓了一下。

「拿著啊，乾看著做什麼？」

「你賣錢的東西，給我吃糟蹋了。」

程家興聽了，拉起程家富的右手，把花生放上去，說這些是分來自己吃的。

「今兒運氣不好，沒賣完就變天，這雨會下多久，誰也不知道，我們賣吃的講究口感，下雨天潮，這個放兩天，滋味肯定變了，掙不了錢。」

聽程家興這麼說了，程家富才敢往嘴裡放。

魚皮花生在外人看來是新鮮玩意兒，但程家人已經吃過許多次，即便如此，程家富還是覺得這比別的花生好吃，妙在外面那層皮，鹹香鹹香的，帶點甜，嚼著又脆，難怪能賣許多錢。鐵牛還小，不太懂事，經常找程家興討一小把，程家興並不計較，都給他吃了。

「老三你有這出息，爹娘還有我跟你二哥都很高興。」

程家興笑起來。「咱們別這麼見外，大哥心裡想什麼，直接說吧！」

「也沒什麼，我下地時，遇到村裡人，打了個招呼，卻聽說棗花她娘家好像在收花生，收得不少，要做買賣。」

「昨兒我就知道了，怎麼了嗎？」

程家富內心糾結，憋了好一會兒才說：「我擔心他們也是揹去陳麻子那裡賣，會不會礙著你？」

「這個大哥不用擔心了，今兒他們已經把花生揹過去，是油酥的，比我去得還早。」

程家富手一抖，掉了幾顆花生在地上，心疼要去撿，卻被程家興攔著。

「掉了就掉了，回頭掃出去。你要是擔心我，那我跟你說實話，他們學著賣花生，就算做得沒這麼好吃，只要便宜賣，的確會妨礙我。從今天開始，不管什麼花生，價錢都要掉了，不好做是肯定的。

「但這沒什麼，不是劉家也會有別家，我們掙得多，別人眼饞，肯定跟著學，會變成這樣是遲早的。我跟杏兒商量過了，有應對之策。」

「那就好，這次是你大嫂娘家對不住你，親戚家要學，該打聲招呼，或者揹去其他地方賣，不該這麼搶生意。你大嫂現在懷著孩子，懷得不穩當，這事我不敢跟她提，也不知道怎麼提，便來找你賠不是。

「你做買賣辛苦，掙錢都交回家，咱們全看在眼裡。我跟老二沒幫上忙，現在還添了麻煩，想想挺不是滋味。」

程家興聽了，把剩下的花生往口中一拋，勾住程家富的肩膀。「退一萬步說，理虧的是劉家人，哪輪得到大哥愧疚？別說那麼見外的話，人各有所長，有人鬼點子多便出去闖，有人老實安分就照應家裡，哥哥們天天辛苦種地，不也是貢獻？家裡吃食都是地裡出的。」

本來程家富不提，程家興也不會把這事拿回家說，既然說到這裡，便順勢提醒程家富，劉家那買賣，第一天還湊合，沒掙多少但不至於虧，不過卻是個短命生意。

哪怕這回是劉家做得不厚道，說到底也是媳婦娘家，聽程家興這麼說，程家富心裡一突，吃不下花生，也不想回房，想聽他道個明白了。

第十五章

程家興知道程家富的性子，開始認真解釋。

「簡單來說，劉家人唯恐做買賣的多了，後面花生不好收，囤了一大批，這樣他家的存貨就多了。但近來花生賣價高，便意味著這買賣只能做成，不能搞砸，一旦砸了，囤的花生哪怕能脫手，也回不了本。」

程家富不如程家興聰明，可他聽得懂話，這一琢磨，心裡發寒，想著劉棗花說過許多回，想讓他也去做買賣發財，但光賣個花生就有這麼多門道，他這腦子能做什麼？

程家富心慌氣短，程家興還沒說完，問他。「還有更糟的，大哥想聽我接著講嗎？」

程家富嗓子發乾，硬擠出聲音，示意他說。

程家興道：「本來呢，今天要是不下雨，能讓他們熬著時間把揹出去的花生賣完，那頂多賺得少，不會虧，以後每天少賣些，買賣還是細水長流；壞就壞在中午變天，下了雨。

「劉家揹去的花生賣了一半，可他能跟我一樣大器，把剩下的分給自家人吃？定會等天晴後再揹去賣。因為怕潮，我們從來不敢多做花生，哪怕裹著這麼厚的皮，第一天下午做的，第二天就要全賣光，放不到第三天。出大太陽尚且放不住，下雨天能放多久？一天便全完蛋。

「就算今晚雨停，明天繼續賣，人家花錢買到陳貨，吃得不痛快，不找你鬧嗎？上了一回當，以後誰還買你的東西？賣吃食，招牌最是要緊，寧可不掙錢，也不能砸招牌，招牌一砸，別想再做生意。

「所以，劉家這買賣，我瞧著馬上要斷氣。人站在崖邊，不用誰推，來陣風就下去了。」

程家興嘴皮子一碰，說出這堆話，讓程家富聽得懵了。

「那怎麼辦啊？」

「怎麼辦？劉家人搶我生意，我不跟他計較就算了，還要幫他？我不主動害人，但也沒那麼大度，沒想明白便來學著做買賣，虧出血也怪不著人，誰叫他們見錢眼開？」

兄弟倆又聊了幾句，程家富讓程家興歇著，起身出去。

程家興想了想，喊住他。「大哥，你人好，不想看媳婦娘家攤上禍事，但讓那些人吃個教訓也不壞。要我看，劉家這買賣早晚是砸，你別攪和進去，怕救不了他們，還攤上事，到時候指望從你這兒把本收回來，就知道什麼叫好心沒好報了。我不知道他們收了多少花生，但回頭賤賣，也要不了命的。」

程家富料想程家興有法子讓劉家不虧，可也明擺著不爽別人搶生意，要他幫忙，強人所難，想了又想，還是把話嚥下去，沒說出口。

臨走前，程家興又塞了把魚皮花生給他，程家富吃不下，拿給兒子鐵牛了。

程家富回了自己的房間，看見劉棗花正在補衣裳。瞧他進來，劉棗花抬頭問他剛才上哪兒去了，不等程家富應聲，又道：「你這幾件衣裳補了又補，我得跟娘提一提，看是不是做身新的。」

「還能補，就別做了吧！做了新的，也不能穿去幹活，不還是放著。」

「哪怕我不說，娘總要幫老三做兩身，他天天往外跑，穿那麼破像話嗎？要給老三做，就得全家一起，能撇下咱們？」

程家富不想跟她拌嘴，不說話了。

倒是劉棗花，瞥了他一眼，問道：「你的臉色怎麼這麼難看，是不是不舒服？」

「沒有，妳別瞎想。妳的肚子還好吧？懷鐵牛時沒這麼難，怎麼這胎這麼不安生？」

劉棗花不吭氣。她這胎其實沒那麼不好，很多時候說不舒服是想躲事，程家富要帶她去看大夫，她不敢去，是心虛，怕被大夫說穿。

不過，這陣子因為置氣，的確難受過幾次，順下氣來又好了，劉棗花就沒太在意，安慰自己，程家興是沒帶家裡人去做買賣，但掙了錢是在家分的。唯獨叫人不痛快的是落到何嬌杏手裡的錢，這些天婆婆得了七兩左右，她應該也有那麼多。

七兩啊，再添點都能買頭壯實耕牛，何嬌杏怎麼那樣好命呢？

劉棗花鑽了牛角尖，家裡其他人還是清醒的，都很明白，老三跟老三媳婦，誰也缺不得，才能做起買賣，掙回這些錢來。

雨下到第二天清晨，程家興他們的買賣停了一日，上午挑著擔子去等何三太爺出船，帶他們過河。

剛下過雨，村路很滑，何家沒讓何三太爺出門，但何嬌杏想到程家興今兒會過來，便喚東子帶人去接他們。

鑾子他們熟門熟路，準備去拿泡好的豆子磨漿，程家興則獻寶似地將買來的配料一樣樣拿給何嬌杏看。

何嬌杏一瞧，道：「買多了吧！」

「是多買了些，我想著，試做要是成了，明兒就賣。」

「這麼相信我？不怕搞砸？」

程家興衝她笑。「真砸了也沒什麼，配料嘛，做許多吃的都能用上，糟蹋不了，哪怕一時半刻用不上，咱們現在也是有點家底兒的人，不必這般小器。」

何嬌杏又瞪他。「你這就跟籠屜裡的包子一樣。」

程家興不解。「怎麼說？」

「膨脹了。」

嘴上說著話，何嬌杏的手也沒停，拍了拍程家興的胸膛，指個方向。「大爺爺那房的寶根叔是屠戶，你拿銅錢過去，割塊瘦肉回來。」
這會兒東子沒事，正想幫點忙，就道：「阿姊這麼說，家興哥也找不著路，還是我去，你們準備別的。」
程家興正要掏錢，想了想道：「我一起去，正好認認人。幾個月前訂親時雖然見過，但那天來的人太多，沒記住誰是誰。」
「那行，阿姊等著，我倆去去就回。」
於是，何嬌杏收拾配料去了，又把待會兒要用到的鍋碗瓢盆洗了一遍。她這邊剛準備好，程家興跟東子就把肉買回來，不只買了塊大約兩斤重的瘦肉，還有塊帶肥膘的。
東子說，程家興看何寶根賣的肉好，便多買了一塊，中午燒來吃。今兒搞不好要忙一天，得在這裡吃午飯。
看那塊帶膘的肉分量足，燒成一鍋能吃夠本，何嬌杏便道：「東子去泡盆花生，等會兒用這個做燒肉。」
花生燒肉可香了，東子想著，口水都要滴下來，趕緊去了。
何嬌杏轉身收拾起那塊瘦肉，準備仿照前世的燈影牛肉，做個香辣味的豬肉絲，就叫香辣肉絲好了。
要做香辣肉絲可不簡單，得先把瘦肉過水煮透，煮到拿菜刀壓一壓就能順著紋理碎開才行，再瀝乾水分，壓碎在砧板上。

接著，何嬌杏涮鐵鍋放油，先扔了顆八角，才下肉，拿雙長筷子將肉捋成絲，炸到變色，換小火加料煸炒。

再來，調味的配料得照順序加，還得看好火候耐心翻炒，比如辣醬要放在前面，白芝麻最後灑下，做法比炸魚皮花生複雜多了。

等到何嬌杏說差不多，讓程家興熄了火，盛出鐵鍋裡的肉絲。「這個我管它叫香辣肉絲，熱的能吃，涼的滋味也好，你嚐嚐。」

看程家興還拿著撥火棍，何嬌杏挾了一筷子餵過去，程家興趕緊張嘴，一入口，那滋味別提了，頓時覺得大把銅錢在朝他招手，差點感動得說不出話。

何嬌杏炒肉絲時，在院裡忙活的人已經饞出口水，等肉絲一出鍋，香味更濃。何家幾房都有人出來看，問又在做什麼，燒餅他們早蹲在廚房門前，嚷嚷著等好吃的出鍋。

肉是程家興買的，何嬌杏抬頭看他，讓他發話。

程家興把肉絲分成三碗，一碗端去給門口那群小蘿蔔頭，一碗留給何嬌杏家，剩下的才拿去給鑾子、朱小順他們嚐嚐。

搭夥的兩人一嚐，差點哇地哭出聲來。

「程哥，你說這叫香辣肉絲？」

「是啊！」

「你騙我！當我沒吃過外面賣的肉絲呢！這簡直就是香辣肉絲它八輩祖宗！」

程家興無言了。「管它是不是八輩祖宗，你只說這買賣怎麼樣？我先說好，這個費肉、費油、費佐料，本錢比花生高，要是捨不得，我自己做也行。」

朱小順差點跪下去抱他大腿，想也不想直接答應。「做！當然要做！還是像以前一樣，本錢由我跟鑾子均攤，程哥跟嫂子出手藝，只要東西好，還怕本錢高？咱們抬抬價，喊個三十文一碗，這聞著比辣條還香，我就不信那些饞貨能忍得住。」

決心都讓朱小順表了，鑾子沒其他話好說，跟著猛點頭。「我這就去買配料，瘦肉隨時能割，別拖了，今天就做。」說完便向何嬌杏請教，問她需要些什麼。

看一個個幹勁這麼足，何嬌杏樂了。「配料有多買，用來做明天賣的夠了，至於之後要用些什麼，晚點我告訴你們，一個人恐怕記不全，每人記兩樣，明兒進鎮多買些，省得麻煩。這會兒嘛，先去寶根叔那裡買瘦肉，要精瘦的，我們吃完午飯，立刻就做。」

程家興聽著，也覺得行，伸手一拍兄弟肩膀。「就照你嫂子說的。」

「好，吃完燒肉便準備起來，明兒上陳麻子家發財去！」

搭夥三人在商量事，東子若無其事地站在旁邊，不動聲色地偷吃了好幾口。

這肉絲，連他都被感動了。

這天，程家興他們也揹著花生過來，結果沒做，把花生放在何家，傍晚回去時，只揹著香辣肉絲跟辣條。

這一路說是折磨也不為過，原先程家興都走在後面，幫他們看著背簍裡裝的吃食，今天卻主動走到最前面，生怕跟在後面，讓香味引出口水。

朱小順覺得他自欺欺人，這兩大簍要放在他屋裡過夜，之後每一天，程家興都得聞著肉香入眠。

兩人照樣把東西送到程家，進門時又招來全家看熱鬧。黃氏問今兒的吃食怎麼這樣香，程家興挾了兩筷子給她試試，說花生賣不動了，換了一樣，明兒揹去賣賣看。

黃氏嚐了兩條，也讓程來喜他們試了。

大人比較含蓄，只是拍著程家興的肩膀，說這可以，應該好賣。最誇張的是鐵牛，回味了半天，滿臉憧憬地看著自家三叔，問：「這也是嬸嬸做的啊？嬸嬸手藝真好，我娘怎麼就沒這手藝？」

小孩子不懂掙錢的事，只知道娘的廚藝要是這麼棒，就能天天吃到好吃的，哪怕何嬌杏還沒正式過門，鐵牛已經在羨慕她未來的兒子了。

蠻子跟朱小順放下背簍，打過招呼，便要回家。程家興提醒他們，別忘記準備配料，看兩人點頭應下，才擺手讓他們回去。

按說，累了這麼些天，哪怕還是在掙錢，應該不像開始時那麼鬥志昂揚。結果因為新鮮出爐的香辣肉絲，搭夥的三人又興奮起來，之前躺上床不久就鼾聲震天，這晚又翻來覆去睡不著，哪怕閉上眼，鼻端也能聞到勾出饞蟲的香辣味，想著賭客們聞著香味會是什麼反應，吃到嘴裡又是哪種表情。

興奮到半夜睡不著的結果，就是第二天清早一碰面，看見彼此的貓熊眼。

不用多說，互相都明白，程家興招呼蠻子跟朱小順把吃的揹上，朝陳麻子家的蛐蛐兒賭坊出發。

他們到的時候，劉家人已經先一步過來了，遠遠就聽見他們吆喝，卻不見有人掏錢買，走近時，便聽見有人擺手打發他們走遠些。

「昨兒上了你的當，沒鬧著退錢，你就該阿彌陀佛，還敢來騙，當咱們傻嗎？你家花生都是放潮了重新炸出來的陳貨，老子一嘴就吃出來了，你趕緊滾吧，別在這兒礙眼。」

「還說是親戚，程家買賣做得實在，天天揹來的都是好貨，你這是什麼？油酥花生誰不會做，圖方便買你一碗，結果全是下過兩回鍋的。」

那些賭客正說著，看程家興來了，先招呼一聲，問他昨兒怎麼沒來。

「一天沒吃到你家辣條，怪想的，趕緊給我來一份。」

程家興接過賭客遞來的銅錢，拿油紙裝辣條給他。「今天有新鮮吃食，嚐嚐嗎？」說著，挑了兩條肉絲給他試試。

賭客一嚐，眼都直了。
「這是什麼？快給我一碗！」
「來一碗可以，但先說好，這是肉做的，費本錢，賣三十文，你還要，我就裝去。」
三、三十文?!劉三全在旁邊聽著，臉都僵了，賣這麼貴，是搶錢啊？
孰料，剛嚐過滋味的賭客一拍大腿，道：「三十文就三十文！」
肉絲放涼之後，香味不似昨兒剛出鍋時那麼重，但其他賭客還是聞到了，雖然聞到，也覺得這有點誇張，三十文一小碗，還有人毫不猶豫買了？沒毛病吧？
「你沒發瘋？這樣貴還買？」
「你懂個屁！這手藝就要值那麼多錢！」
賭客遞錢給程家興，接過第一份肉絲，迫不及待吃了一嘴，根本顧不上理會別人。
其他人看他這樣，心癢癢，遲疑了下，問道：「能讓我們嚐嚐嗎？」
程家興分了一、兩條給他們，嚐過之後，就有不少人流著淚掏錢。
蛐蛐兒還沒賭多久，賭本都要送給程家興了。
三十文錢一碗貴不貴？貴啊！
能忍住不買？忍不住啊！
這時，劉三全徹底麻木了。剛才這些人還轟他走，讓他別把人當傻子騙，結果呢？大傻子們一轉身，瘋了似地給程家興送錢。

昨天，他的確揹了陳貨過來，可今兒是新鮮的油酥花生，又香又脆，才賣五文錢一碗，他來了半個時辰，硬是一碗都沒賣出去。有賭客逢人就說，劉家的花生米不好，誰買誰上當，本來想買的一猶豫，生意就黃了。

劉三全不敢找這些人理論，來賭蛐蛐兒的都不是正經人，惹上麻煩得很。眼看程家興過來之後，沒歇口氣，眨眼間就是幾百文進帳，劉三全眼紅得跟兔子似的，捏著拳頭，手臂上青筋突起來，一忍再忍，終於揹著油酥花生離開了。

到底比不過程家興，杵在這裡沒什麼用，還是回去想想法子，趕緊把這些賣掉，再跟爹娘商量後面的路怎麼走。

前面只看到暴利，這會兒讓風一吹，劉三全清醒了些，惱恨家裡聽了妹子的話，匆匆忙忙收了花生，還剩那麼多，要怎樣才賣得出去？

第十六章

除了下雨那天，平常程家興他們都要賣到下午，兩簍吃食全賣光了，才會帶著銅錢回去。分完帳，還來得及就去河對面看看，來不及的話，準備的活就交給蠻子，等他帶人把第二天要賣的吃食送來。

這日賣新的零嘴，本來想著，哪怕香辣肉絲看著賣相很好，聞著也香，但要把生意做起來，還是得費些口舌，多吆喝幾聲，把賭客肚子裡的饞蟲勾起來。

結果，他們還是小看了這些好吃懶做的傢伙。想想也是，捨得把錢往賭桌上扔的人，真會在意三、五十文？他們玩得大時，輸一把哪這麼點？

當日程家興就是看中這點，才來賭坊做生意，那幾樣吃食揹去鎮上賣，未必能比現在掙得多。像今天，香辣肉絲到中午已經賣光，還有人嫌他們拿油紙裝得少，找陳麻子借碗來裝。這日掙的錢比第一天還多，收工也早，掙來的銅錢險些滿出兩個大竹簍。

這下再給程家興一個人揹就太重了，分了一簍給朱小順，路上還說，今兒搞不好要花一個時辰來點錢。對沒學過算術的鄉下人來說，每天數銅板比賣吃的煎熬，數完還得拿細麻繩來串，一串一串擺出來，才知道該怎麼分。想到回去之後的活兒，真不比蠻子他們過河做吃食來得輕鬆，卻是甜蜜的煩惱。

兩人嘴上抱怨，面上卻滿是喜色，巴不得天天數幾個時辰的銅錢，誰會跟錢過不去呢？

兩人閒聊著，進了程家院子，程家興看到坐在屋簷下剁豬草的老娘，正要喊人，就感覺不對。

「娘，我回來了，您的臉色怎麼這樣差，不舒服啊？」

黃氏臉色臭不說，還皺著眉，聽到三兒子喊，才回過神，豬草也不剁了，站起來問：「今天這麼早？都賣完了？」

朱小順在旁邊嘿嘿笑。「今天賣得特別好，幾下就搶光。本來能早點回來，是錢簍子太重，我跟程哥差點揹不動，路上走得慢。」

這話逗得黃氏直樂，臉上那點烏雲一掃而空，想上前看看。

程家興搭著老娘肩膀，嘆了口氣。「今兒掙得是有點太多，娘趕緊回屋拿細麻繩，我跟朱小順喝口水歇歇，準備數錢了。」

「早上讓你帶出門的餅吃了嗎？」

「吃是吃了，但往後改攤薄餅行嗎？白麵餅好是好，但我跟陳麻子要了兩碗水才嚥下去，太厚了，吃起來乾。」

黃氏記住了，讓程家興拿出裝吃食的空桶，待會兒燒熱水洗。「我去拿麻繩，你把錢簍放進屋裡，開水涼在罐裡，拿碗倒出來就能喝。」

這時，劉棗花從房裡出來，周氏在後院忙，聽到聲響，也跑出來看熱鬧。

「今天老三賺了多少？」

「還沒數出來，誰知道？」黃氏說著，不耐煩地瞅了劉棗花一眼。「老大媳婦，妳天天不舒服，幫不上什麼忙，回屋裡歇著。」

黃氏說著，又看了周氏一眼。

周氏笑了笑，道：「我那頭的活兒快做好了。」

「那妳把我沒剁完的豬草剁了，我去幫老三數錢。」說完便進屋拿麻繩了。

這幾句話說完，連朱小順都聽出不對勁，喝水時跟程家興嘀咕。「我怎麼感覺嬸子不太高興？是不是咱們出去這半天，家裡出了什麼事？還是跟誰吵嘴？」

「我再問問，你就別管了，待會兒拿錢回去，盯著你家裡人裁油紙。香辣肉絲做起來要用不少瘦肉，請寶根叔送最新鮮的來；其他配料也得備足，多打些油，聞著香的吃食樣樣費油，捨不得油，就做不出來。」

程家興跟搭夥的兩人說過許多回，做吃的要講究用料，要是馬虎了，生意也做不長久。活生生的例子就在眼前，劉家收花生時，陣仗多大，結果生意一開張，就跟爆竹啞了火，沒放響似的，完蛋了。

黃氏拿著細麻繩出來，聽他們提到劉家，便問：「劉家怎麼了？」

程家興把她推到自個兒屋裡，關上門，準備數錢。

他打開錢簍子的封口，道：「娘經常跟村裡的大娘們閒話，應該聽說劉家收花生學咱們做買賣的事吧？」

黃氏知道，差點壓不住火氣，想臭罵劉家人，想到大媳婦懷著孩子，才再三忍耐。

「我一句都沒說她，倒是朱小順你奶奶，今兒去屠戶家割肉時，特地繞遠路，從劉家門前經過，站在他家門口罵了半天。」

朱小順並不驚訝，他奶奶慣常這樣，對自家人還會收斂，若別家惹上她，她能喊著名字一個個罵過來，還招人來看，要不怎麼是大榕樹村有名的潑婦呢！

今天劉三全的買賣沒開市就黃了，回來還要挨他奶奶臭罵，朱小順有點同情他。

「這幾天，劉家日子要難過了。」

當著朱小順的面，有些話黃氏不好說，等數完錢，把各家該拿的分清楚，程家興託朱小順把蠻子那份捎去他家，才繼續跟老娘閒磕牙。

「我回來時發現娘的臉色不對，發生了什麼事？」

剛才黃氏收了一大把錢，心裡痛快點，聽三兒子問話，想起那件事，氣又上來。

「做午飯時，劉家來了個人找老大媳婦說話。那一家子，平常沒事上過門嗎？我想著，搞不好就是買賣的事，想著老大媳婦懷了孩子，說話有分量，想找你幫忙出出主意。」

「娘就為這個不痛快啊？」

黃氏道：「我看劉棗花肯定還是要幫她娘家，親戚之間，要是別的情況，幫就幫了，可這回她娘家想搶咱們家生意，她要幫娘家，豈不是咱們家的叛徒？她是命好，在這節骨眼上懷孕，要不是顧念著孩子，我早想收拾她。」

程家興伸手拍了拍黃氏的後背。「娘別氣，要我幫忙我就幫，我程家興是那麼大度的人？不乘機坑害，已經是看在親戚面上。劉三全來賣花生，我把客人讓給他，改賣別的去了，他還能把買賣做砸，還是一天砸，真有能耐。

「我跟老大提了一句，說劉家買賣做得不好，讓他勸他媳婦別摻和。我看老大吃過飯領著她回屋說話，不知道有沒有說通。」

程家興聽著，端起沒喝完的水繼續喝，喝完才道：「不管怎樣，我不可能幫忙。劉三全是大嫂娘家人，跟我遠著不說，從前劉家人在村裡看見我都當沒看到，沒給過正眼，現在來奉承，不嫌晚了？」

「早知道你不會管，我是不想讓你大嫂多嘴。她嫁到咱們家，娘家生意已經跟她不相干，怕問事得事。」

程家興聽完，不再多說，想歇會兒，讓黃氏等鑾子來了再喊他。

結果，程家興也沒歇著，黃氏剛出去，劉棗花就來敲門了。叔嫂不好在一間屋裡單獨說話，劉棗花請程家興到院子裡，說有事跟他商量。

「大嫂，妳要是想讓我幫妳娘家出出主意，那省點力吧，我沒主意。」

「不是的，你先出來吧！」

程家興揉著肩膀跟她出去，剛進院子，劉棗花就說：「今兒我哥過來，說他們做那買賣對不住你，想想還是虧心，讓你接著賣去，他們不做了，先前收的花生，全賣給你。」

程家興一愣，細細品過這話，輕嘖一聲，轉頭就要回屋。

「老三，你這是什麼意思？你們挨家挨戶去收花生，不嫌麻煩嗎？照本錢賣給你，豈不省事？還是你心裡不舒坦，看在大嫂面上別計較了，要不，我讓我哥來給你賠個不是。」

「別說賠個不是，就算賠一百個、一千個不是，也不成。買賣做不做，是劉家的事，這花生，我不會要的；若是別的事，大嫂開口，我還會給面子，但這回，妳的面子沒這麼大。」

「現在不管什麼花生都不好賣，總不能讓我拚著不掙錢去幫他度過難關。劉三全別把人當傻子，花生買賣我不做了，他抬高價錢搶的那些貨，愛賣給誰就賣給誰。」

程家興說完，頭也不回地走了。

劉棗花孤零零地站在院子裡，這時天已經熱起來，可她心裡卻一陣陣發寒，頭暈目眩，人都要站不住了。

今天劉三全回來，把買賣的慘況一說，劉家人就後悔了，還怪劉棗花多事，坑了娘家人。幾個嫂子氣不過，想上門找她理論，讓劉母攔下，想著眼下不是撒氣的時候，先派個人跟女兒訴訴苦，讓她找程家興說點好話，想個能收回本錢的法子來。

結果，劉棗花剛起個頭，程家興便一口回絕，這才臨機應變，沒讓他幫忙出主意，只說要把花生賣給他。

劉棗花想著，讓程家興把花生收下，本錢不就回來了，事情也隨之抹平，卻萬萬沒想到，程家興會說出這番話來。

什麼叫花生買賣不好做了？那她娘家收的花生怎麼辦？難不成要賤價賣掉嗎？

另一邊，程家興揹著錢簍子回來後，劉家人就在等，等了半天卻沒動靜。

傍晚時，劉家小妹又來了，說是來找劉棗花說說話。

哪怕心虛，劉棗花還是跟她走到院子旁的草垛子後面。

兩人一站定，劉家小妹便急道：「阿姊，娘心裡著急，頭暈了半天，這麼拖著不成啊，妳跟程家興提了沒有？他怎麼說？」

劉棗花嘴裡發苦，不知道該怎麼回。

看她這樣，劉家小妹心裡一沈。「不順利？」

「他說沒轍，我想把花生賣給他，收回本錢，他也不答應，說暫時不會做花生買賣。」

這下，劉家小妹當真急了。「不行啊！是妳出的主意，哥哥們本來怕虧本不敢做，妳說去陳麻子家賭蛐蛐兒的全是好吃懶做的人，捨得花錢，揹去準能賺，咱們才下重本。現在買賣砸了，妳卻抽手不管，不是坑人嗎？幾個嫂子要來找妳理論，娘暫時勸住了，妳不趕緊拿個主意，嫂子們真要上門了。」

劉棗花一聽這話，心裡慌得厲害，覺得喘不過氣，眼前陣陣發黑。

雖說她倆躲到草垛子後面說話，可到底沒走太遠，周氏提著裝豬食的桶子，從旁邊經過，聽到說話聲，沒聽清楚，便靠近幾步。

片刻後，裝豬食的桶子啪嗒落地。

周氏大驚，哪怕知道劉家在跟自家搶生意，也沒料到是劉棗花攛掇娘家人搞的，讓家裡人知道還得了？

剛才劉棗花已是眼前發黑，此時聽見背後的動靜，嚇了一跳，劉家小妹來不及伸手，她就腿軟坐倒了。

這動靜把屋裡人都引出來，黃氏看見落在地上的桶子，張嘴想罵周氏，怎麼做事的，提個桶子都提不穩？

她還沒罵，就聽見草垛那邊傳來一陣哎喲聲。

「肚子！我肚子疼！」

劉棗花這胎懷相不好，但自從診出喜脈後，再沒去看過大夫。

起初她說人不舒服，黃氏還緊張，後來多少看出門道，每次就是想先進屋歇著或吃個糖水蛋，只要她准許，過會兒就好。

黃氏猜到她在裝，還是忍下來，一則家裡掙錢，當娘的不想生事；二則雙身子的人，的確該少勞累、多進補。

黃氏在心裡記了幾筆，等著秋後算帳，卻沒料到，這胎生不下來。

程家富聽說劉棗花出事，跑去找大夫。劉家小妹則嚇傻了，趁程家人沒注意，偷偷溜回家去。

大夫過來，一把脈就搖頭，孩子保不住了。

要說也是真巧，何嬌杏她嫂子是同一天有生產跡象的，費了點勁，生下個胖閨女。

何嬌杏在灶上忙，看蠻子他們走了，才把留著的香辣肉絲端給東子，擦擦手，進屋瞧嫂子跟大侄女。

蠻子一回村，便去找程家興，想跟他說這件事，但走到程家門前，就覺得不對勁，裡面吵吵鬧鬧的，瞅了他爹一眼，不知道該不該去叫程家興出來。

好在這時黃氏露了臉，蠻子趕緊喊。「嬸兒，程哥在不在家？我揹東西過來。」

黃氏見是蠻子，勉強擠出笑臉，喊了程家興一聲。

程家興正在床上躺著呢，聽老娘喊才翻身下床，拉開門出來。

蠻子看見程家興，小聲地問：「好像有人在吵嘴？我差點不敢進院子。」

程家興道：「你別進來了，這兩樣揹回你家，明兒再揹出來找我。」

鑾子不明白，好端端地，怎麼規矩突然不一樣呢？

「我怕沾上晦氣，剛才我大嫂落了胎。」

程家興這麼一說，鑾子的爹立刻懂了，哪怕不做買賣，出這種事，這段時日也不好邁進他家門檻。

鑾子點頭，又皺了皺眉。「本來還想跟你說件喜事。」

「什麼喜事？」

「何家大嫂剛生了，聽說是個女孩子，生的時候晚霞出得好，取了小名叫霞妹。我看何家上下高興得很，從有生產跡象就燉起雞湯，還說後面天天燉魚給她吃。」

程家興聽著，笑了笑，拍了拍鑾子肩膀，讓他先回去。「你記得，背簍裡的木桶蓋子要蓋好，放在沒怪味的地方；還有，饞起來挾一筷子可以，不准多吃，實在忍不住了，就想想，一碗能賣三十文。」

鑾子也笑了。「哪怕再香，我天天聞著，也快習慣了，一點都不饞。」

鑾子的爹聽了，順手拍了兒子一下，轉頭讓程家興放心，這是要賣錢的東西，怎能被自家人吃了，誰敢偷吃，抓到就請家法，非打痛不可。

父子倆說完，便回家了，他們也累，肩痠、腿痠，迫不及待想躺下休息。

這錢不好掙，天天要揹這個、擔那個，還要走那麼多路，兼砍柴、推磨，才換回日漸增多的積蓄。做這些比種地辛苦很多，不過他們都高興，滿足得很，覺得沾了天大的光。

以後想再得程家興提拔，得會做人，不會做人的下場，看劉家就知道了。

劉棗花的孩子沒了，慘白著臉躺在床上，捣著肚子，一點生氣也沒有，誰喊都沒應。周氏落過胎，看她這樣，有點不忍，開口問婆婆，是不是幫她煮碗蛋來。

黃氏還沒應，劉棗花忽然坐起身，轉過頭，直直地看著周氏，想起是被她掉桶子嚇著，才會坐倒，沒了孩子。

她掙扎著下床，在大家沒反應過來時，揪住周氏胸前的衣裳，手一揮，啪啪一串耳光落下，等程家人把她拉開，周氏的臉都腫了。

程家貴聽到動靜跑過來，看自家媳婦的臉腫得老高，連鼻血都流出來了，趕緊去扶，又要伸手去推劉棗花。

劉棗花又快人一步，一屁股坐在地上哭。「我的孩子，妳賠我，妳賠我啊！」

她要不是女人，程家貴早動拳頭了，只得扶著周氏往外走，打水擰帕子給她擦臉。將媳婦安慰好了，程家貴才回去，轉頭看向程家富。

「平生不做虧心事，半夜不怕鬼敲門，如果大嫂沒去攛掇外人跟老三打對臺，也不會驚著我媳婦，更不會因此被嚇到。

「要不是發生這種事，大嫂再不好，也輪不到我說她。今天她把我媳婦的臉打腫，大哥必須給個交代。人是我娶回來的，讓別人欺負成這樣，傳出去，我程家貴的臉還要不要？」

程家貴說完，便要去燒熱水，想讓周氏敷一敷，看能不能消腫。

程家富為難，媳婦剛落了胎，這節骨眼不能打罵，但什麼都不做也不成，真的裡外不是人。

好在黃氏看出大兒子的難處，一把將人推開，上前扶起哭哭啼啼的劉棗花。

「妳掉了孩子，我本不想跟妳多計較，現在妳衝著老二媳婦撒潑，回頭是不是還要怪老三沒幫妳娘家度過難關？今天我才知道，妳是程家大媳婦，卻幫忙外人搶自家生意，沒搶成功，還要老三去幫忙？我呸！」

方才劉棗花腦子一熱就動了手，這會兒被婆婆一罵，頓時顫抖起來，哭著說是程家興不近人情，好說、歹說都不肯幫襯親戚。

「娘家人來找我，我把話說盡了也沒用，想不出辦法叫朱家跟蠻子家退出去，那就自己做吃的賣，為什麼非得跟老三一起？賣花生的主意是他們想出來的，怎麼就成了我攛掇人跟老三打對臺？我冤不冤？」

程家興抱著胳膊，站在門口聽了半天，笑了。

「大嫂別說了，我替妳說吧！總之，全天下都對不起妳，妳為婆家、娘家操碎了心，還沒好報，真可憐，說了半天，不就是這麼回事？」

程家興突然開口，見家裡人全看向他，又道：「我的買賣做起來後，家裡沒一天消停。之前顧及她的肚皮，現在孩子掉了，這媳婦，大哥還打算繼續留著嗎？」

這話像一道驚雷，劈在所有人心裡。

剛才黃氏氣死了，想了千萬種辦法要收拾劉棗花，也沒想到要把人掃地出門。

一直沒吭聲的程來喜發話了。「這次的確是老大媳婦不對，可老三也過分了，哪怕你大嫂犯了錯，終究是鐵牛的娘，是該讓她得到教訓，但還沒嚴重到休妻。」

程家興聳了聳肩。「爹這麼說，那我也要說句心裡話。我捧著銀子回家，不是給自己找罪受的，只想安安生生掙錢讓家裡好過，不想再管破爛事。」

程家富說會教訓劉棗花，保證以後不再有這些亂七八糟的事。

但是程家興不信啊！

「大哥，要是為你自己保證，說什麼我都信，但替她擔保，就算了吧！我敞開說，要不你們把全村的人請來，讓她當眾保證，再生任何事端，自己滾蛋，若做不到，那我也沒辦法再跟她住在同一個屋簷下。我本就沒什麼好名聲，不怕揹惡名，只求爹把家分了，我要什麼可以自己掙，家裡東西全給你們。」

分家?!

這兩個字像突然崩塌下來的巨石，重重地砸在程家人心裡。

第十七章

最先回神穩住的反而是程來喜，深深看了三兒子一眼，又看看其他人的反應。

黃氏皺眉，前陣子程來喜才跟她提分家的事，不想沒出一句，家裡便鬧開了。

黃氏拽著劉棗花的手還沒鬆開，就感覺一沈，轉頭看她又要往地上滑，索性甩開手。

「就是妳這麻煩精惹出來的事，結果發瘋的是妳，撒潑的是妳，哭哭啼啼的還是妳，戲讓妳一個人做全了，怎麼不搭個臺子出門唱去？早先看著還像點話，一看見錢就原形畢露，我只恨六年前蒙了眼，替老大選了這麼個媳婦！」

但凡日子還過得下去，黃氏是萬萬不肯分家的，可今兒這麼一鬧，心忽然涼了。

「老頭子跟我說過，等你們陸續成家，全擠在一個屋簷底下，麻煩事多，早分開反倒好些。我當娘的有私心，想著兒子中總有出息的和不太有出息的，只要家不分，互相扶持，總能把日子過好。今兒這樣鬧，是一桶涼水澆在我頭上，你們大了，主意也大了，當爹娘的說話不管用，眼皮子比誰都淺，還覺得自己最聰明，以後隨便你們，我不管了。

「這會兒天晚，不再多折騰，我跟你們爹清點咱們家的田地和銀錢。老三，你的買賣停一天，或交給蠻子他們，明兒早點起來，去袁木匠那裡接老四，等家旺到了，就商量著把家分了。」

黃氏扠腰罵人時，兒子們還不太怕，聽她平心靜氣說出這段話，程家興點了頭，程家富卻跟程家貴一起慌了。

剛才周氏被劉棗花打懵，還想著明、後天回娘家訴訴苦，讓他們替她討公道，這回要是白白挨打，以後吃虧沒有盡頭。但情況忽然急轉直下，程家興開口要分家，婆婆竟同意了，公公也沒有攔阻的意思，哪顧得上自己的臉，趕緊推程家貴一把，示意他去勸勸。

程家貴壓下心中的慌亂，看媳婦好多了，才走出去，道：「做兒子的提分家不孝順，可大哥這麼護著大嫂，還是分了好。前面這段時日，嫂子天天不舒服，連洗菜都懶，活計全落到我媳婦身上，我看她腰痠背痛，想跟娘提一提，她總不肯，只道女人家懷孕辛苦。

「大嫂這樣，分了家，我們還好過些。我再沒本事，也能出去打點短工，哪怕日子清貧，少些是非，心裡舒坦。」

這下，周氏也懵了，她推程家貴出去，是要他勸別分，怎麼站到程家興那邊去？

除了程家興之外，對其他兩個兄弟來說，不分家更好，分了家，往後真要精打細算過日子；可周氏也不能怨男人瞎站隊，說到底是體貼她，不分家的話，她沒生孩子，腳跟站不穩，很多事情要吃虧。程家貴看在眼裡，原本忍著，是那幾巴掌惹怒了他。

周氏不怪自家男人短視，拋下長遠的好處，只怪劉棗花生事！

「家貴，我多做點事也沒什麼，這家不能分啊，分了不是讓村裡看笑話嗎？」

程家貴正想說他心裡有數，讓媳婦別管，結果被程家興搶了先。

程家興撇嘴。「分不分家都成笑話了，咱們大嫂胳膊往外撇的事，難不成瞞得住？」

現在這個家裡，最有本事的是程家興，原先忍著不分，是因為程家興對兄弟有感情，他掙了錢能痛快交給老娘，便說明他不介意幫襯家裡人。本來兄弟閉上嘴，過的就是喝酒、吃肉的好日子，偏偏做嫂子的計較過頭，現在他滿心不耐煩，黃氏哪敢強拘？

黃氏看向用帕子敷著臉的周氏。「分家不是斷親緣，是想著你們都有自己的盤算，索性分開，各幹各的。人都大了，硬綁在一塊兒做什麼？何三太爺還在，何家不也分了，也沒人說他，總之事情就這麼定了，老二媳婦先回屋歇著。」

這時，懵了半晌的劉棗花回過神來，看婆婆要進屋清點銀錢，飛身把人拉住，不撒潑、也不耍無賴了，不停哀求。「是我錯了！娘消消氣，我給弟妹賠不是，給老三賠不是，您讓我幹什麼都行，家不能分，不能分啊！」

黃氏要拉開她的手，但劉棗花真不像是剛掉了孩子的人，使出全身力氣，死死地拖住她，好像一鬆手，天便塌了。

黃氏掙脫不開，望向程家富。「把你媳婦帶回屋去。」

程家富張了張嘴，也想說話，最終還是沒說出來，好似認了命，親自拉開劉棗花緊抓不放的手，把人帶走。

進門之前，他回頭看了程家貴跟程家興一眼，說了句對不住。

第二天清早，蠻子跟朱小順精神抖擻地過來，卻發現程家興正要出門，兩人一愣。

「程哥這是要上哪兒去？」

程家興拍了拍兩人的肩膀。「我家裡有事，要耽擱兩天，你倆把買賣看好。」

一起幹了這麼些日子，程家興耽誤一下沒什麼，他們可以頂上，比較關心的是程家出了什麼事，生怕鬧不好，礙著搭夥的生意。

過來的路上，他們就聽到幾個大娘閒話，說昨晚程家好像打起來了，動靜鬧得很大，還牽扯到劉棗花的娘家。

蠻子想關心兩句，才起個話頭，便聽程家興說：「你倆別聽外面那些閒言碎語，守好買賣，聽到沒有？」

「我倆辦事，程哥放心！」

程家興點點頭，轉頭去接程家旺了。

袁木匠家離大榕樹村遠，程家旺去當學徒後，每年只有兩個時候才回家，一是收稻，二是過年。今年程家興訂親時，他還是特地告假，才趕回來的。

今兒聽說家裡來人找他，程家旺先是意外，然後高興起來，正想問是什麼事，原本打算拿出銅錢，打半斤酒跟程家興喝一碗，結果被一句話砸懵了。

「老四，我跟你師傅說好了，你收拾收拾，跟我回家。」

程家興拽著他便走，程家旺一甩手，站定了問：「怎麼回事啊？三哥你先告訴我。」

「家裡出事了，別耽擱，有話路上再說。」

程家旺一聽這話，拍掉身上木屑，趕緊跟上。

兄弟倆都是年輕漢子，一路走得飛快，程家興把這段時日發生的事交代清楚。

「我跟二哥都覺得，分了好些。我媳婦娘家早分了，但兄弟們還是一樣孝敬爹娘，有事互相幫扶；但兩個嫂子不肯，大哥沒說話，大概也是不願意，很怕這個家因他散了。爹說分家不等於散了，情分耗盡才是散，反正爹娘拿定主意，讓我找你回家，商量怎麼分。」

從程家興開始說，程家旺就沒吭聲，說完後還是沒動靜，遂回頭看他。

程家旺跟在後面，人已經傻了。

「我說這麼多，你是怎麼想的？有話就說。」

「我、我要說什麼？你們也太有本事，才幾個月，就鬧成這樣了？」

「分家的事，你怎麼看啊？」

「我在袁家當學徒，學成以後得先幫師傅做事，攢夠了錢，再想別的。我在家的時候實在不多，比較擔心爹娘，他們沒氣著吧？今兒你出門前，他們有沒有哪裡不舒服？」

看程家旺雖受了些驚嚇，卻還算穩得住，程家興便回身繼續趕路，邊走邊道：「我覺得爹娘早盤算過，只是我先說破，我氣不過大嫂幫別人坑我，火一大就說出口了；大哥跟二哥嚇著了，但爹娘倒還平靜。」

程家旺鬆口氣。「人沒事就好，你說得太嚴重，我怕爹娘氣出毛病。分家嘛，早晚要分，這些年我待在外面，還沒出師，沒讓爹娘享福，要我跟哥哥一樣拿，我不好意思。」

程家旺的性子比較像程家興，兩人從小感情就好。

程家興說：「你不是也想跟你師傅一樣開鋪子？不要本錢？分給你什麼，你就拿著。」

「本錢存幾年就有了，或者三哥好好做生意，發了大財，借點給我。」

程家興點頭。「行，只要你真把功夫學到家，我有錢肯定借你。快走吧，趕緊回去。」

程家興領著程家旺到家時，屋裡已經鬧了半天。

因為分家是大事，程來喜總要告訴族裡，早上去找了大哥等人。有族人好言相勸，但看程來喜已拿定主意，多說無用，便不再提，長輩們跟著程來喜過去，幫忙見證。

這一連串的舉動，驚著不少村人，好些連地裡的活都扔了，追過來看熱鬧；還有人飛奔去了兩個媳婦的娘家，告訴他們出大事了。

劉、周兩家先後來了人，來的還是親家公，問程來喜這是鬧什麼，小輩做得不對，只管教訓，哪有隨隨便便就分家的？

誰家都是這樣，能占到便宜，不會想分出去，全村都看出程家興有些本事，往後定還有作為，這時候分家，豈不是要了有些人的命?!以程家興的能耐，不出一年便能蓋上青磚大瓦房，程家富跟程家貴離了他，能有多少出息？

「親家公，你再想想，不要一時衝動。」

「真不能分，聚起人力才能成事，你由著他們自己搗鼓，不是敗家之相嗎？」

劉、周兩家的爹在這件事上挺齊心，都知道帳要留到後面算，眼下得共度難關。

但程來喜也倔，這會兒不怕得罪親家，直接請兩家人回去，說要聊天吃酒，以後再來，隨時歡迎，今兒個程家要辦正事。

程家門外，朱奶奶把裁油紙的活扔給媳婦，也出來看熱鬧了，本來不打算開口，可聽到劉家老爹唧唧啾啾說分不得，分了要敗，便按捺不住了。

「姓劉的，你真不知道人家為什麼日子過得紅紅火火卻鬧分家啊？還不是因為你閨女仗著肚裡揣了個蛋，好吃懶做，惹是生非。程家人氣性太好了，這種婆娘落在我手裡，非得一腳踹她下田，沒幫忙幹活，還敢伸手討好處，吃裡扒外，肚腸真夠黑的。沒休掉她，程家算對得起你了，今兒要是休掉她，我看劉家女兒能嫁給誰，全得到庵裡當姑子去。」

看在程家那位財神爺的分上，朱奶奶已經很留口德，卻還是把劉家老爹氣得直翻白眼。

這話讓黃氏聽著解氣，嘴上還是勸著，請朱奶奶別再說了，都是鄉親，和氣一些。

財神爺他娘的面子還是要給的，朱奶奶過足癮，不說了，站著繼續看戲。

劉、周兩家人也看出來，程來喜沒有丁點猶豫，看來分家是分定了，哪怕面上臊得慌，也沒轉身走人，想看最後怎麼分，怕親家虧待了自己女婿。

等幾個兒子到了，程來喜發話，說昨晚已經跟黃氏商量好，兩人歲數還不算大，眼下不用兒子奉養，誰都不跟，只希望他們時常想起爹娘，過來看看。

「老房子分給誰都不公平，還是我跟老太婆住，新房蓋起來之前，你們可以住本來的屋子，我不攆人。至於田地，我跟你們的娘留一、兩畝自耕自種，剩下的那些分給你們。家富跟家貴會種地，多分些田；家興和家旺不太會伺候莊稼，就多拿銀錢。

「話雖這麼說，家裡畢竟田地多、銀兩少，實際分下來，家興你們要吃點虧，但也不要埋怨，前幾年，老大、老二為家裡付出很多，該彌補些。我是這麼想，你們四兄弟有看法，也提出來，有話全在今天說明白，過了今天，家分了，誰也不准再說什麼。」

程家興往前站了一步，正要開口，聽見站在後面的劉棗花嘀咕了一句，忍不住笑了。

「嫂子別著急，最先說分家的是我，我忍不了跟胳膊往外撇的人待在一個屋簷下，什麼都不要也想分出去，往後好壞不怨人，吃穿自己掙，這是我說的話，今天還是認。

「以前我不正經，沒幫家裡多少忙，都是大哥、二哥包容，爹娘要收拾我，還擋著、護著，對兄弟夠好了。家裡田地，我沒臉要，也不拿銀錢，爹別擔心我，往後沒酒吃了來找我，我幫您打去。」

這話一出口，程家富又是滿臉愧疚。「老三別這樣說，我不想分家，可真要分，我們四兄弟就拿得一樣多，誰也別多，也別少。」

程家貴跟著點頭。

眼看做媳婦的忍耐不住要開口，黃氏一眼掃過去，把人嚇住了，才看向兒子。

「老三，我知道你往後會有出息，可分家給你們的東西，是做爹娘的心意，你多少拿一些。我本來想著，家裡田地多，均分給老大、老二，家禽、家畜也給他們，過日子就很夠了。我把這些年存的銀兩分給你跟老四，正好你辦喜事要花錢，以後家旺也得娶媳婦。」

「那把要分我的給四弟，過兩年出師，他總得花錢自立門戶，我嘛，分些糧食便行。」

程家旺直搖頭。「爹娘生養我，送我去當學徒，我還沒出息，也沒讓家裡沾光享福，哪能伸這個手？」

一幫子人看他倆推來推去，最後還是程來喜黑著臉發話，按黃氏說得辦，若程家興不想分家裡的東西，至少把這段時日交上來的拿回去，黃氏之前存的二十餘兩，便分給程家旺。

劉棗花心想，他們分的田地是不少，看著是占了便宜，但一分錢都沒有，怎麼蓋新房呢？話到嘴邊，卻不敢開口，怕又挨罵。

她沒說話，黃氏卻當眾訓誡一番，說是讓兩個媳婦一起聽著，但目光卻放在大媳婦身上。

劉棗花感覺所有人朝她看來，眼神裡滿是嫌棄，彷彿在說，好好一家人，被她攪散了。

村人本以為鬧到要分家，能看程家兄弟爭家產爭到面紅耳赤，結果都挺謙讓的，最後程家旺也沒伸手拿錢，讓黃氏替他管著。

「也行，這錢留著幫你娶媳婦，剩下的，給她操持生活。」

黃氏說罷，瞅向程家興。「老三，你這份自己拿去。」

程家興轉了轉眼珠子。「那娘也替我收著。」

「你夠麻煩我了，以後麻煩你媳婦去，我才不替你管帳。」

「哦。」

程家興這才伸手，將最近交的銀兩拿回來，包進手帕裡，準備一併送去給何嬌杏存著，以後請人蓋間青磚大瓦房來住。

他都把銀子包好了，突然想到什麼，又攤開來取出一兩，遞給黃氏。

黃氏瞅著他。「又有什麼事？」

「杏兒還要兩、三個月才會嫁給我，我這口飯，您不管嗎？」

程家興是故意逗黃氏高興的，卻讓程家富難受至極，送走幫忙寫字據及做見證的族中長輩後，二十好幾的男人，一屁股坐在屋簷下，悶頭哭了。

剛才弟弟們都說啥也不要，他也想少拿些，多的給兄弟。

可他沒本事，開不了這個口，怕不拿田地養不活妻兒，也怕劉棗花又要鬧，更是難堪。

另一邊，何家還沈浸在添女的快樂裡，隔著一條河，根本不知道程家的動靜。

等何家聽說時，程家已經分了，何嬌杏向人打聽，問程家興怎麼樣。

傳話的人回想著，勉強道：「應該還好。」

當晚，程家堂屋裡，四兄弟點著油燈，說了很久的話。哈欠打到第三遍時，程家興先站起身，說得睡了，再聊下去，要耽誤明天的生意。
程家旺點點頭。「我是扔下活兒跟三哥回來的，明兒一早得趕回去。」
「你慌什麼，多待一天。我去找你時，跟袁木匠說明白了，說咱們家出了大事，一天恐怕收拾不完。」
「那師傅怎麼說？」
「讓你回來好好解決，不急著趕那點木工。」
程家旺想了想，道：「那好，我多留一天，陪陪爹娘，也幫家裡修修桌椅、板凳。」
程家興拍了拍他肩膀。「你在家聽娘使喚，我得去趟何家，跟我丈人說這些事，再請你嫂子做點好吃的，捎回來給你。」說完又招呼了聲，讓大哥跟二哥也早點睡，便回屋去了。
晨起好生收拾一番，程家興出來時，看到程家旺在喝粥、吃餅，轉頭環視一圈。「大哥他們都下地了？」
「早下地了，嫂子們洗好碗也出了門，不知道幹什麼去。娘在外面跟大伯母說話，幫你留了飯，溫在灶上。」
程家興轉身進廚房，看鍋裡果然有一碗粥跟兩張餅，端出來坐到程家旺旁邊，邊吃邊問，今天早飯是怎麼做的。
「二嫂起得最早，先去烙餅，然後是大嫂，娘排最後。」

「家是分了，但這幾個月農忙，有錢也找不到人蓋房，要等農閒。你說，我是不是找人來多搭灶臺，現在做個飯還得等，也是麻煩。」

蓋房子麻煩，搭灶臺容易些，程家旺點點頭，說今兒就能做，正好他在家，可以幫忙。

程家興呼嚕喝完粥，擦了擦嘴。「不急在這一日，我再安排。今天你好好陪娘，跟她說說想娶個什麼樣的媳婦。對了，蠻子他們來過沒有？」

「剛才來過，聽說你還在睡，讓你好生歇著，他們先去做生意，回頭送錢來。」

一段時日不見，程家旺感覺程家興變了些，還是吊兒郎當的樣子，但好像比從前可靠很多。昨兒聽說他做吃食買賣，掙了錢，今早看到蠻子跟朱小順揹的東西，總算明白劉棗花為什麼鬧，程家興又為什麼不耐煩。

掙銀子的人不在乎出錢養家，但給人家好日子過對方卻不安生，那就別過好日子了。

兄弟倆先後吃完，程家興放下碗，帶著銀子出門。

他剛走出去，看見正和大伯母說話的老娘，黃氏喊了他一聲。「老三，你要出門啊？」

「我怕外面亂傳，想過河跟老丈人說說話。」

黃氏挑眉。「不是去找你媳婦？」

「也順便看她嘛，中午我在何家吃，晚點回來。」

黃氏擺手放行，程家興便先去屠戶家割肉，才到河邊搭船。

第十八章

程家興到了河邊，發現今兒出船的不是何三太爺。他還在認人，何家大房的孫子已經把船划過來了。

「堂妹夫，聽說你們家出了點事，阿爺料想你這兩天會過來一趟，要我們留意著。」

「我怕杏兒多想，得把情況說明白。對了，三爺爺呢？怎麼不見他？」

何家大房孫子道，前幾天不是下了場雨，晚上有些冷，何三太爺蓋得少著涼了，這幾天都不太舒服，家裡不放心他，不讓他出來。

「你別擔心，只是怕阿爺撐船忽然頭暈出事，才把他留在家裡。阿爺還不高興，說他撐了一輩子船，能出什麼事，罵我們瞎操心。」

程家興聽著哈哈笑。

看他這麼樂，大房孫子迎頭給了他一桶涼水。「對了，你兩天沒過來，應該不知道這邊發生的事。」

程家興收起笑，問是什麼事？

「我娘說，附近幾個村好些婆娘後悔了，之前沒看出我堂妹的好，這些天來了好幾個人，拽著二嬸話家常，話裡、話外誇自家子姪，大概覺得還沒成親，都能拆散，想跟你搶人。」

大房孫子說起這事，一是想著程家興總會知道，二是叫他明白，何家閨女搶手。何嬌杏的名聲漸漸好了，惦記她的人多起來，若程家興待她不好，哪怕訂了親也娶不到人。

小漁船上有些晃，搭船過河的人，要麼坐、要麼蹲，程家興本來是蹲著的，一聽這話，突地站起來，讓船身晃了好幾下，險些翻船。

大房孫子的經驗，還是沒何三太爺豐富，驚出一身汗。「你突然站起來幹什麼！」

程家興差點把手裡那刀肉扔了，順了口氣，才問：「你說有人跑到我丈母娘跟前講我壞話，想讓你家退親，把杏兒嫁給別人？告訴我，誰這麼缺德？」

大房孫子傻了。「你別這麼氣，這種事，二叔、二嬸當然不會答應。」

程家興瞇了瞇眼。「你就說是誰吧，我又不會做什麼。」

這話聽著明明就是很想做點什麼，大房孫子語塞。「不做什麼，你還打聽？」

說話間，漁船已經靠岸，他便趕程家興下去。

程家興不肯走，氣呼呼地撐著船篷。「都來搶我媳婦了，還不讓我瞅瞅是哪個龜孫？」

「我只是聽家裡提了一句，不清楚是誰。」

看他不打算說，程家興跳上岸，提著肉往何家院子走。

這傢伙不說算了，他問杏兒去！

一路上，程家興越想越氣，忘了自己是來解釋分家的事，一看見何嬌杏，就把人拉到旁邊去，問道：「我聽說有爛肚腸的到丈母娘跟前說我壞話？」

何嬌杏從剛才便納悶，不知道程家興在氣什麼，現在聽他問出來，噗哧笑了。

程家興瞪她。「說正事呢，妳怎麼還笑得出來？」

「你大老遠跑來，就是想打聽這個？我還當幾天沒見，你惦記我了，是我自作多情？」

剛才是真的氣，結果小媳婦抱著他胳膊撒嬌，火苗一下子就被澆熄了。

程家興高興起來，嘿嘿笑道：「是過來看妳，順便說說我家的事，結果半路上聽說有人生是非。」

何嬌杏這才告訴他。「買賣做起來之後，一直都有，她們不是真對我改觀，是看見利，哪怕娶個母老虎也沒什麼。起初，我出門都有蒼蠅、蚊子來打轉，煩了就嚇唬他們，結果人家不來勾搭我了，讓長輩去找我娘，還跟我娘說不介意我脾氣躁，說那是直脾氣、真性情。」

程家興傻眼。「這種話他們也說得出口，實在太不要臉了！」

他說完，感覺背後一涼，何嬌杏的眼刀射過來。「你說什麼呢？」

「我是說，我媳婦最溫柔賢慧，居然被他們這麼詆毀，真是過分！」

何嬌杏點點頭。「外人的看法不要緊，你別氣了，我娘也沒那麼容易哄騙，你不用去管，安心做買賣攢錢。」

說到攢錢，程家興便把這兩天掙的錢和昨兒黃氏退給他的錢，全捧給何嬌杏。

銀子一到手，何嬌杏就知道不少，問這是分家分的？

故事有點長，程家興先把肉放好，讓何嬌杏把銀子收起來，才把來龍去脈說給她聽。

「家裡的意思是，多少要分我一些，我想想還是算了，田地跟家禽、家畜，大哥和二哥能照看得好，給我反而荒廢，是個麻煩。分家後，做買賣掙的錢不必交出去，咱們攢錢快，用不著爭這些。」

看程家興邊說邊撓頭，何嬌杏問他，是不是還有別的盤算？

程家興才說，分家時寧可吃虧，也不能占便宜。

「我見過有人分家時多拿了半畝地，讓人說了半輩子嘴。要是掙不了錢，那半畝、一畝爭就爭了，人總要先填飽肚皮，再顧全臉面；但對咱倆來說，沒這個必要。前些年我對家裡沒多少貢獻，只時不時上山添道肉食，實在伸不出這個手。」

何嬌杏耐心聽他說完，笑了笑。「昨晚娘跟我說了幾句私房話，提到你們分家的事，往遠了看，這個虧吃得好，少些麻煩。娘怕我年輕氣盛，讓我別爭這口分家飯。

「我爭什麼呢?本就不打算指望家裡庇護一輩子，雙親給的，總有吃完的時候，得自個兒掙去。不說這個，你們分了家，現在各自開伙，你怎麼辦？」

「我交了錢，跟爹娘吃，但忙起來就沒工夫蓋新房。如今還是農忙，不好找人，大家暫時住在家裡，我想等陳麻子家的蛐蛐兒賭坊收了，再去買磚瓦蓋房子，大概年前才能搬進去。」

「那咱倆還是秋收之後成親嗎，還是等搬家之後？」

程家興厚著臉皮道：「我都等不及了，妳說呢？」

何嬌杏瞪了他一眼，沒說話，做午飯去了。

程家興過來時，何老爹不在，午飯快做好時才回來。

這時程家興正跟早一步回來的東子說話，被何老爹喊到一旁去，聊了會兒，聽何嬌杏吆喝吃飯了，兩人才進屋。

何大哥也拿著碗筷從裡屋出來，唐氏瞅了他一眼，問媳婦的胃口怎麼樣。

何大哥點頭說挺好。

東子插了句嘴。「香菇呢？」

程家興端著半碗米湯喝，聽到這兒，順嘴兒接了句。「香菇是誰？」

「就是大姪女。」

「不是叫霞妹嗎？」

東子靠向程家興，跟他勾肩搭背。「剛生下來是叫霞妹沒錯，但嫂子希望她長大後像親姑姑，那就有福了，所以改名叫香菇。」

程家興無言，這也太隨便了，心裡這麼想，嘴上卻說挺好的。「香菇喊著要比霞妹親熱，跟湯圓、燒餅他們更像一家人。」

程家興在何家吃飯，有好奇心重的人端碗過來，打探分家到底怎麼回事，聽說是二房婆娘把大房的孩子嚇到流掉了，直問是不是真的？

剛才何老爹也問起這個，現在外面傳什麼的都有，有說程家富的媳婦心向娘家，做了對不起婆家的事，也有說是因為孩子，兩個媳婦大打出手。

傳話的都說得很像那麼回事，聽的人一頭霧水，看程家興過來，趕緊來問。

為了以後著想，哪怕程家興再不耐煩，還是解釋了一番，闢了謠。

吃完午飯，等了一會兒，鑾子他們就到了。

「兩天沒跟你們去，買賣怎麼樣？」

「都還順利。」

「那賭蛐蛐兒的人，有沒有讓咱們揹點爽口的去？」

「程哥不提，我都忘了。陳麻子看我們賣的全是麻辣吃食，就在家裡煮了酸梅湯、綠豆湯，拿涼水鎮著，賣兩文錢一碗。生意瞧著不錯，就是不知道有沒有賺頭。」

「掙得是少，可他賣得多。」蛐蛐兒賭坊本就吸引人，程家興他們又天天去賣好吃食，引來買吃的或者看熱鬧的，人氣太旺了，你來我往像趕集。有人氣，陳麻子就能賺錢，這是互利互惠，賭客們喝著酸梅湯、綠豆湯，就不嫌辣條跟肉絲上火了，大家一起發財。

「我家那點事解決好了，明天跟你們一起去小河村。今年想蓋新房，得多掙錢。」

鑾子在推磨，程家興蹲在一旁跟他說話，正說著，見幾個孩子抱著盆子跑進院裡，便衝他們招手，問端著什麼？

燒餅說是田螺。「我最棒，我撿得最多。」

程家興當然知道，他是好奇小崽子們捉這個幹什麼？就聽見另一個孩子問：「你是不是沒吃過杏兒姑姑炒的田螺？」

問完，孩子們紛紛抬頭看他，眼中滿是同情——真可憐，居然沒吃過這麼好吃的東西。

這時，何嬌杏聽到動靜，探出頭來。「燒餅，你們去撿田螺了？給我瞧瞧。」

何嬌杏一開口，小崽子們便拋棄程家興，朝她奔去。

何嬌杏看過後，讓他們把田螺裝進大木盆裡，泡上水，又撒了鹽。

程家興跟進去，沒看明白，問她這是在幹什麼？

「放著吐沙，不然沒辦法下鍋。」

「那要吐多久？」

「要換三次水，這個最快也要後天才能下鍋，急不來。」

何嬌杏把田螺泡好，打發孩子們去玩，說去年炒過兩回，這群小吃貨還記著呢！

程家興蹲在木盆邊看了一會兒，想起何嬌杏說過，讓他可以去捉些泥鰍跟田螺之類的，做成小菜，好吃極了。

於是，程家興決定了，以後忽悠幾個孩子幫他撿田螺去，他也要吃。

下午回去時，爨子他們累壞了，程家興倒是很有精神，還揹了兩只小罈子，一罈是豆腐乳，一罈是辣油炒出來的野菇，說是配粥、配飯、配饅頭都好吃，給程家旺帶回去。

程家興剛到家，就聽黃氏說，朱小順剛才把錢送過來了。

「我把錢放在你床上，讓家旺幫你打了個鎖，以後出門鎖上，不是信不信誰，賺的銀子多了，不上鎖，萬一沒收好丟了，說不清。」

黃氏說完，拿鑰匙給他。程家興進屋點錢，看差不多，鎖上門出來。

這會兒工夫，程家旺已經嚐過兩樣下飯菜，豎起大拇指說，何嬌杏的手藝真的很不錯。

「手藝不行憑什麼掙錢？這兩罈是給你帶去的，找個背陰地方放好，擱床底下也行。」

「給我的？我還以為三嫂是怕往後沒人給三哥做飯，讓你自個兒熬粥配著吃。」

程家興拍他後腦勺。「敢打趣哥哥，我看你是欠收拾了。」

程家旺嬉皮笑臉，問道：「三哥有缺什麼嗎？雖然我還沒出師，也會做不少東西。」

「現在不缺，以後蓋房子，要用到木工。」

「那還是該找我師傅，我打下手。」

兄弟倆說著話，黃氏已經把晚飯做好了。中午程家興不在，他們吃得簡單些，這會兒人都回來了，難得程家旺也在，就做了肉菜。

他們剛吃上，鐵牛聞著肉香味過來了。

前天家裡鬧起來，鐵牛被支出去。昨兒分家，黃氏親自把人騙去妯娌家，分完之後，才把他喊回來。

各家都是這樣，大人吵架時，不想被小孩子看見，怕嚇著他們，但這樣一來，鐵牛什麼也不知道，快快樂樂地跑來，問吃飯怎麼不喊他？趴在桌邊踮腳，說他好餓、好餓，肚子扁了。

黃氏忘了這件事，一時間不知道該怎麼安排。

程家興見狀，一把抱起鐵牛，讓他坐好。黃氏想了想，起身幫他添了碗飯，打算吃完找劉棗花說說，當娘的該早早做好飯，沒得甩手不管，放孩子去吃人家的。

不怪黃氏多想，程家興回來時已經不早，吃得早的連碗都洗好了。

她轉頭問程來喜。「老大跟老二還沒回來？在地裡嗎？」

程來喜挾了塊肉，點點頭。「我留的地雖少，但他們分得多，如今擔子加重了，都說天還沒黑，就多幹點活。我看老二媳婦拿了吃的去給老二，倒沒看見老大媳婦。」

提到劉棗花，黃氏心裡就煩。「才落了胎，不知道跑出去幹什麼。」

說到這兒，便聽見屋外有叫罵聲，黃氏讓男人們先吃，她擱下碗筷出去看看。

院子裡，周大虎的婆娘拽著劉棗花進來，劉棗花的衣襟和頭髮散亂，臉頰腫得老高。她看到黃氏，彷彿看見救星，帶著哭腔喊了聲娘。

這一聲把程家興叫出來，他端著碗，邊喝粥、邊看熱鬧。他認出抓著劉棗花的是二嫂娘家大伯母，應該是來幫周氏撐腰的。

果不其然，進院子後，周大虎婆娘就一把將劉棗花甩開。

「我們家姑娘被她打成那樣，一等、二等沒個說法，總得討回來，不然全村人看著，還當周家姑娘好欺負。現在程家分了，但沒蓋新房子，妯娌還要相處一陣子，親家母好生教教這個媳婦，我們家姑娘性子軟，別總盯著她算計，一次、兩次就算了，次數多了，誰受得了？」

周大虎婆娘不光是為周氏討公道，順帶也想出口氣。昨兒他們說乾嘴，想攔著程家分家，可程來喜把話說絕了，都沒給臉面，豈不憋屈？

現在人打了，話也說了，周大虎婆娘轉身就走。

劉棗花臉頰又熱又痛，坐在地上哭。「是她沒把桶子拿好，才把我兒子嚇沒了，我出口氣，居然回娘家找人來打我！什麼性子軟？還不是肚皮不中用，沒生出帶把的，她心裡鬼主意多了去，也盯著老三的錢袋子，不敢說而已！」

劉棗花罵個不停，周大虎婆娘本來走了，又掉頭回來，還要打她。媳婦在外面吃虧就算了，在自家門口挨打，程家也沒臉面。

黃氏去攔，兩人推推搡搡起來，程家興本來事不關己看個熱鬧，見老娘攪和進去，一口把剩下的粥喝完，接著把粥碗一摔。

粗瓷大碗在地上碎裂，瓷片飛得老遠。

黃氏跟周大虎婆娘都嚇著了，坐在地上撒潑的劉棗花也躲了下。

程家興慢條斯理地挽起袖子，不耐煩地抬頭看向周大虎婆娘。

「跟我娘動手動腳，妳想挨打是吧？老子在村裡是什麼名聲，妳沒聽過？」

這番威脅極為有用，周大虎婆娘橫了劉棗花一眼，啐了一口走了。

看她走了，程家興上前去扶黃氏。「娘沒事吧？以後再有這種事，娘招呼一聲，咱們兄弟就上了，衝那麼快幹什麼？」

「沒白生你，還知道心疼老娘。」

黃氏說著，不等程家興把屁股翹上天，一巴掌拍在他後頸上。「一碼歸一碼，誰教你遇上事先摔碗？摔了不得花錢買新的啊！」

另一邊屋裡，鐵牛正埋頭吃飯呢，忽然聽到熟悉的哭聲，茫然地問：「是我娘在哭啊？」一想滑下長凳，出去看看到底怎麼回事，卻被程家旺抱住。

程家旺抬頭看向程來喜。本來媳婦的事，黃氏去說就夠了，但聽劉棗花哭個不停，程來喜便放下竹筷站起來，板著臉走出去。

「天要黑了，老大媳婦不去給老大做吃的，還鬧什麼？」

剛才周大虎婆娘動手時，沒跟她客氣，劉棗花被打懵了，這才想起已經分家，爹娘不再照管他們，忍著委屈跟難堪，低著頭進廚房做飯。

這會兒，再煮粥、煮飯太費工夫，劉棗花只能和點麵，攤出幾張薄餅來。

攤餅子時，劉棗花不停地回想下午的事。

那會兒，她割了豬草，拌好豬食餵豬，正想去幫程家富做飯，便聽到有人在外面喊她，說娘家有事，讓她回去一趟。

劉棗花心想，娘家在同個村裡，先去再做晚飯還來得及，有些話該說清楚，就出去了。

孰料，她回去後，才知道娘家根本沒人找她。

她娘問是誰傳話，劉棗花說不知道，在屋裡聽見有人在外面喊，出去沒看到人，還當是有事忙，把話帶到就走了。

劉家人覺得她被耍了，但見人回來，還是說了幾句，哪怕給公婆跪下磕頭都好，實在不該分家。分家後，男人做的事還是那些，不外乎砍柴、擔水、種地，女人就要遭罪，本來是跟婆婆和妯娌一起幹活，現在全落到自己頭上，餵雞餵豬、洗衣做飯，照看菜園不說，還要帶孩子，根本沒人會幫忙，不談錢都已經虧了，談錢還更扎心。

娘家人說的時候，劉棗花沒吭聲，聽完才說她求了，可要不要分，不是媳婦說了算。她又埋怨小妹，為什麼挑那時候來找人，真害死她。

劉家小妹還沒嫁人，若揹上這惡名，豈不完了嗎？便回嘴道：「誰讓妳瞎出主意？那些花生到現在還沒賣出去，是我們被妳坑慘了！」

說到最後，不歡而散，劉棗花氣呼呼地走了。

回去的路上，周大虎婆娘突然衝出來，揪住她一陣打，邊打邊罵，還拖著她。

剛剛劉棗花被打傻了，沒仔細琢磨，這會兒越想越不對。

騙她回娘家的，應該是周家人，可周大虎婆娘要是早打定主意收拾她，她出門割豬草時就該動手，幹什麼還繞個彎？或許是周氏才剛回娘家，周大虎婆娘是她請來的。

當初她跟黃氏開口，想讓何嬌杏教手藝，不就是聽周氏羨慕了一通，才去的嗎？

劉棗花發現，她被周氏坑了。周氏也想發財，卻不明說，有空就在她這頭搧風。還有懷孕的事，周氏逮著機會，便跟家裡人說「嫂子今天又不舒服，去看看吧」，這不是告狀嗎?!只有程家貴那傻子覺得他媳婦人好，關心大嫂。

前後連起來，劉棗花驚覺自己小看了周氏，要不是周氏沒生出孩子，早掀起大浪。

她想得太入神，差點把餅子攤糊，回神後趕緊把薄餅翻個面，又抽空收拾自己，不想讓鐵牛看到這醜態，也不想讓周氏笑話。

猜到周氏也很不想分家，劉棗花心裡竟痛快了點，以後走著瞧吧！

程家富回來時，聽說劉棗花被周氏的娘家人打了，手上一抖，差點把鋤頭掉到地上，前後的事纏在一起，搞得這麼複雜，不知道該怎麼解決才好。

這時，劉棗花端著薄餅出來，又端水給他。「來不及煮粥，你湊合著吃，我回屋歇歇。」

周氏也回來了，聽到大房夫妻說話，才走過去，對劉棗花陪笑。「大嫂，真對不住，我沒想到大伯母會找上妳，明天我回去一趟，告訴她們，妳不是故意對我動手，是沒了孩子心裡難受，她們聽了，就不會怪妳了。」

劉棗花看向她，眼裡恨意滔天，比起程家興這種當場不給臉面的人，周氏更可惡；但她知道這會兒全家上下都不喜歡她，不敢再跟周氏糾纏，把人推開，逕自回屋了。

劉棗花進屋後，房門被叩響，黃氏推門進來了。

劉棗花側躺在床上抹眼淚，聽到咯吱聲，回頭看了一眼，原以為是程家富，還想訴訴心裡的苦，見是婆婆，人都僵了。

「娘找我有事？」

黃氏反手把門帶上，走到她面前。「之前的事，鬧到分家就收尾，不管誰對誰錯，不要再翻舊帳，折騰著過不去，看了心煩。家富每天要幹那麼多活，妳還鬧不停，想逼死他？他不光是妳男人，也是我們這房長子、鐵牛的爹，別把他臉面糟蹋光，讓他出門抬不起頭。

「傍晚鐵牛餓成什麼樣，妳看到了嗎？早幾年妳進門時還好好的，怎麼變成這樣？」

黃氏說完，便不管劉棗花了，臨走前又說了句心裡話。

「妳這樣鬧事，家富也沒對妳動拳腳，還跟兄弟賠罪；聽說妳挨了周家人毒打，還擔心妳，妳最好改改德行，別讓男人寒心，不然有妳後悔的。」

第十九章

這時，天全黑了，黃氏出來將油燈點亮，擺到桌上。

程家富還在吃，程家旺已經洗好腳，準備睡了。他在家待了兩日，明兒要回袁木匠那邊幹活。

「老三呢？他吃完飯就帶鐵牛出門，有沒有說上哪兒去了？」

程家旺回道：「應該在大伯家。」

「他到那邊幹什麼？」

「說是借人，想多搭個灶臺。」

程家興的確是去大伯家說這件事，說完也沒急著走，把那邊的小崽子們招來，說給每人一碗魚皮花生，讓他們幫忙撿田螺。

那群都是五、六歲大的孩子，正值饞嘴時候，聽說有好吃的，頭點得跟雞啄米似的。

「我們把田螺撿回來，堂叔真會給花生嗎？」

「怎麼，不信啊？」

小姪女歪了歪頭。「我娘說，堂叔的花生要賣錢的，賣得可貴了，不讓我們跟你討。」

程家興揉揉她的頭頂，笑嘻嘻地道：「說給你們就會給，幫妳裝一大碗行不行？」

小姑娘軟軟地說：「那我也給堂叔撿一大盆。」

鐵牛看他們吵著幫忙，也撲上去，從後面抱住程家興，眼巴巴地道：「三叔別忘了我。」

程家興戳了戳他的臉。「那你們明天一起去撿，都小心點。」

程家興跟孩子們玩得好，平常嬉皮笑臉，看著不像其他長輩那麼嚴肅，這些姪子、姪女有什麼話，都敢跟他說。

看天色晚了，堂嫂們出來抓人，逮孩子去洗臉、洗腳，程家興才打聲招呼，牽鐵牛回去。

半路上，鐵牛說，他覺得家裡怪怪的。

「下午我娘是哭了吧？好像不是餓哭的，是不是因為她不聽話，挨了打？」

「三叔不清楚。」

「哭成那樣，肯定很疼，我想去幫娘吹吹，四叔卻叫我好好吃飯。」

程家興低頭看他。「大人的事，小孩別管了，該吃飯就吃飯，該玩就玩。」

鐵牛的想法還是很單純，哪怕有點心疼劉棗花，也不覺得事情有多嚴重，每回挨打時，他也哭得很凶，睡一覺起來便忘了。

見鐵牛沒再多追問，程家興把人牽回家交給程家富，轉頭去找老娘，說明、後兩天就可以把灶臺搭起來，再放幾天，等土乾了便能用。

「我跟堂兄弟們講好了，請他們來幫忙，自家人不好給錢，娘去找屠戶割點肉，招待一頓好吃的。」

黃氏說知道了，見時辰不早，讓程家興去睡了。

如程家興所言，新的灶臺在兩天內搭好，有兩個灶爐，能同時起兩鍋，大大方便了家裡，做飯時不像之前那麼擠，少了許多爭執。

為答謝來幫忙的親戚，黃氏做了四道肉菜，又蒸了一大鍋米飯，讓他們吃個痛快。大人爽快吃肉，小崽子們也拿到程家興許諾的魚皮花生，一人端著一碗，咬得咯吱響，別提多香了。

程家興照何嬌杏說的，讓田螺吐了沙，水還是黃氏盯著換的，幾天後看差不多乾淨了，便一手提著裝田螺的桶子、一手抱著裝銀子的布包，過河去找何嬌杏。

真該感謝陳麻子家擺起來的涼茶攤，讓他們的買賣在熱天裡也能做下去。

依程家興的觀察，香辣肉絲上市後，攢錢買肉絲的人變多了，辣條賣得少些。伏天推磨煮豆漿、做豆皮挺難受，想順便跟何嬌杏商量看看，辣條是不是該停下來，單賣肉絲？只要生意好就一直賣，賣到蛐蛐兒賭坊關門，然後拿錢請人蓋新房。

程家興進了何家院子，沒來得及說事，便看見屋簷下蹲著好幾個人，人手一碗麵條的東西，吃得正香。

「家興哥來得正好，讓我姊也給你拌一碗，有事吃完再說。」

程家興把那桶田螺放下，跑過去看。這並不是麵條，看起來更寬、更厚，還有些透亮，聞著香辣香辣的。

「這是什麼？」

東子又吃了一大口，頭也不抬地說：「涼皮啊！家興哥沒吃過？」

程家興真沒吃過，何嬌杏從隔壁的隔壁院子過來，看見他，頓時笑開。

「你什麼時候來的？」

「剛到，我來送銀子，還有田螺。」

何嬌杏看了看他提來的桶子，真有不少。「你倒有閒心，這個炒出來是香，揀起來麻煩，要收拾也麻煩。」

程家興說這些田螺已經吐過沙了，可以直接下鍋。

「那敢情好，待會兒就下鍋炒，我先幫你切碗涼皮。」

跟何嬌杏訂親後，程家興才知道天底下還有這麼多好吃的，不需要珍貴食材，農家隨處可得，但經過蒸煮煎炸，就變成令人垂涎三尺的美味。

程家興端著拌給他的涼皮，蹲在東子左邊，邊吃邊想，前幾年怕不是白活了？

何嬌杏沒跟他們一道吃，拿張矮凳坐在旁邊，托著腮幫子看程家興吃涼皮，要是換個人讓沒過門的媳婦盯著看，該臉紅了。

程家興也臉紅了，卻是辣出來的，沒什麼不好意思，還笑咪咪地問：「妳男人好看嗎？」

何嬌杏作勢要打他，程家興往東子那頭擠了擠，咕噥道：「都給看了還不許說。」可憐兮兮地瞅向何嬌杏。「杏兒，妳好凶哦！」

何嬌杏伸手要奪他的碗。「再油嘴滑舌，你別吃了！」

程家興趕緊背對何嬌杏，護著涼皮，又吃了兩口，才回頭說：「我還是第一次嚐到涼皮，進鎮也沒見過。」

「吃著東西就別想那麼多，這個揹去賣是新鮮，可也麻煩，利潤又薄。」

「我沒想揹去賣，今兒來，有件事跟妳商量。香辣肉絲貴，有些人為了吃一口，會把錢攢起來，辣條便不像前段時日賣得多。我想著，伏天裡做這個也辛苦，不如專心做香辣肉絲，不耽誤掙錢，還省事。」

何嬌杏上輩子總在鑽研生意經，現在她想得少，多是聽程家興說，再問幾句。

「只做一樣的話，量要加大吧？能賣得掉？」

程家興說沒問題。「現在有很多人不賭蛐蛐兒，也會去陳麻子家，就為一口吃的。之前還聽他們說，人生在世不外乎吃喝兩字，在這上面虧了自己，活得真是不值。肉絲賣得是比較貴，但他們喜歡，我也想過，要是哪天賣得不好，我們揹去附近鎮上，也能把餘貨清了，不會積著。」

何嬌杏笑出來。「你都想好了，還問我幹什麼？」

東子看他們商量完，才插嘴道：「以後不做辣條了嗎？」

「怎麼？你捨不得？沒吃夠啊？」

這話扎了東子的心窩，悲憤地看了程家興一眼。「我早吃夠了！從你們開始賣辣條，我家的人和豬都吃一樣的伙食，那麼多黃豆磨成漿，你說能弄出多少豆渣？我娘說，不能每天三頓都吃白米飯，讓阿姊烙了一堆豆渣餅，人先吃，吃不完，豬接著吃。

「我們家的豬本來還有點瘦，最近這個月胖了好多，我娘說這買賣要是做到冬天，咱們家殺了豬，說不定能得兩百多斤肉。豬吃了豆渣這麼長肉，那還不是好東西？讓我心懷感激地啃豆渣餅，不許抱怨。我早想說了，肉絲掙錢，咱們只賣肉絲不行嗎？做什麼辣條呢？」

東子說完，何嬌杏便挑眉。「之前是誰天天央求我，還說辣條吃一輩子也吃不夠？」

東子委屈了。

何嬌杏又嚇唬他。「讓娘聽見，你連豆渣餅也沒得吃，就餓著吧！」

東子拿筷子戳碗底。「阿姊真壞，我吃著涼皮都不香了。」

程家興安慰東子，說再過幾個月，等他把何嬌杏娶過去，東子身邊就沒有辣條，也沒有豆渣餅了，別擔心，這天不會太遠的。

東子。「……」

後來，程家興想跟東子攀交情，忽悠小舅子幫他盯著點，以免有人為了發財，想挖他的牆角。

東子沒搭理他，說何家興這麼有能耐，還要人幫忙？

雖是這麼說，看時辰差不多，程家興準備回去時，東子還是跟他嘀咕幾句，發了財總得有命享福，別家兩口子吵架，是女的吃虧，在他們家卻不是，說完忍不住嘖了一聲。

「你注意點，以後跟我阿姊成親，千萬別在外面拈花惹草，聽說外面有點錢的，都會娶偏房，我阿姊見不得這個。」

另一邊，何嬌杏偷了個懶，沒幫程家興把螺肉挑出來炒成一碗，讓程家興拿回去打發工夫吃，慢慢挑。

程家興時刻記得討好丈人，有吃的不忘分他，留了一碗田螺，讓何嬌杏拿錢給東子，到鎮上打酒孝敬何老爹。

「天熱起來，妳也別光存錢，去鎮上選輕薄布料做新衣裳，我們男人心思粗，很多事想不到，妳缺什麼，就拿錢買。」

「可蓋青磚瓦房要不少銀子吧？」

「這妳別擔心，我算過了，錢都夠。」

何嬌杏幫他找了個背簍，把炒田螺放在下面，上面是切好還沒拌開的涼皮，佐料裝在洗乾淨的竹筒裡。

東西全裝好，事情也說清楚，程家興就揹著背簍回去了。

回去的路上，程家興碰見過河來的蠻子，聊了幾句。

買賣做熟後，程家興未必天天跟著過去，有時也會忙其他事。蠻子跟朱小順還靠得住，拿回來的錢跟揹出去的貨能對得上，這段時日，兩人跟著程家興做買賣，累是真的累，還帶著全家一起忙，可也賺了不少錢。

他倆看得明白，像自己這樣的廢物，若非跟對人，如今還在混日子，能讓誰高看？是以，雖然程家興經常去忙別的事，兩人也沒怨言，還是程哥、程哥喊得親熱，更不敢偷奸耍滑，什麼事都做得妥妥當當。

一會兒後，程家興剛到家門前，還沒來得及把背簍放下，就聽說蠻子的娘剛才來過，遂問黃氏有什麼事。

黃氏說她提了鵝蛋過來，說程家興帶著兩個笨蛋做買賣太辛苦了，該補補才是。

「我想著，吃苦受累的不是她兒子嗎？又看她的臉圓了一圈，這陣子應該沒少吃油。」

「那娘應該跟人家學學，把家裡的伙食搞好些。」

黃氏瞪了他一眼。「我短過你吃的？」現在哪裡是大魚大肉的時候，家裡這情況，天天吃肉，豈不招事？

「你要嘴饞，就割點肉提去何家，讓你媳婦燒出來，跟他們一道吃，這種天氣，我跟你爹吃不了那麼油的。不說這個，你背簍裡裝的是什麼，怎麼這麼香？」

「光顧著跟您說話，我都忘了。」

程家興放下背簍，拿出涼皮跟炒田螺，擺在桌上。「這是涼皮，拌上佐料就能吃，我在何家院子吃了一大碗，這些讓您跟爹嚐嚐。娘再拿個碗，我分點田螺給爹，拿竹籤把肉挑出來，很好吃的，再加上一碗酒，那是神仙滋味。」

「都是杏兒特地幫你做的？你過去一趟，就給人家添麻煩。」

「哪有，涼皮是本來就做好的，田螺雖是特地炒給我的，但只用了一會兒工夫。我問杏兒累不累，手痠不痠，想幫她捏捏肩膀，她說好得很，讓我別藉機占便宜，趕緊滾蛋。」

「我看，杏兒是害羞了，我吃涼皮時，她眼也不眨地盯著我看。」

「那是看你吃多了。」

「您就潑我冷水吧，我還涼快呢！」

程家興一邊說、一邊挑田螺肉，吃到一半想起來，道：「今兒我把最近幾天掙的銀子送去給杏兒，自己留了二兩。娘跟爹有三年沒做新衣裳，我拿錢給您，去裁兩身，現在的料子，伏天穿著太熱，爹還要下地，難不難受。」

難怪黃氏偏疼程家興，幾個兒子裡，他最會關心人，以前遊手好閒時，也會說幾句好聽話哄人高興，看他那樣，肚裡有火都散了。
黃氏想著，心生感觸，忍著鼻酸道：「你是比誰都會掙錢，也比誰都會花，做新衣裳哪用得著二兩？」
程家興埋頭吃吃吃，吃爽了才說：「我又不知道布料怎麼賣，多預備點，您跟爹做幾件舒服的，有剩再還我也行。一天比一天熱了，明兒就去買布，早點做出來吧！」
另一邊，既不打算再賣辣條，蠻子就沒挑黃豆，只把新買的配料揹來，送到何家院子後，歇了口氣，去何寶根家買豬肉。
買肉生意最好的時候，是在年頭、年尾，伏天便差些。
為了讓肉能多放個半天、一天，前幾年何寶根把家從村裡搬到略有些偏的山腳下，地基打在陰坡腳，不太見陽光，伏天倒還涼快，但冬天陰冷，能凍死人。
哪怕搬了家，伏天生意不好的問題仍沒解決。幸好今年程家興他們做起肉絲，又聽何嬌杏說家裡有親戚是屠戶，程家興機靈，立刻跟蠻子和朱小順說好，直接向何寶根買肉，每天要多少，先告訴他一聲，讓他提早預備。
這下可幫了何寶根大忙，加上這年頭割肉都愛選肥些的，燒出來油水重，瘦肉不是那麼好賣。聽說程家興日日要那麼多瘦肉，何寶根高興極了，從蠻子他們過去買肉開始，每天做晚飯時，都會讓他兒子拿點賣剩的排骨或大骨，送去何嬌杏家。

這日，蠻子跟他爹拿肉回來，知道油炸煸炒之前，要先把肉過水煮透，這個活兒誰都能做，蠻子便搶過去，把肉煮好壓碎，又涮好大鐵鍋，才請何嬌杏上灶。

東子跟進來看火，何嬌杏一口氣把肉絲全炒出來，裝好放涼，讓蠻子揹走。

看人走了，何嬌杏跟東子說，涼皮還有剩下的，晚上便吃這個。

「我回屋歇會兒，你跟娘說一聲，讓她給嫂子煮碗雞蛋麵，都這個時辰，就不煲湯了。」

灶上活計，冬天做著舒坦，伏天太熱。今兒程家興說以後不做辣條，何嬌杏還是高興，炒完肉絲，回裡屋喝碗涼茶，就舒服了。

何嬌杏進了屋，坐在床沿，伸手從枕頭裡拿出一把秀氣的香綢扇。

這是前些日子程家興偷塞給她的，說鎮上跟縣裡很多姑娘家用，上回去兌銀子看見，便買了一把。

何嬌杏喜歡，但只在自個兒屋裡搧一搧，走出去時，還是愛拿家裡的大蒲扇。香綢扇到底是程家興送的，看著沒幾百文也買不到，怕不小心弄壞了。

何嬌杏搧了一會兒，便把扇子收起來，裝進扇套，從荷包裡拿出鑰匙，打開牆角的大木箱，拿起上面放的冬衣，抱出錢箱來。

她把錢箱放在床上，用另一把綁紅線的鑰匙開鎖，取下鎖頭，打開箱子清點這段時日攢下的積蓄。

裡面裝的全是程家興送來的錢，有碎銀塊，也有整錠銀子，加起來有好幾十兩。分家之前沒這麼多，分家後，除了黃氏退給程家興的錢，後來賣香辣肉絲也賺得比之前多，攢錢便快。照程家興的說法，買賣還要做兩個月，那她這邊應該會有幾百兩，別說蓋房子，以後要做什麼，本錢都夠了。

何嬌杏積蓄點完，又將錢箱子上鎖放好了。

這時，唐氏過來叩門，問何嬌杏想不想吃雞蛋麵，想吃就一起做了。

何嬌杏拔了門閂出去，說不想吃麵，只想來碗涼皮。

「妳嫂子正嘴饞，剛才我還說她，生完孩子不得補補，打兩顆蛋放在白麵條上，那才是好東西。」

唐氏說著，進廚房燒水煮麵，何嬌杏跟著去燙青菜、切涼皮，母女倆說起話來。

「女婿怎麼跟妳說的？這麼熱的天，買賣好做嗎？這些麻辣的零嘴還有人吃？」

「又不是熱食，怎麼會沒人吃？他說陳麻子也機靈，生怕天氣熱了，賭客心煩意亂不過來，支了涼茶攤，賣涼茶兼賣酸梅湯、綠豆湯。」

「這麼說，他拿來的銀子沒少啊，好像打算天涼下來就蓋房。妳算過沒有？錢夠嗎？」

何嬌杏貼到她娘耳邊，低聲笑道：「蓋個大院都夠了。」

「吃食買賣這樣好做？」

「口味好便能賺，但也累人，看鬮子他們一趟趟地跑，每天要來幫忙，還要揹去叫賣，後背衣服沒個乾的時候，我光上灶，反倒最輕鬆。」

唐氏想了想。「是不容易，但也值了，賺得還是多。這回他倆算是遇上貴人，要不是女婿，換個人來，看見利潤，已經把他們踹掉。」

「家興哥跟我說過，不管幹什麼，都要講信用，以後他未必還會再讓出這麼多利潤，可這回該給還是要給的。鬮子他們不錯，以前沒做買賣時，就捨得拿鵝蛋給他，現在掙了錢，也沒打歪主意，是能往來的。」

唐氏聽著，點點頭。「我只是想提醒妳，往後嫁過去，再跟人搭夥，要怎麼分配，得好好想想，不說虧了人家，也別讓太多利。女婿那腦袋是比我們聰明，妳也幫東子說說話，看他肯不肯帶帶妳兄弟。」

「娘都說東子機靈，不用我提，他想得到。」

「還有，女婿有本事了，跟前少不了打歪主意的，肯定會有心術不正的女人來纏，妳可別凶巴巴地把人推到外面，多體貼他，公婆那頭也要籠絡住。要是不知道怎麼才叫孝順，娘教妳，嫁過去後，有好事多想著公婆，給他們做衣裳，吃口肉也分一碗。人都俗氣，光是說得好聽，一文錢不肯花，不會覺得妳孝順，捨得為他們花錢，才是孝順。」

有點歲數後，人就嘮叨，唐氏跟何嬌杏說了不少，何嬌杏聽著覺得挺有道理，自家跟伯母、嬸嬸她們便是妳一碗肉、我一碗湯處出來的感情。
孝敬公婆的話，她聽進去了，至於外面有人來糾纏，想端她飯碗、搶她男人，何嬌杏不是太擔心。不說自信，也不說相信，哪怕有個萬一，程家興的錢都交給她了，還敢亂來，她不能帶著他孝敬的錢，高高興興地改嫁去嗎？
唐氏未雨綢繆時，完全沒想到閨女是這樣打算的，何嬌杏還反過來勸她，男人把女人放在什麼位置，從他做的事便能看出來，錢全交給她管就穩當，出去亂搞不要本錢？
「咱們不說這個，說點高興的，明兒讓東子去鎮上，幫爹打酒，再扯布回來吧！」
「想做新衣裳了？」
何嬌杏笑了笑。「還不是您女婿，說天氣熱了，讓我拿錢做兩身輕薄的，若不聽話，他準會跑去買現成的，萬一買錯，豈不糟蹋錢？不如讓東子去買布，多買點，幫全家做。」
「胡說什麼，哪能用女婿的錢給妳兄弟添衣裳！」
「那就給我、您跟爹還有阿爺做，孝敬咱們家長輩總沒錯。」
唐氏這才點頭，讓她拿碎銀給東子，自己又添了一點，也給兩個兒子和媳婦裁了。

第二十章

東子去鎮上打酒、買布時，程家也在做夏衫，是黃氏去買的布。這回的布料好，她不敢隨便糟蹋，添了點錢給裁縫，替程來喜跟程家興做了兩身，她自己做了一身，剩下的銅錢都還給程家興了。

做好第一次穿時，便有人發現，抓著她的袖子看了又看，問是什麼時候做的新衣裳，兒子孝敬的嗎？

黃氏樂了，說是程家興給的錢。「老三嫌他爹那些夏衫太厚，悶著不舒服，他催了幾回，我才去買布，心裡怪捨不得。」

「妳兒子本事這樣大，合該享福，還省這個幹什麼？」

「說是這麼說，但我窮慣了。」

程家兩老添了新衣的事，外人都知道，住在一個屋簷下的人能看不見？程家富跟程家貴有些臊，程家興已經送了孝敬，他們分出來之後，還在手忙腳亂，沒把日子過順，更別提為爹娘做點什麼。

是夜，兩人關上門，跟媳婦商量起來。

這些天，不光是他們，餵雞餵豬、做飯洗衣的劉棗花與周氏也累得很，現在婆婆不說她們了，但並不輕鬆，只覺得從早到晚有忙不完的事，沒片刻清閒。

這會兒，她們很累了，男人還來談孝敬，周氏耐性好些，哪怕還對分家的事耿耿於懷，也知道這必須給，不能任人指點。

「明早我殺隻雞燉了，給爹娘送一碗吧！這陣子，咱倆也累，跟著吃兩口補補身體。」

程家貴覺得行，便不多廢話，躺下歇息。

程家富那頭，就沒那麼順利。

依劉棗花說，分家時公婆打算單獨過，不跟兒子，可如今婆婆還是幫程家興做飯、洗衣，程家興出點錢給她添夏衫沒錯，現在婆婆沒幫大房做事，這不年不節的，送什麼孝敬？

「咱們本事不如老三大，別和他比，現在他掙得多，要是他給娘什麼，咱們都跟上，那日子還過不過？有多大能耐，做多大的事，你要覺得自己是大哥，磨不開臉，那就幫爹挑水、劈柴。」

「你想想，咱們分家時沒拿銀子，能賣的都賣了，還要存幾年才能蓋新房，若是今天一孝敬，明天一孝敬，那真蓋不起房了。你學你兄弟，你兄弟會拿錢幫你蓋房子嗎？」

這話好像也沒什麼錯，程家富有點被說動了，心道還是自己本事不夠，沒辦法兼顧兩頭。

劉棗花看他有妥協的意思，又說：「我抽空做雙鞋，等中秋節時送給爹娘。現在分家了，誰也指望不上，最要緊的不是想法子把日子過起來嗎？能省便省一點。」

程家富捏了捏肩膀。「之前要是妳明白這些道理，不至於分家，大家齊心協力，日子更好過，妳們妯娌也能分擔雜活。」

「分都分了，你說這個有什麼用啊？再說一個巴掌拍不響，鬧成那樣，不能只怪我吧？娘都說那一頁就翻過去，你還提它，現在該往前看，先把日子過順，等地裡收成出來了，多的賣掉，年底賣豬，加上雞蛋這些，能有幾兩銀子，再做其他打算。」

「別做打算了吧！看妳娘家，我怕得很，聽說花生價錢又跌，他們只能把囤貨賣去糧店，虧了不少。」

這事不能提，劉棗花聽了心裡難受，不想再說，只道睡了，明兒還要早起。

程家富還想勸她，這段時日是不是吃好一點，每天出那麼多力，怕頂不住，但看劉棗花已經閉上眼，便沒說出口。

次日上午，周氏果然殺了隻下蛋不勤的雞，中午端了一碗給婆婆黃氏，想想又裝了半碗湯，讓在院子裡玩耍的鐵牛喝。

程家富回家時，聽兒子說嬸嬸請他喝雞湯，心裡本就揣著孝敬的事，現在聽說二房殺雞，更坐不住。一連幾天，他搶著幫老爹幹了許多活，每天最早起床，最晚歇下。

看大兒子累成這樣，程來喜不忍心，說用不著，程家富累得很，還道沒事，說他也不會做別的，出出力氣還行。

說完這話沒兩天，程家富頭暈眼花，直接倒在田邊，把程來喜嚇壞了，趕緊喚程家貴把人揹回家，自己跑去請大夫。

大夫來看，說這不是病，是累著了，又沒吃好。

看程家富倒下，劉棗花才知道慌，雖然每天都讓男人和兒子吃飽，但想著分家後是吃自己，便儉省許多，一天三頓沾不上葷腥。這麼吃，鐵牛什麼也不幹，瞧著都瘦了些，更別說從早忙到晚的程家富。

大夫沒抓藥，拿了一碗紅糖水灌下去，程家富就舒服多了，也沒跟劉棗花要錢，只當順手幫個忙。走的時候，勸她別省過了頭，哪怕不給肉吃，好歹每天煮碗蛋給他，程家富可是家裡的頂梁柱呢！

劉棗花怕得很，聽說沒事了才鬆口氣，擦了擦眼淚，進廚房打了兩顆蛋，煮給程家富吃。

程家富暈倒在田邊被程家貴揹回家的事，村人們都瞧見了，大夫剛走出程家不遠，就被喊住，問程家富是什麼病，嚴重嗎？聽說突然昏倒，真嚇死人。

大夫擺手，說是小毛病。「只是吃得太差，他幹那麼多活，能不倒下？不用抓藥，吃兩頓好的補補就成。」

這麼說才安了大家的心，又有人嘖了一聲。「程家在咱們村裡還不是窮的，怎麼把頂梁枉虧成這樣？」
「這回吃了教訓，以後那婆娘總該知道，人哪禁得住餓呢？」
圍過來看熱鬧的閒話一通走了，回去還不忘把這事當笑話說給家裡人聽。其實，精打細算過日子的婆娘多，但劉棗花剛分家沒經驗，有經驗的都知道，農閒時吃得差點沒什麼，鹹菜配清粥也出不了事，可農忙那陣子，定要把伙食弄好些，哪怕天氣再熱，做苦力的都愛吃乾飯，還要有點油水，才禁得起餓。
這件事，大人們笑過就過，最多看見劉棗花打趣她一句，讓她以後有點分寸。
可這話讓村裡孩子聽去了，鐵牛出去玩時，就有人說他娘是壞婆娘，不給他爹飯吃，還差點把人餓死。
鐵牛反駁，說他們吃了飯，其他人不聽，他就跟人家打起來。
那天下午，程家興分完錢出來，看見最近瘦了些的鐵牛一瘸一拐地走回來，身上都是灰塵的不說，臉上還有兩道抓痕，都見血了。
程家興見狀，不敢瞎收拾，問他怎麼回事，是誰打的？
鐵牛不吭聲，再問就哭。
程家興沒辦法，劉棗花不在，應該是出去割草了，遂一口氣跑到田邊找程家富。
「大哥，你快回家看看，鐵牛好像被人打了，一瘸一拐地回來，問他什麼也不說。」

程家富一愣，隨即飛奔回去，程家興沒追上他，等他進了院子，就看見鐵牛撲在程家富身上哭，邊哭邊說他娘不是壞女人，他娘給他們吃飯了。

程家興聽到這兩句，大概知道是怎麼回事，他管不了，得讓程家富自己擺平，但忍不住說了一句，沒有掙大錢的本事，省一點沒錯，也別過分，虧了身體，花更多錢都補不回，現在有田有地、有雞有豬，正常過日子不是夠了？

「大哥，你先把鐵牛弄乾淨，再問問他是誰打的，你當爹的不替兒子撐腰，以後人家還會欺負他；再把地裡的活收拾收拾，順便喊二哥回來，我跟你們說件事。」

有些事情，沒做成之前，程家興不想多談，可現在這樣不是辦法，哪怕分了家，還是血脈兄弟，總不能看著哥哥們把日子過得一團糟。

程家興交代完，便去屋裡躺著，瞇著眼琢磨事情，都要睡著了，才聽到程家富在前院喊他。「老三，你在哪兒？我把老二叫回來了。」

程家興打著哈欠站起身，每到伏天，他就容易犯睏，繞到屋前打涼水洗把臉，才甩著手往外走，見兩個哥哥杵在原地，便道：「站著幹什麼？跟我來，找個清靜地方說話。」

程家興帶他們去了附近背陰的山腳，正好在玉米地後面，平時沒什麼人過去，招呼兩個哥哥坐下。

「農活耽擱半天沒什麼，今兒我跟大哥、二哥說幾句話。分家後，我們兄弟各自成了頂梁柱，以後都要扛起養家的擔子，我找到些掙銀子的門路，不能冷眼看著哥哥們累死累活，手裡卻沒攢到錢。

「說到底，很多是非是因為錢，窮起來，為柴米油鹽都能吵，家裡過不了清靜日子。」

「老三想說什麼，便直說吧，我跟大哥雖不聰明，還是明白這些道理。」

「二哥別急，我最近在琢磨，蛐蛐兒賭坊關門之後，我要成親，媳婦進門後，該找人蓋新房子搬出去，得想想以後要做什麼，人還能嫌錢多？我左思右想，真想出來了。

「還是吃食買賣，但換個做法，我懶得揹去一碗碗地賣，省點事，論斤賣給蠻子跟朱小順，還有你們。一口氣買得多，我少算點錢，本來一斤一百文，訂十斤，可能就收九十文。接著，你們揹出去賣，就能掙差價，這樣我省事，你們也賺了錢。

「過年前後，吃食最好賣，你們錯開地方，每天多賣點，賣個一、二兩，一個月是不是就有幾十兩銀子？還摳什麼，要什麼房子蓋不起來，想吃什麼沒有？」

程家興說得痛快，哥哥們全懵了，程家富皺起眉。「那我們不是占了你的便宜？」

「大哥，你想想看，我自己揹去賣，能賣多少？你們從我這兒拿貨，每斤價錢雖然少了，可賣得多啊，那不就賺得多？這樣我還省心，只要吆喝一聲，讓人送食材跟配料，根本不用在酷暑、寒天跑出門叫賣。我吃肉，你們喝肉湯，大家一起發財，你怎麼想不明白呢？」

兩個哥哥盯著程家興看了好一會兒，看得他心裡發毛。

是一個娘生的啊，為什麼老三聰明那麼多？連這辦法都想得出來。

「那我們的田地怎麼辦？佃出去嗎？」

程家興嘆氣。「有錢賺，大哥還捨不得那幾畝地？現在天天拚命種田，人累垮了，大嫂也不高興，你要是能拿錢回去，吃得好、穿得好，新房子也蓋起來，她還鬧什麼鬧？」

程家富點點頭，不說話了。

隔天，程家興去魚泉村送銀子時，把這個不用出門便能掙錢的主意告訴何嬌杏，怕她聽不懂，又解釋一遍。

「這是一箭雙雕，折價賣給他們，等於便宜找了幫忙販售的人，咱們做的事比現在少，拿的錢卻比現在多；再說，我總一個人做買賣，任由大哥跟二哥吃苦，一方過貧，一方過富，時日長了，真要出事，我這麼說，杏兒聽得懂嗎？」

何嬌杏點頭，不就是零售改批發，有什麼聽不懂？把用在銷售的精力拿來做吃的，生產出來的東西多了，別看批發價低，實際賺到手的，比現在多得多。現在程家興拿的是四成利，這種只此一家的買賣，批發價怎麼說也是零售價的七、八成，哪怕賣一樣多，仍可以多賺。

何嬌杏想了一圈，問：「你這主意各方面都好，只是咱倆忙得過來嗎？」

程家興捏了捏她的手。「乍看起來，要做的吃食多了，但咱們大仁大義地帶兄弟發家，不光爹娘，嫂子也要出點力，像挑水劈柴、洗衣裳、收拾屋子或者需要出門跑腿的事，她倆不搶著幫忙，那跟鬼拿貨去！我那兩個嫂子都看重錢，只是一個聰明些，另一個笨，到時要掙錢，哪會讓妳為其他事煩心，不爭著來獻殷勤？

「再說這吃食買賣，不是一年三百六十五天都做，總要挑對時候，比如趕集日去，年節去，平時就不去。我跟哥哥們說那些話，只是畫個餅，未必能賺得那麼多，可也比種田要強，辛苦一段時日，總能把房子蓋起來。不然只有兩個結果，要不過幾年他們還跟爹娘住，要不找咱們借錢蓋房，我不想借他們錢，天知道能不能收得回來，不如指條路。」

何嬌杏耐著性子聽他說完，想了想，若能擺脫雜事，每天只做吃的，再給自家煮三餐，還算輕鬆。

可是，她也不能這麼輕易讓步，遂挑起眉。

「那你得跟我一起做，比如做花生，你去收來剝好；炒肉絲，你割肉回來洗乾淨煮熟，還要幫我看火候，不然我才不幹，這錢誰愛掙，誰掙去。」

程家興瞪了她一眼。「敢情妳以為我想當個甩手掌櫃，不打算幫忙？現在隔條河不方便，我不也常過來幫忙做事？往後咱倆待在一個屋簷下，這些洗洗刷刷的麻煩活兒，還輪得到妳動手？哪怕我不親自幹，也得想法子安排好。女人家這雙手，哪能天天泡在水裡搓，多泡兩年，能摸嗎？咱倆訂親這麼久，妳還這麼想我，我要生氣了！」

程家興彷彿真跟她賭氣，作勢要走。

何嬌杏拉住他。「你做買賣的，不知道凡事先說後不亂嗎？再說我這腦子哪有你靈光，你什麼都想到了，我可想不到。」

程家興側著身子不看她，賭氣道：「就算想不到我怎麼安排，總該知道我心疼妳，能吃著花生米，看妳劈柴挑水、洗衣做飯，外加掙錢給我花嗎？咱們不帶哥哥們做事情，妳嫁過來，嫂子不排擠妳？這麼幫點忙，妳日子好過許多，嫂子還敢當著妳的面胡說八道？若不捧著點，捧得不好，我就把貨停了，看誰有本事！」

何嬌杏心道還是小看他了，看程家興氣呼呼的，跟蹲在荷葉上的青蛙一樣，便主動握他的手。

「我才說了那麼兩句，你氣什麼？」

「氣妳當我是扒人皮的混帳地主，沒信過我！」

「錢都給我管著，我能不信你？我爹說，還沒成親就把銀子全給媳婦的，除了你，提著燈籠也難找出第二人。」

這話一說出來，程家興捣住胸口，悲憤道：「那還是看在錢的分上，何嬌杏，我告訴妳，我傷心了。」

何嬌杏讓他鬧得沒法，看兩人在竹林裡，僻靜又沒別人，便湊上去親他一口。

「還傷不傷心？」

程家興的嘴角翹起來，只有笑了一下，又憋住了，點頭說還是傷心。等了等，看何嬌杏沒反應，遂抬手指了指右臉。

「妳再親一口，我就考慮是不是原諒妳。」

這是給點陽光就燦爛啊！

何嬌杏甩開他的手，轉身走人，走出去兩步，回頭哼了聲。「別原諒我了，氣死你吧！」

程家興覥著臉把人追回來。「話還沒說完呢，我有東西要給妳。」

他過來時揹了竹簍，裡面塞了兩個布包，一包是兌回來的銀子，另一包瞧著鼓鼓的，這會兒才拿出來，塞到何嬌杏懷裡。

何嬌杏剛才就聞到藥香，發現是從這包袱裡飄出來的，問是什麼？

「是延壽堂的驅蚊香包，我多買了幾個，妳掛上，也分給丈人他們。」

程家興說著，抬起她的左手。「前兩天來，看妳手背上起了紅點，應該是被蚊子咬的，聽說延壽堂的驅蚊香包好用，妳試試看。還有盒藥膏，搽了清清涼涼，也不會癢，要是不靈，妳跟我說，我找他們理論去。」

何嬌杏右手抱著藍布包袱，左手任由程家興握著，問：「你自己呢？有沒有掛帳子？放不放香包？」

程家興嘿了聲，得意洋洋地道：「我用不著。」

「什麼意思？」

他牽起何嬌杏的手，捏著玩。「可能血不好吃吧！我從小就不招蚊子咬，水塘邊跟竹林裡，蚊子都是一群群的，我們幾兄弟小時候愛去那些地方瘋玩，每次回來，他們一頭包，我還好，頂多一、兩個紅點。看到妳手上的紅點，我還費了點勁向人打聽，才買到香包跟藥膏，鄉下人不怎麼花這錢，很多人不知道外面有賣這些東西。」

何嬌杏點點頭。「我家就沒買過，都是燒艾草來熏。」

程家興聽了，想起他老娘也燒過，當下有用，但是撐不了多久。

見程家興走神兒，何嬌杏把他拉到旁邊坐下，接著前面說的話，問他。「咱們讓利，把做出來的吃食分給親友賣，是你剛想到的主意吧？怎麼急著提了，出了什麼事？」

隔了條河，很多事傳不過來，程家興踢著放在一旁的竹簍，開始解釋。

「妳該想得到，分家之前吃家裡，用不著小器，可一旦分出來，一粒米、一勺鹽，都得自個兒掙。分家時，哥哥們是沒虧，但沒拿到現錢，現在嫂子們不跟我折騰，把精力都用在省錢上。

「這兩個月天熱，什麼事都不幹還好說，天天下地的人，伙食缺了油鹽頂不住。前兩天，大哥因為沒吃好，暈倒在田裡，出了事後，村裡孩子指著鐵牛的鼻子，說他娘黑心腸，鐵牛跟他們打架打不贏，臉被抓傷，一瘸一拐地回來，看見家裡人便哭。我剛分完錢，開門撞個正著，看著難受。

「我不是為了嫂子，是不希望哥哥們活得太窩囊。他們挺好的，待我也真，之前爹要修理我，都搶著來護我，要是不虧到咱們，還能帶帶兄弟，豈不兩全？什麼也不做，過兩年兄弟差得太多，不好見面；再說，假如他們全無本事，家族裡有一丁點麻煩，都會找上咱們，也不省心。」

程家興說得差不多，轉頭去看何嬌杏，想知道她的想法。

何嬌杏伴著蟲鳴鳥叫，沈思一會兒，笑著說：「我懂你的意思，一花獨放不是春，萬紫千紅春滿園，兄弟間差太多確實不妥。哥哥們待你好，你牽掛他們跟姪子並沒有錯，以後嫁給你，我心裡也有一處裝著我爹娘和兄弟，萬一他們遇上困難，豈能袖手旁觀？

「提攜兄弟可以，但不能太虧著咱們。還有，你得跟我一條心，把咱倆的事放在最前面，都安排妥當了，還有餘力，再想別的，這樣成嗎？」

程家興說，他原就是這麼打算的。

何嬌杏往他那邊靠了靠。「其實我沒作過發財夢，總想著好吃好喝，把日子過舒坦就成，現在咱倆訂了親，往後要過一輩子，總不能讓你事事遷就我。我盼著，咱們別吵紅了臉，哪怕想得不同，都能好生商量，互相體諒，要做買賣，我願意跟你做，但既然不是那麼窮了，往後盡力而為，別為了掙錢過分勞累，你說呢？」

程家興本就生著懶骨，又很吃何嬌杏撒嬌這套，自是答應。

說到後來，兩人又是濃情密意，看不出剛才還吵過嘴呢！何嬌杏把心裡話說了，問他餓不餓，渴不渴，要不要吃點什麼？

「今天我來是送銀子和香包的，順帶把我家的事告訴妳，這就回去了。妳別勞累，把香包掛好，還有藥膏，記得抹上。」

程家興說罷，站起身，將放在一旁的竹簍掛上肩頭，衝何嬌杏笑了笑，便轉身走了。

何嬌杏抱著東西，看他走遠了，瞧不見人才回去。

何嬌杏一回屋，先把銀子收好，才攤開放在床上的布包，裡面有個秀氣的小瓷盒，應該是程家興說的藥膏，還有好多個驅蚊香包。到底是藥鋪做來賣錢的東西，味道不難聞，便拿出來掛上。

何嬌杏想了想，拎著香包進爹娘跟東子屋裡，各放了一個，又拿去嫂子那邊，就去忙其他活兒了。

第二十一章

另一邊，程家興跟個傻子似的，回去的路上摸了好幾回臉，還嘿嘿地笑。

回到家，他剛把簍子卸下給黃氏，想進屋，就被她一把拽住胳膊。

「你等等，簍子裡是什麼？」

「驅蚊香包啊，我出去兌錢順便買的。」

「我是問，你買來幹什麼？蚊子年年都有，熏一熏不就得了。」

「買都買了，您還跟我計較什麼？就用吧！」

黃氏一臉了然。「是不是你媳婦被蚊子咬了？還有，你剛才在幹什麼，一邊走，還一邊嘿嘿笑，活像個傻子。」

「我高興，笑兩聲不行？」

「那你高興起來真挺嚇人的。」

母子倆你一句、我一句地拌著嘴，這時周氏端著綠豆湯，從廚房出來了。

「老三，你頂著大太陽出去半天，可熱得厲害？來喝碗綠豆湯，我一早煮好放涼的，正爽口。」

兩個嫂子的孝敬是給爹娘的，不會特地為他準備，頂多順嘴兒喊一聲。

程家興識趣，看人家煮得不多，不會伸手。今兒卻不尋常，哪怕綠豆湯不值什麼，周氏做出來放涼了，還特地端來請他吃，看這架勢，昨晚哥哥、嫂嫂應該是關上門說過話了，想想也是，做生意是大事情，得跟媳婦商量。

周氏都把碗遞到跟前了，且這會兒是真的熱，程家興便接過碗，說聲多謝二嫂。

周氏緊張得手心都冒汗了，藏在背後擦了擦，這才把準備好的話說出來。「一碗綠豆湯值什麼？老三才難得，眼看要發達了，還想著你哥。那件事，家貴跟我提了，我怪不好意思，往後就麻煩你提攜，掙錢的事，我幫不上，其他活兒還是能幫幫你的。」

程家興悶頭喝綠豆湯，喝完擦了擦嘴，放下碗，衝周氏點個頭。

這番動靜，把黃氏搞懵了，眨了眨眼，想問是在打什麼啞謎？

這時，人在屋裡做事的劉棗花殺出來，擠到周氏跟前。「對對對，有什麼要幫忙的，老三就說，我還想問問，那個買賣，大概什麼時候做？又要準備點什麼？」

黃氏跟見了鬼似地看著她，跟劉棗花的熱絡比起來，周氏送碗綠豆湯都不算什麼了。

程家興見狀，摟著黃氏的肩膀，說待會兒再跟她解釋，回頭對劉棗花道：「總要等我成親後、蓋起新房再說，最早冬月，年前廟會多，加上有錢、沒錢都要好生過年，正好做買賣。現在，妳多做吃食補補大哥的身體，別等到掙錢的時候，身子骨兒不行，白花花的銀子落不到荷包裡。」

劉棗花笑得尷尬。「之前是怕大手大腳地花，三、五年攢不夠錢蓋新房，分了家還跟爹娘住著，我們也沒臉啊！尤其家富還是做大哥的，現在老三指了路，不用再那麼儉省。」

還真是只要能看見好處，誰都能學會跟人低頭，這態度不是挺好？

程家興沒多跟她們糾纏，回了屋裡。黃氏瞅瞅暗自較勁的兩個媳婦，也跟著走進去。

黃氏帶上門，站在床沿問已經躺平的三兒子。「怎麼回事啊？她倆像兩條黃狗搶著跟你搖尾巴呢！」

程家興閉著眼，一聽這話便睜開眼，深深地看著黃氏。「娘啊，那可是您的媳婦。」

「大概就是那意思，你聽懂便成，快跟我說說，你怎麼讓她們轉性的？她倆說的提攜，又是怎麼回事？」

程家興把他的想法和打算告訴老娘。「還不是看日子過得不安生，兩個哥哥苦，我抽空琢磨，看能不能幫一把。」

聽他說完，黃氏想了很久，先是問他自己不會虧吧！知道他有成算，既能幫哥哥們，以後哪個婆娘再作怪還能嚇唬她，不安生便停她買賣。

但是，程家興又道：「也有麻煩。」

黃氏才剛高興完，又讓他說得緊張了。「什麼麻煩？」

「娘也知道，獨門手藝不可能隨便傳給別人，以後哪怕前面準備和後面收拾的事，我能安排，掌勺總要我媳婦親自來。您想想，各家女人每天要幹多少活，我媳婦要圍著灶臺打轉，家裡很多事顧不上。」

「我以為是什麼麻煩，剛剛你嫂子也說要幫忙，不然還有娘在，幾件衣裳一道搓了，還用她下河？往常你的房間不是我收拾，衣裳不是我洗，你有洗過一回嗎？」

程家興這才點頭，嘿嘿笑了。

不說腦袋靈光些的周氏，只說劉棗花，聽程家富說了程家興的想法後，一琢磨，真有些搞頭。揹著做好的吃食去趕集市、趕廟會，還要叫賣，是不輕鬆，但鄉下人哪個是生來享福的？只要能掙錢，其他問題都不是問題。

「到時候我跟你一起去嗎？」

「妳一個婦道人家，跟去幹什麼？家裡做飯、洗衣不是活？做完自家的，去幫幫三弟妹，手藝是她帶來的，肯給我們沾光，不謝謝人家？不記恩德，好事不會長。」

當天晚上，劉棗花一直在想，翻來覆去，要她是何嬌杏，進門時已經分了家，兄弟各過各，她才不會管別人死活。

想到這裡，大熱天的，她卻打了個冷顫，心道自家男人平常不開竅，今天倒把話說到點上了，往後是該低頭，好生捧著老三兩口子。程家興對她印象差，不指望幾下便拉得回來，準備在何嬌杏身上下點苦功，等她過門，跟她搞好關係，殷勤一點，趕在周氏前面，這樣有好事的話，能最先輪到他們，把老二家擠到旁邊。

躺在旁邊的程家富睡著了，劉棗花興奮起來，毫無睡意，比程家興還著急，恨不得新媳婦明天就進門。

耳邊蚊子嗡嗡叫，她抬手揮了揮，又小聲數起日子來。

因為睡前喝了一大碗涼水，半夜程家富被尿憋醒，正要下床，聽見旁邊的劉棗花唸唸有詞，遂抬起手肘撞她一下，問：「妳說夢話啊？」

「誰說夢話了？我想事情。」

「都什麼時候了，妳還不睡，想什麼啊？」

程家富下床拿夜壺，劉棗花跟著坐起來，道：「你記不記得，娘說什麼時候要給老三辦喜事？」

「妳大半夜瞪著眼琢磨這個？」

「你知道就跟我說。」

「上次娘看了兩個好日子，到底挑哪個，還沒定下。我記得有個日子在八月上旬，還有個在九月。」程家富解手完，坐回床上，問劉棗花還有什麼事，沒事就要睡了。

劉棗花想著他明天還要幹活，由他睡去，自己還在盤算，想勸黃氏，在八月把喜事辦了，程家興早些找人蓋新房，蓋好房子，便能開始做買賣。蓋房子忙，正是獻殷勤的好時候。

分家之前，劉棗花總覺得是一家人，她提點要求沒什麼錯，現在想通了，程家興跟他們不是一家了，要讓別人幫自家，是該討好著點。

於是，就有了次日這齣「黃狗搖尾巴」。

等黃氏從程家興的房間出來，劉棗花便問她。「八月不是要辦喜事？咱們是不是把屋子收拾收拾，準備起來？老三不是很稀罕人家嗎，怎麼不著急？」

「是啊，他都不急，妳急什麼急？」

「我想著，老三早點娶媳婦，早點蓋房子搬進去，就能早點把買賣張羅起來，他掙這麼多錢，不得蓋間寬敞氣派的青磚瓦房，不是要花更多工夫來蓋？老三也說過年那陣子最好做生意，可不能錯過了。」

黃氏看著她，拉過一條長凳坐下。「買賣的事，讓家富跟家興商量，我管不著，我只說妳，吃了不少教訓，該知道學乖，想掙錢便不許生事。往後何氏進門，不准擺譜兒，何家姑娘好不好說話，我不知道，老三的德行妳清楚，別招惹他。」

「這些話，家富跟我說過了，娘放心，這回我想得透澈，包准跟三弟妹好好相處。」

「但願吧！妳別在這兒磨嘴皮，該做什麼就做什麼去，把妳男人和兒子這段時日掉的肉補起來，再說其他。當娘的得為兒子著想，別叫鐵牛天天出門被人指著鼻子笑話。」

劉棗花曾被所有人認為是家裡的禍頭，如今想通了，家裡自然太平許多，可要說一點暗流也沒有，也是扯淡。

分家後，劉棗花跟周氏結下梁子，心裡不滿對方，只是不明說而已。之後半個月，周氏逮著機會就要誇一誇跟她沒交情的何嬌杏，但她說話一貫中聽，找的機會好，誇得也很自然，倒不奇怪。

有時程家興聽到，跟著點頭，一副「沒錯我媳婦就是這麼出色」的模樣，看得劉棗花好生氣，跟著附和，落了下乘，想實際做點事，偏偏人在河對面的魚泉村，隔得遠呢！

夜裡，劉棗花關上門跟程家富嘀咕，說周氏果然奸詐，現在就在拍馬屁了。

託程家興的福，近來程家富的日子好過很多，媳婦不多省錢，說話也好聽些，但並不意味著劉棗花不嘮叨了，只是換個方式，不知道又是哪根筋不對，一門心思跟周氏較起勁來，擺出一副爭寵的架勢，爭的還是沒進門的何嬌杏的寵。

程家富總覺得怪怪的，越想越怪。兩個婆娘活像外面大戶人家的妾，變著法子討家中老爺歡心。

這麼想著，程家富的雞皮疙瘩都起來了。

忽然間，劉棗花一拍大腿。

「我才不跟姓周的攪和，跟她攪和，哪回得過便宜？這回一定不讓她衝到前面。三弟妹不在，這麼吹著有個屁用？等她進門，才是我表現的時候。老三就是個怕婆娘的，整個人都讓他媳婦捏著，我和他媳婦好，他還能跟我計較？」

於是，劉棗花任憑周氏吹過了整個夏天。割稻前兩日，程家旺跟師傅袁木匠告假，匆匆趕回家幫忙，本以為這次回來，氣氛不會好，他心裡有數，沒想到家中竟然還挺和樂。不說哥哥，兩個嫂子看著也是笑容滿面，對當初把話說絕的程家興還不錯，看見他也笑咪咪地招呼。

程家旺嚇得不輕，轉悠一圈找到程家興，問這是怎麼回事，一段時日沒回來，怎麼人人都不對勁了？

「故事太長，你別讓我再說一回，問爹娘跟哥哥去。」

「都說三哥變了，你變什麼啊？不還是跟往常一樣懶嗎？」

程家興聽了，抬腳要踹他屁股，程家旺先一步溜了，去尋程家富。

這下找對人了，程家富說得明明白白，不光把事情說清楚，還費了許多口水告訴程家旺，程家興跟他媳婦有多好，等他把心裡的感動表達完，想起一件事，囑咐程家旺。

「之後可能要去你那裡訂幾樣木器，幫三弟做好一點。」

回來這天，程家旺只是經由大哥的表述，知道眼下是什麼情況，後來那幾日，他才親眼見識到兩個嫂子的能耐，搞得他等不及想看三嫂進門，好瞧瞧大嫂和二嫂還能搞出什麼花樣。

搶收完田裡的水稻，又收拾了旱地裡的作物，眼看糧食曬乾入倉，農戶們心裡繃緊的弦鬆了些，程家旺又回去袁木匠那裡，程家也開始為程家興的喜事忙起來。

他們盤算好，要大辦一場，請幾個會燒大菜的嫂子來掌勺，把喜事當天的活兒安排好了，才說到過禮的事。程家興說要提前一天去魚泉村過禮，這樣何家便能把嫁妝抬過來，主要是何三太爺請人打的家什還有衣裳這些物品；又因為何嬌杏愛做吃的，唐氏特地找人做了套炊具給她，到時候都要擺出來給親戚看。

至於程家興的房間，只比狗窩好一點，眼看要辦喜事了，黃氏下了大力氣收拾出來；廚房跟堂屋，則由劉棗花跟周氏清掃完，瞧著敞亮不少。

程家富跟程家貴去鎮上買紅燭、紅燈籠、喜字窗花等物品，這個夏天受他許多恩惠的蠻子跟朱小順，也帶著人在程家忙前忙後。

買賣已經停了，他們之前掙了不少，藉著辦喜事給程家興送厚禮，張嘴也是千恩萬謝，都說先幫程家興把喜事辦好，回頭也準備娶媳婦。

原先混著日子，沒人肯嫁他們，如今手裡有錢，看在銀子分上，總有姑娘願意點頭。

就這樣，八方合力下，程家興順順利利地過了禮，何家送來一副體面嫁妝，在鄉下難得一見。起初，程家興還怕嫂子們介懷，真到這時，兩人眼裡壓根兒沒有嫁妝，劉棗花的心都要跳出來了，比新郎官還緊張，等不及接新娘子過河。

這年代，各家生得多，每年農閒時，村裡便趕著辦喜事。可別人家頂多在院裡擺幾桌席，和三親六戚熱鬧一番，很少講究聘禮跟嫁妝，男方下定時，提上雞啊、肉啊、茶餅的，女方就帶幾身衣裳出門。

像程家這樣，成親當天，又紮紅花、又掛燈籠、又貼喜字窗花，還特地買紅燭放在喜房裡的，在大榕樹村少之又少。

隔天請客，他們借了八張大方桌，擺滿了院子，堂屋裡再開兩桌。菜色都是油水很足的肉菜，天上飛的雖然沒有，但地上走的、水裡游的全齊了，有紅棗燉雞、酸蘿蔔燒鴨、馬鈴薯燒肉、辣子兔、紅燒魚、扣肉、八寶飯，看得多少人忍不住直吞口水，有些小崽子吃多了花生跟瓜子，這會兒摸著肚皮，後悔起來。

有人埋頭吃，也有人邊吃邊在心裡算帳，還跟旁邊的人咬耳朵，不知道這麼辦一場，要用去多少銀錢？

「下定和過禮不算，光說辦喜事，前後加起來，得要十兩、二十兩吧？這不是三、五兩就辦得起來的場面？」

「花這麼多錢娶個媳婦，也不心疼。」

「真不是娶媳婦，是迎財神。你看看程家人多高興，人家不心疼，用得著你替他們疼？這三個月，程家興掙得少了？我是不知道他們怎麼分帳，只曉得連朱小順都發了財，朱奶奶也去找費婆子，讓費婆子比照何嬌杏，替她孫子說個好的。」

「黃氏逢人就說費婆子會作媒，幫她拉來不少人。」

人聲嘈雜中，這場喜宴辦得熱鬧至極，就等傍晚接新娘子過來了。

傍晚，程家興接何嬌杏進門，拜過堂，在幾個兄弟的哄笑聲裡，入了喜房。

「媳婦，妳坐下歇會兒，我還得出去一趟。」

「那你少喝酒，別被灌得醉醺醺回來。」

程家興嘿嘿笑。「今晚要洞房，能讓他們灌醉了？我出去請娘給妳送點吃的。」

何嬌杏說她還不餓。

「那拿幾塊喜餅過來，什麼時候餓了都能吃，還要什麼嗎？想不想喝水？」

何嬌杏伸手推他。「你別管我，出去吧，他們在喊了。」

堂兄弟們嚷著，讓程家興別急著親熱，這還早呢，先吃酒啊！

程家興前腳出去，何嬌杏正打量房間，便聽見有人在門邊喊她。

「三弟妹，我是大嫂，給妳端吃的來。」

何嬌杏走過去拉開門，看見手裡拿著筷子、捧著雞湯，笑得一臉淳樸的劉棗花。

湯都端來了，沒有推出去的道理，何嬌杏接過，道聲謝，正想讓她有事就去忙，卻聽劉棗花說：「老三跟他們吃酒去了，一時半刻回不來，我陪妳說說話？」

「我倒是想，怕耽誤大嫂，家裡不是很多客人？」

「三姑六婆哪有妳要緊？給二弟妹招呼就行了。妳跟老三是開春訂親的，但咱們家的事，又有哪些親戚，他沒跟妳細說吧？妳吃著，我說給妳聽。」

劉棗花成功地擠進屋裡，回身把門閂上了。

何嬌杏端著湯碗坐在床沿，吹開浮油慢慢喝著。

劉棗花沒跟著擠過去，從角落裡拉出凳子，坐在旁邊，跟何嬌杏有一搭、沒一搭地說起話來。

第二十二章

這時，周氏跟過來吃喜酒的娘家人說完話，也進廚房舀湯。

在灶上幫忙的堂嫂看見，笑了聲。「妳也來舀湯啊？」

周氏點點頭。「我想著，三弟妹大老遠從魚泉村來，恐怕餓了，想端一碗給她。」

堂嫂一聽，更樂了。「我說妳跟棗花不愧是妯娌，剛才她也來舀了一碗，還帶著雞腿，已經端去了。」

周氏聽了，臉上的笑容漸漸消失，問她什麼時候端去的？

「有一會兒了。」

既然劉棗花已經送了雞湯，肯定不能再端一碗去，周氏低頭看著手裡那小半碗湯，只得咕嚕兩口自己喝下。喝完擦了擦嘴出去，又招呼了幾個客人，才找到婆婆黃氏，小聲地道：「娘看見大嫂沒有？」

黃氏回她。「老三大喜的日子，我幹麼盯著那個倒楣婆娘？」

周氏說：「女客太多，招呼不過來呢！」

黃氏擺手，說不用招呼，只要有得吃，沒人會說什麼，誰不知道辦喜事忙呢！

「劉棗花那張嘴，說話直來直去，讓她招呼人，不如請人家多吃幾口。妳也是，這會兒有老三頂著，歇會兒，吃點東西。」

「娘吃了嗎?要不您先吃去，我還行，不是很餓。」

黃氏搖頭，又樂呵呵地忙去了。

周氏跟婆婆說話時，劉棗花已經跟何嬌杏聊了好一會兒，主要是何嬌杏聽，她在說。這場喜事就是最好的話頭，劉棗花把前後的準備，包括今兒的排場吹了一遍，吹得何嬌杏都恍惚了，咬著雞腿陷入沈思。

程家這個大嫂，跟外面傳的不一樣啊！不是說她小心眼兼小器、說話刻薄難相處嗎？不光鬧得夫家分了，還讓娘家虧錢，又把自家男人餓暈在田裡，外人的評價，怎麼跟端雞湯來的人對不上呢？雖是話多了點，但聽她說著，挺能打發工夫。

雞腿吃了，湯喝完了，程家興招呼完客人回喜房，劉棗花便笑咪咪地拿起裝雞骨頭的空碗出去。

程家興納悶。「她怎麼在這裡？」

「什麼她啊她，那不是你大嫂？人家送雞湯來，又陪我說了好一會兒話，挺好的。」本來想著晚上要洞房，程家興沒吃幾口酒，聽到這話，頓時覺得醉了。

何嬌杏拍了拍他。「我倒想問你，那是你親大嫂嗎？不是堂嫂？」

「是大嫂啊，我大哥程家富的媳婦。」

何嬌杏又問：「你大哥只有這個媳婦？」

程家興懵了，茫然地反問她。「我大哥還能娶兩房媳婦？」

「我還在想，中間是不是換過人，大嫂跟外面傳得一點都不像。還在娘家時，我聽許多人說過，你家最難相處的人是大嫂，讓我少跟她爭長短，處不來就趕快蓋新房搬出去。

「剛才我跟大嫂說了會兒話，覺得她熱心，說我是新媳婦，有什麼不明白的，只管問她；還問我以前有沒有來過大榕樹村，有空帶我出去走走，認路、認人。」

聽她說完，程家興想了想，劉棗花興許是來獻殷勤的吧！他料到會這樣，卻沒想到她如此積極。

「妳別理她，過幾天我帶妳出門逛逛。」

看程家興的表情，何嬌杏笑了聲，隨即抬起手來在鼻端搧了搧。

程家興拉起衣襟嗅了嗅，問她是不是被酒味熏著。「剛才我還特地躲著，沒喝幾口。」

何嬌杏勾勾手指，讓程家興靠近，在他附耳過來之後，小聲說：「不是酒味，是酸的，不知道誰家的醋潑出來了。」

話沒說完，人就被按在床上，程家興低頭堵住了她的嘴。

洞房花燭呢，廢話那麼多！

訂親後，程家興日也盼，夜也盼，總算盼到媳婦進門。憋到快二十歲才開葷的人，這晚沒忍住，鬧了個瘋。

次日清晨，何嬌杏聽到屋外有人說話，想翻個身，感覺身子一陣痠，本來還有點迷糊，這下完全清醒了。

昨天，她嫁人了。

還有幾天就是中秋節，白天不再炎熱，清晨微涼。他倆蓋著薄被睡的，被子下是程家興壓在她身上的腿和橫過腰間的胳膊，還有顆腦袋緊挨在旁邊，呼出的氣息噴在她臉頰上。

昨晚洞房不說，睡成這姿勢，難怪身上痠。

何嬌杏略略抬頭，往木窗望去，窗戶是關起來的，卻有些微光從縫隙裡透進來。天應該還沒大亮，可該起床了。

何嬌杏去推程家興，但沒有反應。做兒子的賴床就算了，媳婦總不能跟他睡到太陽曬屁股，何嬌杏把程家興橫過來的手臂拿開，正要起身，又被拉回去。

程家興醒了，瞇眼看了看窗縫，又抱住何嬌杏蹭了蹭，帶著濃重睏意說：「再睡會兒，昨晚我太辛苦了。」

這句話讓何嬌杏睜眼盯著頭頂的房梁看了半天，終於沒忍住，去捏某人腰間的軟肉。

程家興把人抱得更死，讓她別鬧。

「你才別鬧，讓我起來，給娘留個好印象。」

兩人鬧著，結果何嬌杏又讓程家興拖著睡了一覺，再睜眼，天色已經大亮。

這時，程家人都吃過早飯了，程家富跟程家貴讓黃氏派去還碗筷，借來的桌子和板凳，昨晚便讓人抬回去。碗筷太多，一時間沒洗好，晨起又忙活一番，剛剛才刷乾淨，裝進桶子裡，抬去送還給親戚。

程來喜出門跟老兄弟說話，和師傅告假回來的程家旺從老娘手裡拿過大掃把，開始打掃院子。

黃氏被兒子搶了活，端著水站在屋簷下喝，嘀咕道：「也到老三起床的時候了。」

劉棗花餵了雞，回身聽到這話，心念一轉，進了廚房，邊燒水、邊熱雞湯。她剛把火生好，就聽見周氏在跟黃氏說，是不是要先熱飯菜。

「我想著，昨晚三弟妹沒吃好，又睡了一夜，應該很餓了。」

黃氏才要點頭，劉棗花便從廚房裡探出頭。「二弟妹歇著吧，我燒了水，也正熱著雞湯呢，給老三他們下兩大碗香噴噴的雞湯麵。」

她說完，又回去灶臺忙，還哼著曲兒，瞧著滿身精神，整個人容光煥發，活像隻鬥勝的雞。

黃氏看得唏噓，回頭對周氏說：「妳忙完了，就回屋歇會兒吧，昨天招待那麼多客人，也累了。」

打發周氏後，黃氏接著琢磨，劉棗花又在發什麼瘋？這一個多月，她都奇奇怪怪的，尤其最近兩天，行事怪異得很。

更奇怪的，還在後面。

不久，程家興的房間裡傳來聲響，黃氏邁過門檻，進了屋裡。

「起來了啊？你媳婦呢，還在歇息？是你昨晚把人累著了？」

程家興打著哈欠出來。「杏兒在梳頭，我打水給她洗把臉。早上吃什麼？」

「你大嫂熱了雞湯，說要給你倆煮麵。」

聽到「大嫂」兩字，程家興一愣，到廚房門口看，還真是她。

劉棗花看見程家興，頓時笑開了臉，張嘴就問：「弟妹呢？等她起來，我就下麵條，水燒開了，只等下鍋。」

「大嫂，妳這……」

「這什麼這？這是第二鍋水了，剛才那鍋已經舀出來，你拿涼水兌，不燙手了再端去給弟妹，讓她洗臉，現在入秋，清早怪冷的。」

程家興深深瞅了劉棗花一眼，把洗臉水端走了。

他端著盆子，經過黃氏旁邊時，停下來問了一句。「她怎麼回事？」

「我哪知道，八成是瘋了吧！你管她那麼多，趕緊端水進去，讓你媳婦收拾好，出來吃早飯。」

程家興端洗臉水進去時，何嬌杏才把辮子編好，想著已經嫁人，不好再梳姑娘頭，遂將辮子團在腦後，結成髮髻，又對著鏡子照了照。

程家興進來瞧見，道：「別照了，妳挺美的，來洗臉吧！」

何嬌杏拉開凳子迎上前，接過程家興端著的木盆，放到鏡檯上，將搭在一旁的洗臉巾放進盆裡，挽起袖子，伸手去探。

「還是熱水？」

「是啊，我出去時，大嫂已經把水燒好了，正在給我倆煮麵條。」

何嬌杏洗了臉，擰了巾子擦乾。「咱們果然是最後起來的，你還跟我說，你家的人都挺能睡，真是沒句實話！」

程家興在心裡哼哼，嘴上卻道：「不是看妳太辛苦，想讓妳好生歇歇？」

何嬌杏瞪了他一眼。「我看是你自己想好生歇歇。」說完，想著是不是幫他換盆水梳洗。

程家興也不計較，就著水擦了一把臉，再把髒水端出去，潑在屋簷下的水溝裡了。

這時，劉棗花端著兩碗麵條從廚房出來，邊走邊喊。「三弟妹，妳收拾好沒有？出來吃麵了。」

何嬌杏把鏡檯上的水跡擦掉，收拾好床鋪，帶上門出來就看見笑容滿面的劉棗花。

「我拿昨天燉的雞湯給你們做了雞湯麵，妳嚐嚐滋味怎麼樣。」

劉棗花一邊說、一邊拉著何嬌杏到方桌前坐下。

何嬌杏一看，面前是用大碗公裝的雞湯麵，麵條雖不像後世那麼雪白，但配著黃澄澄的雞湯，也很有賣相。劉棗花還跑去自家菜園摘了把蔥，洗乾淨切得細細碎碎，灑上一小把蔥花，更是勾人食慾。

何嬌杏拿筷子拌麵條，轉頭去找程家興，喊他來吃。

程家興去刷盆子了，洗完手，甩著水過來坐下。

「妳等我幹什麼？趁熱吃啊！」他說著，往嘴裡塞了一大口麵條。

看他吃起來，何嬌杏才動筷子，嚐了一口，轉頭對劉棗花笑了笑，說很好吃。

程家興點點頭。「是好吃，雞湯好吃。」

何嬌杏假裝沒聽到，繼續道：「昨天的雞湯，今天的熱水跟麵條，都麻煩大嫂了，真是不好意思。」

程家興沒得到回應，不高興了，戳著碗裡的麵條，衝劉棗花說：「大嫂，我也謝謝妳，妳燒的熱水特別熱，雞湯麵也特別好吃，要不，妳去旁邊歇會兒吧，有話吃完再說。」

本來兩碗麵是放在方桌兩邊，程家興把自己的麵往何嬌杏那邊端，又挪著臀過去挨著她坐，要跟她親親熱熱地擠在一塊兒吃。

劉棗花獻完一波殷勤，便識趣出去了。程家旺跟老娘黃氏抓著門框，瞅著並排坐在一起吃麵條的人。

感情是好啊，瞧這黏糊勁。

等兩人吃得差不多，黃氏才走進去。

「婚事辦了，老三得去趟費婆子家謝媒，也帶你媳婦到大伯家走走，昨兒攔著沒讓大夥鬧洞房，你總得帶媳婦去認認人。」

程家興問她要帶什麼謝媒禮，一起準備過去。何嬌杏的吃相秀氣些，等她喝完最後一口湯，正想把兩個碗收去洗，又讓進來的劉棗花搶了先。

劉棗花看她一放筷子，就拿起碗，笑咪咪地道：「三弟妹吃飽了，到院子裡晃晃，我洗完碗，再陪妳說話。謝媒的事，讓老三自己去，費婆子家可不近，昨晚你倆剛洞房，走那麼遠，多累人呢！」

以前家裡總說劉棗花直來直去，說話氣人，可這套用在獻殷勤時，卻非常管用，周氏還在想著怎麼開口，她已經衝到正主跟前了。

從昨天到今天，周氏總晚了一步，看劉棗花洗碗去了，才走到何嬌杏跟前說話。

「我是家貴的媳婦，三弟妹剛嫁過來，有什麼不懂的，就來問我。」

何嬌杏也回了她笑臉，喊了聲二嫂。

周氏說：「老三總說成了親，就要請人來蓋新房，還說要蓋青磚瓦房給妳住，連地都買了，在旁邊……」

話還沒說完呢，劉棗花便打斷她，從廚房探出頭道：「老三買的地，妳讓他自己帶弟妹去看，說那麼多幹什麼？妳要沒事，就去割豬草，餵了豬，就去妳地裡轉轉。」

「我跟弟妹隨便聊聊而已。」

「倒真是挺隨便的。」劉棗花嘴裡咕噥著，手上加快，兩、三下把碗洗好，瀝乾水收起來，又把筷子插回竹筒，擦乾淨灶臺，回身把抹布一搓，完事。

洗完了，她用身前圍裙擦擦手，又笑咪咪地找何嬌杏說話去了。

昨兒菜準備得充足，吃了兩頓還有剩，今天不需要再下廚了。

但劉棗花琢磨了一個夏天，能沒想出點獻殷勤的招數？

「平時幾天不沾油水就饞，真弄了一桌肉菜，又吃不下，我看灶上剩的全是肉，待會兒下地拔兩棵青菜回來煮，別膩著妳。」

何嬌杏總感覺劉棗花對她太好了，比娘家雙親還周到，這怎麼回事？

她心裡打著轉，嘴上趕緊回話，滿是感動地說：「剛嫁過來，我還有些不踏實，怕自己跟婆家人相處不好，看兩個嫂子都這麼好，就安心了。」

從進門到現在，還沒一天，何嬌杏的確感覺到春風拂面般的溫暖，離開娘家出來生活的惆悵，都讓它吹散了，一感動起來，也多說了幾句。

黃氏替程家興包好要送的謝媒禮，目送他去了費婆子家，回身就撞見各自感動的三個媳婦，頓時無言。

老三媳婦是銀子成精的吧？不然怎麼能人見人愛呢？

劉棗花跟周氏不知多久沒好好說過話，這會兒看著竟然還不錯，不像平時妳當我不存在，我看妳不順眼的。

黃氏心裡有點納悶，卻是實打實地高興，便湊過去，讓何嬌杏先適應嫁過來的日子，再跟老三商量，看看蓋個什麼樣的房子，蓋幾間，商量出子丑寅卯，再去找木匠和泥瓦匠。動工時，可以找本家親戚，一來反正要請人，這錢不如給自己人掙，二來程家男人老實勤快，用著放心。

何嬌杏耐著性子聽黃氏說，聽完點點頭。「我再跟家興哥商量，剛才不是準備謝媒禮去了，人呢？」

「我讓他拿紅布包了一串錢，去了費婆子家，做媒婆的不稀罕雞鴨魚肉，不如給錢實在。費婆子也是時運來了，說成妳跟老三這門親事後，附近幾個村的大娘看在眼裡，都覺得她眼力好，這兩個月找她說媒的越來越多了。」

幾個女人說著話，跑出去瘋玩一圈的鐵牛也回來了，抱著黃氏撒嬌，問她能不能給一把花生吃。

為了辦喜事，家裡準備了很多吃的，黃氏不會小器，回屋幫他拿去了。

鐵牛還想跟著她跑，卻被劉棗花逮住。「看看這是誰，你喊人了嗎？」

鐵牛順著他娘指的方向轉頭看去，沒認出來。

「昨天沒看到啊？」
「看到什麼？」
「你三叔訂親的時候，你沒見過？再想想。」
鐵牛一臉茫然，不知道該想什麼。
「昨天家裡不是添了個人，是誰？」
哦！重新養回肉肉的小胖子眼睛一亮。「是三叔的媳婦！我三嬸嬸！」
他說著，直接往何嬌杏身上撲，仰頭說：「三嬸，我真喜歡妳，還喜歡妳做的東西，比我娘做的好吃多了。」
何嬌杏笑起來，也進自己房裡，要找好吃的給他。
等人都走了，劉棗花氣得打鐵牛屁股，但是沒下狠手。
鐵牛假哭兩聲，問她為什麼打他。
「沒聽過兒不嫌母醜，狗不嫌家貧？」
鐵牛一聽，更委屈了。「我沒嫌過啊！反正醜不醜，您都是我爹的媳婦。」
這話一出，他的屁股又挨了一下。
「跟你娘裝傻？」
鐵牛不依了，跑到旁邊角落蹲著，小聲地說：「奶奶說了，我爹是憨人，妳也笨，我是你倆生出來的，能不傻嗎？」

劉棗花豎起耳朵，沒聽清他說什麼，道：「你大聲點！」

「我沒說話。娘沒事，我出去了。」先開溜再說。

前段時日，臭小子一副可憐樣，最近才活潑起來，跟堂兄弟們一起玩。

看兒子又往外跑，劉棗花趕緊追出去喊。「吃飯之前回來啊，不許去井邊跟河邊！」

鐵牛回頭應下，咚咚咚地跑遠了。

第二十三章

兒子剛出去，男人便回來了。

劉棗花想起，程家富是清早出門還碗，這麼久沒回來，問他又上哪兒去了。

「我跟家貴把碗筷抬去大伯家，在那邊聊了一會兒，還去了趟地裡。妳呢？站在院子裡幹什麼？」

劉棗花沒解釋，說他不累就去挑水，這兩天用得多，水缸已經見底了。

程家富二話不說，又出了門，來來回回好幾趟，把家裡的水缸灌到半滿後，才歇口氣，打算再去挑兩桶。

周氏見狀，讓他別忙了，剩下的等程家貴從田裡回來，叫他去挑。

黃氏遞了碗水給程家富，看劉棗花已經去忙，不在跟前，便招招手讓他到旁邊來。

「娘有什麼事？」

「我沒事，有事的是你媳婦。」

程家富暗驚，水也喝不下了，問：「棗花又怎麼了？」

「從昨兒開始，她就恨不得黏在老三媳婦身上，想幹什麼呢？」

程家富還以為劉棗花看見何嬌杏，張嘴便談發財了，聽黃氏這麼說，才鬆口氣。

「上次我跟棗花說，讓她別像以前那樣，等三弟妹進了門，要好好相處，嫂子該有嫂子的樣子，興許是反省了吧！這不是挺好的？」

是挺好的，就是有點嚇人。想想她原先是什麼做派，猛然間有了大嫂模樣，待人溫柔親切，哪怕知道她大概是想著後面的買賣，在討好何嬌杏，看在眼裡，也毛毛的。

尤其，劉棗花做戲並不做全套。比如周氏心裡有小算盤這事，許多人知道，可她會做面子，在誰跟前都不穿幫；劉棗花現實多了，覺得何嬌杏是她的財神爺，便恨不得把人供起來，早晚三炷香，但轉身面對別人，還是老樣子。

黃氏想著，昨兒程家富吃酒吃得高興，今天又大清早出門，沒緣看見他媳婦在何嬌杏跟前的樣子，恐怕是體會不到，讓他自己看吧，看了就會明白。

中午吃飯時，程家富便明白了。

分家後，程家人有段時日沒圍坐在一起，這頓飯是真難得；但人到齊了，就顯得桌子小，坐不太下。

劉棗花幫鐵牛挾了菜，讓他到旁邊吃，把程家富旁邊的位置讓給程家旺，然後在何嬌杏隔壁加了張凳子，坐過去把菜色介紹一遍，告訴她哪道菜燒得好，多吃點。

早上說要準備青菜，她是炒了，卻直接擺在何嬌杏面前。

這頓飯吃下來，程家富頻頻轉頭看劉棗花，心裡憋著話。

等大家吃完陸續下桌，程來喜把程家旺喊出去，大概是看其他三個兒子都成家了，打算把心思放在他身上。

程家富難得沒去找活幹，想等劉棗花得了空，跟她說兩句，卻看見她非要把何嬌杏按在桌邊坐著，搶著收拾碗筷，邊收拾還邊使喚周氏。

何嬌杏哪坐得住，便道：「大嫂，我也來幫忙，灶上活我常做，還算順手。」

劉棗花想了想，說：「那三弟妹燒水好了，這兩天油多，冷水洗碗洗不乾淨。」

從大清早到這會兒，何嬌杏只做了一件事，幫忙燒水，然後就被請出廚房。劉棗花說，吃飽出去走走挺好的，要不回屋歇著也行。

何嬌杏很迷茫，在娘家時，廚房是她管的，嫂子沒懷孕時，負責打掃屋子、種菜澆水，她娘則餵雞、餵豬，除此之外，各自的衣裳各自去洗，破了能自己補就自己補。做酸蘿蔔、豆腐乳這些，是何嬌杏帶著大家一起做的，缺柴少水，她會喊爹或大哥幫忙，但更多時候不會找人幫忙，自家男丁就三個，下地辛苦，反正她力氣大，便偷偷多做些。

她沒太大野心是真的，可讓她老老實實地當條鹹魚，又閒不住。

眼看大嫂和二嫂洗碗去了，何嬌杏在屋簷下琢磨半天，程家興回來交差，瞧見自家媳婦，喊了她一聲。「我看妳站了半天，在想什麼？」

在家門口不好說話，何嬌杏便拉著程家興往外走了。

入秋的太陽不燙人，這麼曬著，能把人的懶勁勾出來。

程家興跟在何嬌杏後面，邊走邊問：「幹麼去啊？」

何嬌杏拖著他走出一段路，才停下來，道：「你大嫂跟你說得差太多了。」

「是病得不輕，她應該是為了後面的買賣在討好妳。」

「那我總不能什麼也不幹啊！別的不說，我還是挺喜歡做飯。」

程家興半摟著她的肩，笑道：「這是因為辦喜酒張羅的菜還沒吃完，吃完之後，就要各自開伙，到時大嫂要搶著做飯，我還不答應，她有我媳婦做得好吃嗎？至於別的事，妳就由她去，善良一些，多體諒人家。」

何嬌杏用手肘頂他。「我想幫忙分擔一點，反倒不善良了？這是什麼歪理？」

程家興幫她揉揉胳膊。「妳想想，換成妳去獻殷勤，人家不接受，慌不慌啊？」

聽起來沒錯，可就是感覺怪怪的。

「不說這個，今兒二嫂跟娘都提到，你已經買好地，要準備請人蓋房子？」

程家興應是，牽著何嬌杏去看了。

程家興選的地方離老屋很近，想著以後方便照應爹娘，怕住遠了，有事喊著聽不見。

地在小山坡的背陰處，前面不遠處有片旱地，再往前就是程家的水田，旁邊是竹林。

「聽他們說，蓋房子最好依山傍水，後面矮是矮了點，也是山，前面還有水田，旁邊竹林能遮蔭，夏天不會很熱，冬天也不至於陰冷，看妳喜不喜歡。」

何嬌杏左右看看，又往遠方眺望，風景不錯，點了點頭。

「我瞧著可以，咱們銀子應該還夠，不如把旁邊這片小竹林跟旱地一起買下來，咱們不買，怕以後有人買那塊地，砍了竹林。至於旱地，可以拿來種菜，想吃什麼走兩步便能摘回來，離家又近，照看方便。」

「那便買下來，正好，這片地是朱家人的，我跟朱小順打聲招呼，請朱奶奶幫我說說。」

程家興又問何嬌杏，想要什麼樣的房子。

何嬌杏想要三合院，後面一排是堂屋跟臥房，左右相對的屋子，一邊做廚房跟飯廳、一邊當倉房，都要蓋得寬敞。

「那茅房挪到屋裡去嗎？要解手得走後門。」

「也只能這樣，總不能挨著倉房或廚房。」

「我讓人用青石板鋪院子，哪怕下雨了，腳上也不沾泥。」

何嬌杏點頭說好。「也要有石碾、石磨、大水缸那些，新家要過幾日才能蓋起來吧？」

程家興說趕明兒去找木匠、石匠和泥瓦匠，商量看看要多少人力，先把人找好，回頭挑個好日子開工。無論如何，最慢要在冬天時搬進去，吃食買賣最掙錢的時候就是臘月和正月，那筆錢不能不賺。

「是啊，全家上下都掙點錢，才好歡歡喜喜過個年。」

兩人商量完，說得差不多，才並肩往回走。

這時，程家富已經逮著機會，把劉棗花拉進屋裡去。

程家富仔細把門閂上，回身正要開口，劉棗花先說話了。「大白天的當賊呢？你閂什麼門啊？」

「我有話想跟妳說。」

「說啊，別耽誤我，我忙完還想跟三弟妹聊聊。」

「聊什麼啊？」

程家富剛問出口，劉棗花便看他。「怎麼地，我們閒話幾句，還要向你稟報？程家富，你管得也太寬了。」

「不是，我只是想提醒妳，三弟妹剛進門，別又跑去跟人家商量發財的事。」

劉棗花點點頭。「我知道了，你是怕我還沒把人巴結好便趕著伸手，把事情搞砸是吧？都說了，這回我想得透澈，還能再犯這樣的錯？什麼掙錢啊、發財的，我今天提過嗎？」

她這麼說，程家富才稍稍安心。

劉棗花準備開門出去，又被他拉回來。

「你還有什麼事？」

「妳也別熱絡過頭，家裡人都看出妳想巴結三弟妹了。」

「你是不是傻？我都巴結三弟妹了，難道要她看不出我在巴結她？我對她跟對別人相同，怎能表現出她的地位跟分量？你對財神跟瘟神，能一樣啊？」

程家富頓時語塞，說不出話了。

劉棗花的目的的確達到了，進門兩天，何嬌杏明明白白地察覺，也給了回應，那就好好相處唄。

何嬌杏不是十分熱情的人，除了對家人跟丈夫，很少跟其他人往來。從前要堂姊妹或嫂子來找，才一塊兒玩，不然就幹活，或做口吃的逗逗幾房姪子。

二嫂周氏臉皮薄些，也想對何嬌杏示好，但做不出太出格的事。

哪像劉棗花，直接表現出對銀子的喜愛、重視，以及對財神爺的尊重。

何嬌杏都是她的財神爺了，還能做涮鍋、洗碗、倒夜壺的活兒？

萬萬不能啊！

於是，劉棗花為了大房的未來，堅強扛起重擔，每天忙完早早睡，睡足了，才能精神抖擻地上戰場。何嬌杏進門後，劉棗花天天第一個起床，給男人和兒子做飯的同時，不忘替財神爺燒熱水。

但何嬌杏告訴劉棗花，她挺喜歡做飯的。劉棗花想了想，要是不喜歡，何嬌杏的手藝也不能那麼好，遂不去搶燒飯的活，等何嬌杏把菜炒出來準備吃飯，她就去涮鍋，大家吃完，把碗收到廚房，她已經兌上熱水準備洗了，讓何嬌杏出去走走消食；至於飯碗，反正都是洗，她便一起洗了。

像劉棗花這種人，何嬌杏聽過，卻是第一次碰上，起初有點招架不住，過兩天便習慣了，也有一套還人情的方法。

現在馬鈴薯多，她拿著小彎刀切轉下來，再削竹籤串上撥開，過油炸了，就是前世的旋風薯塔，灑上好幾種調味粉，往鐵牛手裡一塞。

胖孩子滿臉驚喜，看著剛出鍋的金燦燦薯塔，捨不得下口，又怕一隻手拿不穩，用兩手拿著，仰著臉對何嬌杏說：「三嬸，妳是天上的仙女吧！」

何嬌杏被他逗得發笑，笑夠了還問他，一個夠不夠。

鐵牛不貪心，點頭說夠了，又道了謝，就要往外跑，趁吃掉之前，拿給小夥伴瞅瞅，讓他們羨慕、羨慕。

鐵牛拿著薯塔，去了大伯公家，那邊的孩子瞧見他手裡那串薯塔，眼都看直了，滴著口水問是什麼，看著就很好吃，叫鐵牛給他們嚐一口。

鐵牛不貪心，想要什麼都會跟大人商量，不偷偷拿，可一旦給他了，就是他的，現在就小器起來了。

「是我三嬸給的，拿來給你們看看，你們都看過，我就要吃了。」

他當著大家的面，大口咬下去，邊咬邊說，這又脆又香，特別好吃。

大的孩子還好，有兩個小的才兩、三歲，看了哇的一聲便哭了。

做大人的聽見孩子在哭，趕緊從屋裡出來。「怎麼了？不是讓你們好好玩，不許打架嗎？哭什麼啊？」

這下不光是哭的，大大小小七、八個孩子全轉頭用渴望的眼神瞅著自家大人，伸手指向鐵牛，說是要他手上的吃食。

鐵牛被他們嚇著，見勢不對正要落跑，卻被逮住。

大人走上前，仔細瞅了瞅，又問鐵牛這是什麼。

「三嬸沒跟我說，讓我拿著吃。」

不管人家怎麼問，鐵牛光搖頭，只說不知道，大人們沒辦法，孩子的娘只得解下圍裙，帶孩子去程來喜家。

鐵牛也跟他們走，一邊走還一邊吃，味道可香了。

何嬌杏當然不會只炸一串，這會兒程家興正在跟程家旺說蓋房子的事，何嬌杏沒去煩他，順手又做了一些。

劉棗花在屋裡做事情，忙完出來喝口水，想歇會兒，便看見何嬌杏拿在手裡的薯塔，趕緊上前，問這是什麼。
「用馬鈴薯炸出來的零嘴。」
「是要拿出去賣的嗎？」
何嬌杏搖搖頭。「我做來逗鐵牛的，這個是能賣，可做起來費事，利潤也不多，手巧的看看就能學會，不是能掙大錢的東西。」說著，順手拿了顆洗乾淨的馬鈴薯，做給劉棗花看。
哪怕劉棗花沒有當大廚的天分，看著也覺得不難，只要勤練習，掌握好刀工，確實是門好學的手藝。
接著，何嬌杏把炸出來的薯塔調好味，放涼了遞給劉棗花，讓她嚐嚐。
劉棗花吃了，道：「味道不錯，真是可惜了。」
「自己吃也好，費點調料跟油而已，剛才我炸了一串給鐵牛，他高興極了。」
劉棗花說他就是饞嘴。
何嬌杏笑道：「那麼大的孩子，哪個不饞？我們不也是那樣過來的？」
兩人在廚房裡說話，鐵牛便探頭進來喊人了。
「娘！三嬸！」
劉棗花跟何嬌杏一起轉頭，問他什麼事。
鐵牛指著外面，說程家堂嬸來了。

劉棗花先去招呼，何嬌杏確定灶爐裡的火熄了，才跟著出去。一問才知道，鐵牛拿著薯塔，把人家小孩饞哭了。

大家全看著鐵牛，鐵牛一臉無辜。

程家堂嫂問這是什麼，劉棗花看了何嬌杏一眼，告訴她，這是程家興他們做出來，要拿去賣錢的零嘴。

「貴不貴？一串要多少錢？」

劉棗花又轉頭去看何嬌杏，何嬌杏哪知道該怎麼訂價，硬著頭皮說：「一串三文。」

劉棗花見狀，幫忙打圓場，說自己人少算一文。

程家堂嫂不想買，家裡這些孩子一人一串，再添幾文，都能買斤肉了，可她家孩子饞起來不肯走，眼巴巴地瞅著，只得說：「我沒帶錢，晚點送來行嗎？」

何嬌杏點頭，又炸了幾串出來，程家堂嫂才把她家孩子哄走了，走的時候還心疼呢！

看他們走遠，何嬌杏問劉棗花。「一顆馬鈴薯就收兩文錢好嗎？不是自家親戚？」

「三弟妹，妳娘家幾房人是不是你來我往，關係挺好，沒遇見過賴皮的吧？要是沾點親便能白吃白喝，那以後來的親戚就多了，我怕不夠妳虧的。」

何嬌杏記住這話，告訴自己得快點適應婆家的行事，這邊有點親兄弟明算帳的意思，跟她娘家不一樣。

誰都沒想到，過一會兒後，又有好幾個大娘帶著孩子上門，說是來買吃的。

炸薯塔啊，偶爾做一次還行，一直做手痠，何嬌杏不是很願意把它弄成買賣，賣完這幾根之後，想起劉棗花討好她的目的，把人拉到旁邊去。

「大嫂，妳待我好，我也跟妳說句實話，我不想掙炸薯塔的錢，妳要不要練練手？」

劉棗花問她，這個真能賺嗎？

何嬌杏想著，炸薯塔在後世美食五花八門的年代都能賣，現在自然也能。哪怕知道這是馬鈴薯炸出來的，沒幾個人會為了自家孩子，特地去練刀工，且炸薯塔費油，一般人幹不出這種事，真想吃，就花個兩、三文去買。這買賣也不用出去做，只要讓人知道程家有賣，嘴饞便過來買，雖然利潤跟辣條和肉絲沒辦法比，還是能掙錢的。

何嬌杏嫌這利潤薄，但心想劉棗花還是看得上，聚沙能成塔，集腋能成裘嘛。

一會兒後，程家興跟程家旺說完事回來，發現劉棗花在練刀工，自家媳婦在旁邊教，告訴她能轉得厚薄均勻的辦法。

程家興看了一會兒，然後把何嬌杏拉到一旁。

「妳教她什麼呢？」

「今兒給鐵牛做個吃的，他拿出去被村裡人看到了，都說想買。那東西是有利潤，但跟肉絲那些沒法相比，我不想做，又怕後面天天有人來找，就教給大嫂，讓她去賣。以前聽你說，大嫂不是很好，我想試試她，看她能不能吃苦，掙點錢後，又會變成什麼樣。」

何嬌杏把來龍去脈一說，程家興便明白了。炸薯塔全憑刀工，的確是累人的活，遂點點頭。「嫂子要做，那給她做吧，妳別傻乎乎地把獨門手藝也教給她就成。」

何嬌杏貼在他耳邊道：「都說是獨門手藝，那能隨便傳人？你放心吧，我知道分寸。」

這天，劉棗花真是把孝敬財神爺的精神貫徹到底了，該做的事，一點都沒落下，做完繼續切馬鈴薯。

起初，削壞的特別多，她也想得開，回頭切絲烙餅，當飯吃了，完全不浪費。

她斷斷續續地練了半日，隔天程家興提著酒肉帶何嬌杏回門，她還在練。

程家富幹完活，過去看她，劉棗花就嘿嘿笑，說像周氏那麼不誠心，鐵定不成，要像她這樣，踏踏實實地敬著財神爺，財神爺從指縫裡漏一點出來，就能撐死他們了。

第二十四章

另一邊，何家人算著日子，清早就準備好了，等著女兒跟女婿回門。

人一到，程家興把提著的東西遞給老丈人，在院子裡瘋玩的小孩子便成群跑過來喊姑姑、姑姑，纏住何嬌杏。

小兩口兒分兩頭，程家興陪男人說話去，何嬌杏逗著姪子、姪女，讓女眷們喊到一旁。

「杏兒，妳嫁過去，程家怎麼樣？公婆跟兩個嫂子好不好相處？」

「聽說妳二嫂周氏逢人見面三分笑，不管心裡怎麼想，總不給人難堪；妳大嫂就及不上，眼力跟腦袋瓜都差些。可劉棗花這種人好相處，她把心思擺在臉上，不用推敲，就是一句話說不好，能叫人下不了臺；至於周氏，怎麼聊都好，別把心掏了便成。」

聽妯娌們說著，唐氏點點頭，握著女兒的手。「妳嫁出去以前，每天相處的是自家姊妹，不鬥心眼，到婆家就要留點心。」

堂妹何香桃在一旁聽著，插了嘴。「杏兒嫁人前，妳們就念叨這些，今兒回門還說，都聽膩了，聽杏兒說說她在程家的事唄。」

何香桃一提醒，大家這才停下來，看向何嬌杏。

何嬌杏不好意思。「讓我說，我真不知道該說什麼。」

「家興待妳一樣好嗎？還是變了？」
「變是沒變。」
「妳話沒說全呀，然後呢？」
何嬌杏把頭靠在唐氏肩上，小聲地說：「然後，我小看他了。以前咱們聽見雞叫，便要準備起床，梳頭洗臉，生火做飯，他呢，能睡到天光大亮，睡就睡，還拖著我一起。
「洞房那晚，第二天我想早點起來，別剛進門就被當成懶婆娘，結果等我起床收拾好出去，全家人都已經吃完飯，爹跟哥哥們全出門了，他嫂子還燒好熱水，煨著湯，等我們起來，我的臉面差點沒掛住。」
事情倒不是那麼好笑，但何嬌杏的語氣跟表情逗人得很，唐氏還安慰她。「安心吧，親家母還不了解她兒子，能賴妳？」
又有人道：「聽妳這麼說，周氏人不錯，都分了家，還幫忙燒水煨湯。」
何嬌杏搖搖頭，數著手指道：「不光燒水煨湯，她還幫我刷鍋洗碗，連倒夜壺都喊一聲，叫我從屋裡提出來，她一併收拾，可這個人不是二嫂。」
「不是二嫂？難道是大嫂不成？」
何嬌杏表情鎮定，朝笑出來的大伯母看去，說聲沒錯啊！
女眷們驚得說不出話了。
「妳、妳說，劉棗花幫妳燒水做飯，刷鍋洗碗，兼倒夜壺嗎？」

何嬌杏這才把前後的事說了，唐氏聽得一陣恍惚，說了句。「小看她了。」

「還道周氏要明白些，搞了半天，劉棗花開起竅來也不差啊！料想她是分家之後想明白了，曉得再得罪兄弟沒出路，換了個辦法，巴結你們。巴結這回事，哪怕別人看來低一等，說起來就是狗腿子，可她替妳做了實事，妳心裡總會記她兩分好，真有什麼好處，無所謂給誰的時候，自然而然就落到她頭上了。」

「這種事說起來簡單，要捨得拉下臉，其實是很難的，多數人寧可虧裡子，也要掙面子，餓慌了回家喝兩口水，出門還跟人吹噓說吃了肉。」

「就不知道劉棗花能做多久，要能天天堅持下去，我真是佩服她了。」

聽大家的七嘴八舌，唐氏心想，劉棗花趕著巴結也好，能分去這麼多活，何嬌杏的日子便能輕鬆些。以前都說程家上下最難相處的是她，她改了，家裡不就平順了嗎？

「那妳二嫂呢？沒變吧？」

何嬌杏還不確定，只道跟周氏相處不多，沒事時才湊在一起說說話，且聊得淺，全是些場面話。

女人們說了一會兒，想起中午要留女婿吃一頓，午後還得送走他們，唐氏就拉著何嬌杏去廚房。

「我們先別進屋，讓妳爹跟家興說會兒話，妳給娘打打下手吧！」

何嬌杏笑著應下。

廚房裡，母女倆說起貼心話。

「妳嫁了，明年換冬梅，接著是香桃，以後這院子恐怕要冷清些。」

何嬌杏道：「我們嫁出去了，不是還會有兄弟媳婦進門？年年又有姪子和姪女出生，哪會冷清？」

「娘還是捨不得。」

「夫家離得這樣近，我有工夫便回來看您。」

唐氏正要舀水淘米，聽到這話，橫了她一眼。「不逢年、不逢節，別往娘家跑，怕招閒話。真想家裡人了，妳去河邊跟阿爺說一聲，咱們讓妳兄弟或妳爹送魚去，不就見上面了？」

何嬌杏點點頭。「我做了好吃的，也讓家興哥送來。」

「松花蛋、豆腐乳、泡椒春筍這些，妳都教會娘了，還送什麼？以後要嘴饞，我帶妳嫂子做。」

何嬌杏點頭，拿起灶上的菜，開始做飯了。

何嬌杏跟唐氏就是閒談，至於男人們談了什麼，下午回去的路上，何嬌杏有問程家興，說是沒什麼，就是聊蓋新房的事。

何嬌杏料想，除了房子，應該還有老丈人敲打女婿的話，不然用不著撇開她單獨說；不過，程家興沒提，她就沒追問。

「這幾天是吉日，也找到幫忙的人，能動工了。之後怕是要多花工夫在房子上，算好磚瓦數目，得自己去看、去買。白天找不著我別慌，有事就跟娘說，我晚上會回家。」

這段路窄，不好並行，何嬌杏走在前面，程家興走在後面看著她。

說到這裡，何嬌杏停下來，回身問：「那我能幫什麼？」

「幫妳男人照顧好妳自己。」

「那些人替咱們幹活，要管飯嗎？」

這個，程家興也打聽了。「管不管的都有，我想著，還是省點事，幫那麼多人做飯，豈不累壞我媳婦？咱們不管，直接給錢吧！」

「你們都搶我的活，我真不知道能幹什麼了。」

「這陣子歇著，養養精神，年底又要忙起來。」

何嬌杏心裡有數，過年的意義就是不同，不管是什麼家底兒，總會想割塊肉、買斤糖，秤點花生、瓜子。不光家人圍坐守歲時要吃，從初一到十五，有孩子上門拜年，哪怕不給個銅錢，也要請兩塊糖。

「欸，到時咱們還做麻辣吃食嗎？是不是該做米胖糖之類的？」

程家興吃過花生糖和芝麻糖，卻沒聽過米胖糖。「那是什麼？」

「這是我自己取的名字，要炒米、熬糖、拌糖，用模具壓實，做成一板，再切出來包上油紙，一封封地賣。裡面還能加黑芝麻、花生碎，米也可以換成小米或紫米，做出來又香又脆又甜，適合過年拿去打發孩子。」

何嬌杏說著，想到過幾天是中秋節，也該吃口甜的。「要不，你把食材跟配料買回來，我做給大家嚐嚐，就知道是什麼了。做這個，我胳膊痠了，咱倆還能換手，比燒菜好學。」

程家興聽了心動，說等青磚大瓦房蓋好，搬過去之後再做。「現在兩個灶臺供妳們做飯都很勉強，大嫂又占了一爐炸馬鈴薯，再說，我能學會的，別人不也能偷學？現在做，要是一個傳一個，買賣就沒法子做了。」

何嬌杏想想，如此也好，既然這段日子真有空閒，她上小雲嶺摘點菌子曬乾，再做兩樣下飯菜，顧好伙食，安心等房子蓋成，買賣就等搬家後再說。

忙完這些，若真沒事幹，還有大嫂陪著解悶呢，看她削馬鈴薯，也挺有意思的。

小夫妻倆回到程家，就聽說劉棗花幹完活，洗了一桶馬鈴薯，搬進她屋裡，轉轉削削練習半天了。

何嬌杏打發程家興去跟兄弟說話，敲了敲門，想看劉棗花練得怎麼樣。

劉棗花把她拉進屋去，當面削了一個，動作是有點慢，但看起來比昨天像樣多了。

「大嫂，妳再練練，最好能削得更薄些，這個削得薄，才能拉得長，拉得越長，顯得越大支。還有竹籤，也要提前準備，別等要用了再削，忙不過來。」

何嬌杏和劉棗花說了兩句，就要回房，劉棗花卻停下手，問她回門順不順利。

「回趟娘家能有什麼事？我就來看看妳這頭的進展，我先出去了，妳繼續練。」

劉棗花很聽話，接著削下去。

因為這個生意，大房吃了好幾天馬鈴薯，在鐵牛覺得自己就要變成一顆馬鈴薯的時候，劉棗花喜孜孜地宣佈，功夫練得差不多了，至少能拉出一長串，炸出來看著像模像樣。

這天起，劉棗花的小買賣做起來了。

黃氏親眼看過何嬌杏炸薯塔，也試吃了，手藝看著簡單，但碰過便知道不好學。看劉棗花賣力巴結，何嬌杏還真給她指路，哪怕不是暴富之道，卻是個不怕辛苦就能慢慢攢起錢來的買賣。

黃氏私下跟程來喜念叨過，沒想到何嬌杏還吃這套。

程來喜琢磨著，回了一句。「她要不吃這套，能跟妳兒子好？」

也是，程家興那嘴跟外面的媒婆似的，哄起人來一套一套，何嬌杏好像還挺喜歡。

「你的意思是，大媳婦是跟三兒子學的？她有這腦子？」

程來喜想了想，劉棗花未必是跟誰學的，說不定是想發財的心太誠了，才突然開竅。

為了掙錢，劉棗花逢山開路、遇水架橋，就說削馬鈴薯這手功夫，她能在短短幾天內練出來，還沒把其他活丟下，怕也是下了苦功。

這麼感慨的不光是黃氏，周氏也懵得厲害，怎麼都沒想到，何嬌杏這麼簡單便讓劉棗花哄去，本以為她這麼直接地衝上去獻殷勤，人家包准看不上呢！

旋風薯塔真像一陣旋風，先在大榕樹村裡轉了一圈，又吹到了附近。

劉棗花的買賣開張後，每天總有些跟爺奶或爹娘討到銅錢、大老遠跑來的孩子，有十多歲的，也有三、五歲的。孩子愛瘋玩，為一口吃的，不怕辛苦，能跑一、兩里遠。他們得兩、三文錢不容易，還會讓劉棗花做個大的，捨不得咬，拿著邊走邊跟人炫耀，好一會兒才送進嘴裡。

因為薯塔，程家院子變得熱鬧起來。

這買賣是有人上門就做，時斷時續，有時半天沒個客，也有忽然來一群孩子，忙不過來的時候。

何嬌杏沒有插手，要是沒事，便在院子裡跟來買薯塔的小孩說話，等他們拿著薯塔走了，看劉棗花喜孜孜地點那一小把剛到手的銅錢。賣得最多的一天，她掙過百多文，平常也有三、五十文。

這利潤和前幾個月程家興送給黃氏的相比，是毛毛雨，做得又辛苦，何嬌杏瞧著沒什麼感覺，但對劉棗花來說，她從沒掙過這麼多錢，不覺得苦，既不出門也不支攤，有人來就賣，沒人便幹家裡的活，豈不輕巧？

每天晚上，劉棗花都要讓程家富幫她捏捏右邊肩膀，捏舒服了，便把白天掙的銅錢倒在床上，點一遍還不夠，往往會再點一遍，享受到夏天時程家興天天數錢的快樂後，夫妻倆再將錢串好收起來。

「現在有半兩了，就這麼賣，一個月能賺二兩多，可以買一百多斤的豬肉。」

劉棗花感慨一番，又道：「我現在信了爹娘前陣子說的話，買賣不是誰都能做。你看，我削一個月的馬鈴薯，最多掙兩、三兩，可老三出去一天就賺得比我多，又能找到賣吃食的好地方。」

程家富點頭，不只程家興，程家旺也比他們聰明些。

「不說這個，妳的馬鈴薯夠不夠用？要是不夠，我再幫妳收些。」

聽見收這個字，劉棗花頓時一哆嗦。「花生的教訓，你沒記住？這隨緣的買賣還收什麼收，一天也賣不了多少，真不夠使了，你再去買一擔，賣完再買，別放壞了。」

「那妳缺了，提前跟我說一聲，我好去買。」

劉棗花順嘴兒答應下來，心裡琢磨其他事去了。

如今她掙了錢，是不是該孝敬一下財神爺？不給孝敬，怕財神爺嫌她小器，以後不照應她；可要她拿錢去割肉，又捨不得，一斤肉得炸好多串薯塔才換得回來，燒出來，每人分兩口就沒有了。

劉棗花想了又想，分家時她得了母雞，養得好，天天都在下蛋，這幾顆蛋拿出去賣，掙不了什麼錢，但可以隔三差五煮兩顆給財神爺啊！

這麼一想，她又高興起來了。

次日清晨燒水時，劉棗花煮了兩顆雞蛋，看何嬌杏出來，就塞給她。

何嬌杏糊裡糊塗地被塞了一手蛋，還熱呼呼的。

「嫂子為什麼給我這個？」

「這幾天我掙了錢，想謝謝妳，卻不知道怎麼謝，妳跟老三不是忙著蓋房子嗎？那多累呢，吃蛋補補。」

之前程家興跟兩老是一起吃的，何嬌杏進門之後，也沒分開，不過，程家興老愛拖著媳婦睡懶覺，婆媳倆商量後，早飯讓黃氏來做，午、晚兩頓才由何嬌杏下廚。

農家的早飯大多簡單，不是粥，就是餅，或者粥配餅。

黃氏把菜粥煮好了，才去敲程家興的房門。

何嬌杏聽到動靜，叫醒程家興，兩人漱洗好出來，黃氏已經把粥舀好，擺上桌，剛想招呼他們坐下吃飯，就看見劉棗花塞過去的蛋。

黃氏不容易啊，忍著沒罵劉棗花。這媳婦絕了，孝敬她是納鞋底，轉身卻給弟妹送雞蛋。

黃氏又告訴自己，不稀罕那兩顆蛋，程家興隔兩天就會割肉回來，油水可多呢！

「老大媳婦，妳還杵在這裡幹什麼？趁還沒客人來買薯塔，幹活去啊！」

「娘別催，我這就去了。」劉棗花說著，對何嬌杏笑開了花。「三弟妹，妳吃完就把碗收進廚房泡著，我回來再洗。」

劉棗花哼著曲兒出去，跟提著豬食要餵豬的周氏撞個正著。

周氏喊了聲大嫂。

最近劉棗花高高興興地掙錢，不想沾上瘟神，遂繞開她走了。

第二十五章

屋裡，何嬌杏看著劉棗花塞給她的雞蛋，分了一顆給程家興，打算把另一顆遞給公公，剛坐下的程來喜發話了，讓她自己吃。

何嬌杏推著不肯時，程家興已經把他那顆剝了，放進何嬌杏碗裡，再拿過媳婦手裡那顆，剝出來塞給老娘。

程來喜瞅了他一眼。「臭小子！」

「怎麼？分給娘沒分給爹，您不高興了？那我煮去。」

「煮什麼煮，吃你的飯。」

黃氏倒是高興了。「以後劉棗花再塞雞蛋過來，你倆自己吃，分我幹什麼？老三天天為蓋房子跑來跑去，很辛苦，要好生補補，別累垮了。」

何嬌杏道：「那我待會兒買幾節豬大骨來煲湯吧，湯裡有油水，煮菜也好吃。」

「買大骨是划算，就是難收拾，幾下便能把刀砍鈍了。」

何嬌杏正挾著雞蛋吃，聽到這話，笑了笑。

程家興看她這麼一笑，猛然想起趙家那塊被她一掌拍碎的厚石板，差點沒被粥嗆著。

「我媳婦砍大骨不用刀。」

「不用刀，那用什麼？」

「她一手抓一頭，喀嚓一聲就斷開了。」

這喀嚓兩字太傳神了，兩老紛紛感覺大腿骨一疼。

程來喜假裝沒聽見，悶頭喝粥；黃氏看著衝她笑得一臉靦覥的何嬌杏，一時之間，竟然不知道該說什麼，也回她一臉尷尬的笑。

接著，黃氏轉頭問程家興。「新房的地基打起來沒有？磚瓦什麼時候能拉回來？匠人們是怎麼說的，多久能蓋好？」

「都安排了，娘別急，那麼氣派的房子，豈是一、兩天可以完工的？再快也得個把月。」

「那不是過了十月才能搬進去？」

「差不多吧，我也是打算十月搬，搬過去歇幾天，就準備做買賣了。」

這會兒，何嬌杏把雞蛋吃完了，喝口粥，問道：「到時，爹娘跟我們搬過去嗎？」

黃氏看向程來喜，程來喜搖頭，說他在老屋住習慣了。

「那我們留著房間，爹娘什麼時候想來住都行。」

聽何嬌杏這麼說，黃氏點點頭，既然不差銀錢，便多蓋幾間，現在空著沒什麼，以後總會添人的。

因為說到新房子，這頓早飯吃得有點久，何嬌杏放下碗，便拿錢去買豬大骨，準備早早把湯燉上。

說來也巧，她出去時，周氏正好端著髒衣裳，問何嬌杏有沒有要洗的，可以幫她。

何嬌杏道了聲謝，說是沒有。她嫁過來後，在屋裡放了髒衣簍子，結果等不到她去河邊，黃氏就把貼身那幾件之外的一起洗了，至於貼身的衣物，她在屋裡搓洗了，不會拿出去。

不過，兩人還是一道出了門，一起走了一段路之後，何嬌杏上屠戶家，周氏則去了河邊。

周氏到河邊前，特地繞了幾步去娘家，問嫂子要不要一起去洗衣裳。娘家嫂子沒去，親娘倒是去了，兩人特地找了個偏僻些的地方蹲著，邊洗衣裳、邊說話。

「早兩天我就想問妳，妳夫家大嫂怎麼做起買賣了？那不是她想出來的吧，是程家興的媳婦教的？」

周氏點頭。

「那我更不明白，妳婆家會分，都是劉棗花鬧的，她跟程家興結下梁子，新媳婦進門還跟她好？程家興不收拾人？」

周氏轉頭看了看，見附近沒別人，才跟親娘說：「老三很疼他媳婦，疼進骨子裡了。何氏嫁過來，誰也挨不得、碰不得，做個飯有人看火，吃完一丟手，便有人收拾，料想老三跟我婆婆商量過，您看她來過河邊嗎？她的衣裳也是我婆婆洗的。」

「黃氏真把心偏到胳肢窩了，她怎麼能這樣，只幫三房，不幫你們。」

「這個真沒辦法，雖是分了家，但公婆跟老三一起吃，隔一天割一回肉，錢是老三出，他孝敬多，娘願意幫他，誰管得了？」

話扯遠了，周氏的娘想起自己要問買賣的事，又繞回來，問薯塔生意是怎麼落到劉棗花頭上的，能賺嗎？

「要是不能賺錢，她忙活什麼？她把何氏巴結得好，買賣才落到她頭上。」

「我不明白，妳這孩子的眼力向來不錯，怎會在這件事上輸她？」

提到這個，周氏挺難受，說劉棗花的做派，一般人真學不來，太沒皮沒臉了。

「她把自己當賣身給何氏的傭人使，什麼活全幫忙做，連夜壺都能搶著刷，我學不來，不知道她怎麼開得了那個口，我話到嘴邊都說不出來。想想算了，反正我安安生生，老三總會提攜家貴，他們是親兄弟呢！劉棗花賣薯塔，賺得也不是很多，我看了，除非生意特別好，不然平常一天最多賣十幾、二十串。」

當娘的聽了一算，三文錢一串，十幾串不得三、五十文，都可以買兩斤肉了。

「妳這閨女怎麼回事，分家的時候，妳沒拿到現錢，這還看不上？劉棗花能哄來個掙錢的法子，妳會比她差嗎？別說以後程家興提攜妳男人，以後的事，誰都說不準，眼下有這門路，妳學啊！哪有人嫌錢多燒手的？」

看著她瞧不上眼的人用她瞧不上眼的辦法騙到別人的提攜，周氏很難受，心想冬天就有賺錢門路的盼望，只是在安慰自己。

她不是不想學，是拉不下臉跟劉棗花學。

再說，她是做嫂子的，好好跟弟妹相處不就夠了，哪需要把自己擺得那麼低，以後還見不見人？叫人看著，她哪有面子，哪還有嫂子的模樣呢？

家裡人人都有自己的事，誰也沒在意周氏的糾結，非要說的話，程家貴覺察到，從何嬌杏進門後，他媳婦夜裡常睡不著，有時他讓尿憋醒，下床解手，還感覺她在翻身。

白天有許多事忙，晚上又睡不好，周氏成了家裡氣色最差的那個。程家貴問怎麼了，她搖頭說沒事，問是不是哪兒不舒服，去鎮上看一看，她也不肯去。

周氏不願多談，程家貴便趁著人不在的時候，找上自家老娘。

黃氏在院裡，聞著大骨湯的香味，回憶何嬌杏徒手開大骨的英姿，回憶到第三遍時，程家貴走到她旁邊來。

「娘。」

黃氏順著聲音看過去，見他好像在發愁，問：「出了什麼事？」

「您在家的時候多，知不知道我媳婦怎麼了？」

近來黃氏把更多的心思放在青磚大瓦房、剛進門的何嬌杏和改了德行的劉棗花身上，真沒太注意周氏，聽程家貴問起，仔細回想了下。

「不跟平常一樣？該做飯時做飯，該餵豬時餵豬，你為什麼這麼問？」

程家貴告訴黃氏，近來周氏總睡不好，胃口也差，臉色看著土黃土黃的。「我也想不明白，最近的大事就是三弟妹進門，我媳婦跟三弟妹處得不好嗎？」

黃氏聽了，再想了想。「她倆一說話就笑咪咪的，這叫不好嗎？」

「那是又跟大嫂起爭執了？」

「我不是她肚子裡的蛔蟲，我不知道，你要是不放心，讓她自己說，夫妻倆商量著解決，我去新房子那邊看看。」

黃氏說完，走到廚房門口喊了聲，告訴何嬌杏，她要出去一會兒，聽何嬌杏應下，便走人了。

何嬌杏哼著曲兒守著那鍋大骨湯，一會兒後，湯燉得差不多了，接著揉麵、烙餅，切餅絲，看時辰差不多，就用燉出來的湯做了燴餅。

她盛出四人份來，鍋裡還剩下一點，遂拿了只小一點的碗，裝出來遞給鐵牛。

劉棗花看見，罵鐵牛。「要吃飯了，還端你三嬸的碗，我餓著你了？」分家這種大事，還是不能瞞著孩子，鐵牛已經知道個大概，以後各房要各吃各的。

鐵牛捧著碗，假裝沒聽見他娘說的，轉頭找地方，準備坐下慢慢吃。

何嬌杏看著他吃，對劉棗花說：「鐵牛這麼乖，嫂子罵他幹什麼？我先吃了，灶上還有大骨湯，妳要想喝，便去舀吧！」

劉棗花客套，不好意思地說：「妳給老三燉的湯，讓我吃了，叫什麼話？」

「只是大骨湯而已，沒什麼稀罕，嫂子不愛喝，就算了。」聽到程家興在喊她，何嬌杏便進屋去了。

至於劉棗花，客套完，還是厚著臉皮去舀了一碗，端給程家富。

這大骨湯燉得好，即使只有湯，滋味也好極了。程家富喝了一口，便遞給劉棗花，讓她也嚐嚐。

劉棗花嘖嘖稱奇。「這湯讓我來燉，全是油味，從弟妹手裡做出來的就不一樣，味道真好。你別喝了，先去吃飯，別跟鐵牛那死孩子似的，喝完嫌我做的是豬食。」

屋裡，趕回來吃飯的程家興從第一口開始，便一口接一口地吃，沒說過話，直到吞掉滿滿一大碗燴餅，又把湯汁喝完後，才放下碗，說了句好吃。

「這是什麼？」

「燴餅啊！中午燉了大骨湯，光湯不好下飯，就做了這個。你喜歡嗎？那晚上再做。」

不光程家興點頭，還在喝湯的黃氏也跟著點頭，母子倆拍板決定了，晚上再吃。

家裡沒做過燴餅，傍晚何嬌杏上灶時，黃氏跟去看了，從外面經過，都能聽見廚房裡的聲響。

「就是這麼回事。」

「看著挺簡單，過兩天，我來做一回試試。」

另一邊，周氏忙完屋裡屋外的活，想著該做晚飯了，不巧兩邊灶臺都有人在用，在簷下歇著等了一會兒，又想起剛才出去洗衣裳時，跟親娘說的話。

她娘問她，真甘心看劉棗花掙錢，自己裡外瞎忙，一文錢沒有？

掙錢的若是其他人，周氏興許還好過些，偏偏是劉棗花，心裡真不是滋味。要是不分家，現在大家都有好吃、好穿的，偏偏分了，不就是劉棗花那蠢貨鬧的。她害了人還動手，搞得事情沒個轉圜餘地，結果才幾個月啊，這禍害卻掙上錢了。

都說劉棗花改了性子，周氏卻不相信，總覺得何嬌杏好心過頭，這不是割肉餵狼，還是頭說翻臉便能翻臉的白眼狼！

不行，她得找個機會，委婉地跟何嬌杏提一提。

又一頓燴餅吃完，劉棗花搶著刷鍋、洗碗，何嬌杏在院裡消食，周氏便走過去了。

見何嬌杏滿是疑惑地看她，周氏到嘴邊的話又說不出口了，但也不能這麼尷尬下去，遂笑了笑，問：「弟妹怎麼會做那麼多吃的，像燴餅，以前都沒見過。」

何嬌杏偏頭想了想。「這該怎麼說，像有些人天生會讀書，一點就通，我是天生會做灶上活，小時候幫忙添柴看火，就把大人會的全學會了。」

「那燴餅這些吃食，是妳娘教妳的？」

「倒不是。」

周氏奇了。「難不成是妳自己琢磨出來的？」

何嬌杏不敢居功，告訴周氏，她作夢會夢到燒菜，有時候糊裡糊塗記下，醒了便試試，還真能行。

「作、作夢？」

周氏一臉驚愕，在原地呆站半天，回過神來，還想多問幾句，卻發現，何嬌杏已經不見蹤影了。

這時，程家貴走過來。「妳找三弟妹啊？剛才她跟老三出去了。」

「這會兒出去幹什麼？」

「說是去新房子那邊瞧瞧。對了，妳最近到底怎麼回事，精神很差，連跟三弟妹說著話都能走神兒。她跟老三離開之前，還跟妳打過招呼，妳沒聽見？」

「可能我正在想事情，沒注意到。」

「妳在想什麼？」

周氏不想說。

程家貴問她，是不是跟家裡人起了爭執，所以臉色不好，是三弟妹還是大嫂？

周氏打了他一下。「你胡說什麼？我還能跟三弟妹鬧脾氣？」

「那是大嫂？」

這下，周氏不吭聲了。

「這段時日，大嫂忙進忙出，能跟妳起什麼爭執啊？」

周氏依然不吭聲。

另一邊，劉棗花收拾完從廚房出來，正好聽到程家貴的問話，笑了聲。「想知道她跟我吵什麼？她不說，我告訴你。」

劉棗花聲音大，一開口，大家全聽見了，她也不在意，低頭在圍裙上擦手，道：「二弟妹看我這樣的人，都能得到財神爺指點，掙上了錢，心裡能好受？

「做大嫂的勸勸妳，天底下哪有那麼多十全十美的事？人家有本事，才能既得臉、又得錢，沒本事的人，別在那兒擺譜兒，還當有人會捧著掙錢方子求妳收下？作什麼大頭夢呢！」

劉棗花說完，找鐵牛去了，而周氏聽了這些話，臉色比剛才還差。

程家貴還問：「妳真是看別人有錢，咱們沒有，心裡發愁，怕日子過不下去？」

其實不是，可她要是搖頭，程家貴定要刨根究底，周氏只得點頭。

「要是這樣，妳別擔心，老三說話從來算數，最遲年底，買賣一定能做起來，到時候，我加把勁，每天多賣一些。」

周氏點點頭，又道：「那現在就閒著啊？你說，我能不能去跟三弟妹商量看看，和大嫂一起賣薯塔？」

「說是隨緣的買賣，用不著兩個人吧？」

「拿這事起個話頭也好啊，說不定能請她幫我出個主意呢！弟妹都幫了大哥、大嫂，總不會扔下咱們不管。」

程家貴沒攔她，繼續讓她憋著，不如有話說出來。「妳想去請教三弟妹就直接說，話裡別帶大嫂，只請她幫忙想想看，有沒有妳能做的，有是最好，說沒有妳也別氣，反正沒幾個月，就到年底了。」

周氏答應下來。

次日，周氏趁劉棗花出門幹活時，拿著兩顆蛋去找何嬌杏。

周氏說話還是好聽，句句不扎人，聽著就是來虛心求教的，可何嬌杏不敢接她的雞蛋，也不敢瞎出主意。

「大嫂賣薯塔是趕了巧，不是特地想來掙錢的買賣。我的確會做些新鮮吃食，但真不知道有什麼能教，也不知道賣什麼穩妥，往常賣的那些，不是我說了算，都是家興哥決定的。

「二嫂，妳且等年底的買賣，真等不及，現在就想掙點錢，那讓二哥找我當家的去吧！

我們這房說是我管帳，可拿主意的還是他，我不敢瞎指路，害妳虧出血來，我賠不起。」

周氏笑了笑。「三弟妹，妳也謙虛過頭了。」

何嬌杏當真是更願意跟直來直去的劉棗花說話，周氏對她笑，她也只能笑笑，順手抄起背簍道：「那二嫂先忙，我有點事出去一下。」

說有事，能有什麼事啊？她這房沒田、沒地，秋天也不是挖野菜的時候。

何嬌杏走著，想了想，乾脆上小雲嶺逛一圈，之前跟程家興走過一趟，還記得路。

周氏看她走遠，心裡有數，這事只能在何嬌杏跟前說說，不能去煩程家興。這陣子，程家興為蓋房子忙翻天，吃個飯也匆匆忙忙，現在去說這個，等於自討沒趣。

事已至此，她心裡再難受，也只能忍耐下來，等後面的生意了。

——未完，待續，請看文創風800《財神嬌娘》2

文創風

799

財神嬌娘 1

國家圖書館出版品預行編目資料

財神嬌娘 / 雨鴉著. --
初版. -- 臺北市 : 狗屋, 2019.11
冊 ; 公分. --（文創風）
ISBN 978-986-509-056-2（第1冊：平裝）. --

857.7　　108016927

著作者	雨鴉
編輯	安愉
校對	沈毓萍
發行所	狗屋出版社有限公司
地址	台北市104中山區龍江路71巷15號1樓
電話	02-2776-5889～0
發行字號	局版台業字845號
法律顧問	蕭雄淋律師
總經銷	知遠文化事業有限公司
電話	02-2664-8800
初版	2019年11月
國際書碼	ISBN-13　978-986-509-056-2

本著作物由北京晉江原創網絡科技有限公司授權出版

定價250元

狗屋劃撥帳號：19001626

網址：love.doghouse.com.tw　E-mail：love@doghouse.com.tw